24 Kurzgeschichten zum Advent

Winterliche Schlüsselmomente

Bibliografische Information der Deutschen Nationalbibliothek:
Die Deutsche Nationalbibliothek verzeichnet diese Publikation in der Deutschen Nationalbibliografie; detaillierte bibliografische Daten sind im Internet über http://dnb.d-nb.de abrufbar.

Impressum:

© 2022 Jes Schön

Herausgeber:
Jes Schön
c/o WirFinden.Es
Naß und Hellie GbR
Kirchgasse 19
65817 Eppstein
E-Mail: jes@jes-schoen.de

1. Auflage
ISBN: 9783754661772

Coverdesign & Umschlaggestaltung:
Renee Rott – www.cover-and-art.de

Lektorat:
Antje Grube – www.antjegrube.com
Rebekka Haindl – www.woertereule.at
Isabelle Mager – www.traumtextfabrik.de

Buchsatz:
Antje Grube – www.antjegrube.com

Herstellung und Druck über tolino media GmbH & Co. KG,
Albrechtstr. 14, 80636 München. Printed in Germany.
Fragen zu Produktsicherheit an: gpsr@tolino.media.

24 Kurzgeschichten zum Advent
Winterliche Schlüsselmomente

Eine Spenden-Anthologie vom

Der Club der Selfpublisher

Vielen Dank für deinen Kauf!

Mit der Anthologie »24 Kurzgeschichten zum Advent – Winterliche Schlüsselmomente« hilfst du kranken Kindern. Die Einnahmen aus diesem Buch spenden wir zu einhundert Prozent an: *Deutscher Kinderhospizverein e.V.* in Olpe.

Vierundzwanzig ausgewählte Autorinnen und Autoren, drei Lektorinnen, eine Buchsetzerin, die dem *Der Club der Selfpublisher* angehören, und ein Coverdesigner haben sich beteiligt und ihre Arbeit kostenfrei für dieses Herzensprojekt zur Verfügung gestellt.

Als Selfpublisher:innen gehören wir keinem Verlag an und veröffentlichen unsere Geschichten selbst. Wir kümmern uns um alles, was für ein gutes Buch notwendig ist: Lektorat, Korrektorat, Buchsatz, Cover, Vertrieb und Marketing liegen allein in unserer Hand.

Um uns gegenseitig zu unterstützen und zu stärken, Talente zu fördern und Schwächen auszugleichen, fanden sich im Sommer 2021 einige Autorinnen und Autoren zusammen und haben *Der Club der Selfpublisher* gegründet. Hier finden wir jeden Tag Gleichgesinnte, mit denen wir uns austauschen. Wir lachen zusammen und teilen auch Frust. Vielen von uns ist es bereits eine zweite Familie. Was dieser Zusammenschluss erreicht, das hältst du gerade in deinen Händen.

Vierundzwanzig Geschichten, eine für jeden Tag des Wartens auf Heiligabend. Ob Romance, Krimi, Horror, Thriller, Fantasy oder Historisches, es ist für jeden etwas dabei. Lehne dich zurück, genieße die Wärme eines Tees, wickele dich in eine Kuscheldecke ein, lausche dem Schnurren deiner Katze oder dem beruhigenden Atmen deines Hundes. Schalte den Alltag aus und tauche ein paar Minuten in unsere unterschiedlichsten Welten ein.

Ein frohes Weihnachtsfest wünscht dir
Der Club der Selfpublisher

Inhaltsverzeichnis

1. Ankommen
von Izzy Maxen

Dicke weiße Flocken fielen von oben auf Frances herab, verfingen sich in ihren dunklen Locken. Na wunderbar, gleich würde sie aussehen wie ein begossener Pudel. Schnee hatte nichts Romantisches. Schnee war einfach nur nass und kalt. Und er verursachte ein Verkehrschaos, auf das sie an Heiligabend gern verzichtet hätte.

»Mama, ich habe Hunger. Und mir ist kalt«, quengelte ihr fünfjähriger Sohn Ben und zupfte an ihrer Jacke.

»Gleich, Schatz! Sobald wir im Haus sind, stelle ich den Backofen an. In einer halben Stunde gibt es Essen.« Glücklicherweise hatte sie den Weihnachtsbraten so weit vorbereitet, dass sie ihn nur noch aufwärmen musste.

Das Zupfen an ihrer Jacke wurde energischer.

»Gleich, Schatz!« Stress kribbelte in Frances' Nacken, als sie ihre Handtasche aufriss, um besser hineinschauen zu können. Wo war nur der verflixte Schlüssel?

»Wieso kommt Papa heute Abend nicht?«, fragte ihre Tochter. Frances presste kurz die Lippen zusammen, legte ihre Handtasche in der dünnen Schneeschicht vor ihrer Haustür ab und durchforstete die Taschen ihrer Winterjacke nach dem Türschlüssel.

»Er …« Sie schluckte. Verschluckte die Antwort, die ihr eigentlich auf der Zunge lag, die sie den Kindern jedoch nicht sagen wollte. *Er feiert mit seiner neuen Familie. Nicht mit uns.* »Er wird morgen mit euch feiern.«

»Bekommen wir dann auch Geschenke?« Frances hielt inne, hob ihren Kopf. Ben schaute sie mit großen Kinderaugen an. Mit der Hand strich sie ihm sanft über die nassen Haare. Verfluchter Schnee! Wenn sie noch lange hier draußen standen, würden sie krank werden.

»Natürlich!«

»Mir ist kalt!«, jammerte Emily.

Frances zerbiss einen Fluch auf ihren Lippen. So ein Mist! Sie war sich sicher, dass sie den Schlüssel in ihre Tasche gesteckt hatte, als sie zu ihren Schwiegereltern gefahren waren. Es war Tradition an Heiligabend, bei ihnen vorbeizuschauen, um anschließend zu Hause zu essen und den Abend ausklingen zu lassen. Nur standen sie jetzt vor einer verschlossenen Tür und der verdammte Schlüssel war nirgends zu finden.

»Ich suche meinen Schlüssel, ich habe ihn sicher gleich. Und dann mache ich unser Essen warm und wir schauen noch eine Folge *Weihnachtsmann & Co. KG.*« Sie lächelte ihre Tochter an. Mit so viel Zuversicht, wie ihr möglich war, obwohl sie am liebsten geschrien hätte.

Wie so oft in den letzten Wochen.

Seit Stefan sie vor die vollendete Tatsache gestellt hatte, dass er sich sein Leben anders vorstellte. Nämlich an der Seite seiner zwanzig Jahre jüngeren Kollegin, mit der er jetzt in Hamburg wohnte und nicht in dem kleinen Vorort, in dem er aufgewachsen war. In den *er* unbedingt hatte ziehen wollen, in dem sie sich ein Haus gekauft hatten, in das Frances mit ihren beiden Kindern allein gezogen war. In einen Ort, in dem sie niemanden kannte.

Frances liebte die Stadt, nur Stefan zuliebe hatte sie zugestimmt. Und nun stand sie hier – allein – an Heiligabend mit ihren Kindern vor einer verschlossenen Tür.

Das Leben war doch einfach ungerecht.

Statt des Schlüssels zog Frances ihr Handy aus der Jackentasche, öffnete eine App und suchte nach der Nummer eines Schlüsseldienstes. Einige Minuten später musste sie sich zwingen, nicht in den Hörer zu brüllen. Es war Weihnachten, etwa sieben Uhr abends und natürlich würde es rund zwei Stunden dauern, bis der Notdienst vorbeikam.

Die Hand mit dem Handy fiel kraftlos herunter. Ihr Kopf sank nach vorne und kurz gestattete sie es sich, durchzuatmen. *Positiv bleiben*, sagte sie sich, *es findet sich immer eine Lösung*.

Ben hatte angefangen zu weinen, und Emilys langen Haare klebten wie ihre eigenen nass am Kopf. Frances' Blick wanderte an ihren Kindern vorbei auf die Straße. Sie war leer, das helle Licht der Straßenlaternen warf warme Flecken auf die weiße Schneedecke.

Zwei Stunden. Bis dahin wären sie erfroren. Ihr Blick wanderte weiter zu dem Haus nebenan. Der Eingang des Reihenhauses war nur wenige Meter von ihrem entfernt, aber außer ein paar kurzen Worten beim Einzug vor zwei Wochen kannte sie ihre Nachbarn nicht. Es war Heiligabend. Die Familie würde natürlich Weihnachten feiern. Sie konnte doch nicht einfach klingeln. Oder?

Frances biss auf ihre Unterlippe. Stefan war der offene, extrovertierte Part in ihrer Beziehung gewesen. Es hatte immer nur kurze Zeit gedauert, bis er irgendwo angekommen war. Er fand so schnell neue Freunde, dass sie manchmal den Überblick verlor. Frances hingegen hatte Probleme, auf Menschen zuzugehen. Sie war unsicher, fand die richtigen Worte nicht. Dafür hatte sie Stefan gehabt. Doch er war nicht hier.

Sie holte noch einmal Luft, sie hatte keine Wahl.

Frances nahm den weinenden Ben auf den Arm und reichte ihrer Tochter die Hand. »Kommt!«

Gemeinsam gingen sie den kurzen Weg hinüber. Ein letztes Zögern, dann drückte Frances die Klingel. Ihr Herz pochte in ihrer Brust, ihr war die Situation mehr als unangenehm.

Aus dem Haus drang leise melodische Weihnachtsmusik, helles Licht strahlte aus dem Fenster neben der Tür. Dann rumpelte etwas und ein großer Schatten zeichnete sich hinter dem Milchglas in der Haustür ab.

»Oh, hallo!« Eine Frau mit blonden Locken hatte geöffnet und schaute sie mit erhobenen Augenbrauen, aber einem freundlichen Lächeln im Gesicht, an.

»Hallo«, sagte Frances schnell. »Ich habe meinen Schlüssel verlegt und der Notfalldienst braucht etwa zwei Stunden, bis er hier ist. Ich weiß, es ist Heiligabend, mir ist es auch total unangenehm, aber ...«

»Mama!« Ein lautes Rufen unterbrach sie, als ein ebenso blondes Mädchen in den Flur gerannt kam und sich am Bein ihrer Mutter festhielt. Sie legte den Kopf schief und schaute neugierig zu Frances hinauf. »Wer bist du?«, fragte sie direkt.

Frances blinzelte. »Ich bin Frances, das sind Ben und Emily. Wir sind eure Nachbarn.«

»Sophia!«, schallt ihre Mutter sie streng. »Du solltest doch am Tisch bleiben.« Ein Lächeln lag in ihrer Stimme. Dann sah sie auf und an Frances vorbei.

»Ist schon gut«, Frances hob schnell die freie Hand und machte einen Schritt zurück. »Wir können auch im Auto warten.«

»Auf gar keinen Fall! Kommt bitte rein!« Die Frau trat zur Seite und bat sie mit einer Geste ins Haus. »Ich bin übrigens Martha.«

Unwillkürlich zögerte Frances. Doch Emily schob sich an ihr vorbei und betrat den hell erleuchteten Flur. Auf ihrer Jacke lagen noch Schneeflocken, die in der molligen Wärme der Wohnung schmolzen.

Mit Ben auf dem Arm folgte Frances Martha in die Wohnung hinein. Sofort stieg ihr der würzige Geruch von Essen in die Nase, Wärme kribbelte auf ihrer Haut. Schnell zogen sie ihre nassen Jacken und Schuhe aus und gingen durch den Flur in das angrenzende Esszimmer.

Frances wäre am liebsten im Erdboden versunken, ihr war die ganze Situation furchtbar peinlich. Ausgerechnet an Weihnachten musste sie ihren Schlüssel verlegen.

»Das sind mein Mann Patrick und unsere Zwillinge Luka und Leo«, stellte Martha vor, als Frances mit ihren Kindern neben dem Esstisch stand. »Unsere Älteste, Sophia, kennt ihr ja schon. Und das ist Christoph, mein Schwager.«

Frances lächelte tapfer, während ihr der Schweiß ausbrach. Der Tisch war festlich gedeckt, Essen stapelte sich in dampfenden Töpfen und Schalen in der Mitte. Ihr Magen knurrte vernehmlich.

»Hey«, sagte sie mit belegter Stimme. »Wir wohnen direkt neben euch. Ich habe meinen Schlüssel verlegt. Wir würden hier einfach irgendwo warten, vielleicht im Wohnzimmer?« Sie sah sich suchend um.

»Wollt ihr nicht mitessen? Ihr habt doch sicher Hunger. Martha kocht immer zu viel und ihr seht etwas durchgefroren aus.« Patrick schob seinen Stuhl zurück und stand auf.

»Au ja, Emily soll neben mir sitzen!«, quietschte Sophia.

Bevor Frances etwas erwidern konnte, wirbelten alle durcheinander. Innerhalb weniger Minuten wurden noch drei Stühle organisiert und sie fand sich zwischen Ben und Christoph am Tisch sitzend wieder.

»Das muss wirklich nicht sein«, wehrte sie ab, doch Martha schüttelte nur den Kopf.

»Das ist doch überhaupt kein Problem! Möchtest du ein Glas Wein?«

Frances öffnete ihren Mund und schloss ihn gleich wieder. Ihr Blick fiel auf die Uhr, es würde noch eineinhalb Stunden dauern, bis der Schlüsseldienst da war. Sie lächelte und merkte, wie ein Stück Beklemmung von ihr abfiel. »Ja, warum eigentlich nicht.«

Der Wein hatte eine fruchtige Note und eine wohlige Wärme breitete sich in ihr aus. Auch ihren Protest, nichts essen zu wollen, ignorierte Martha und lud ihr den Teller voll.

Frances Blick fiel auf Emily und Ben, die mit den anderen Kindern herumalberten. Kurz dachte sie an Stefan und dass er wohl in diesem Moment auch an einem reichlich gedeckten Tisch sitzen würde. Mit einer anderen Frau, ohne Kinder. Ein Stich schoss durch ihre Mitte, den sie gekonnt ignorierte.

»Seit wann wohnt ihr denn in Wedel?«

Überrascht drehte sie sich um und schaute direkt in freundlich blitzende grüne Augen. Hitze stieg in ihr auf. »Seit etwa zwei Wochen. Wir sind immer noch am Auspacken.«

»Oh, das glaube ich. So ein Umzug mit Kindern ist bestimmt anstrengend!«

Ein lautes Lachen unterbrach ihr Gespräch. Einer der Zwillinge hatte sich das Gesicht mit Soße bekleckert und versuchte, es mit einer Serviette sauberzuwischen – was allerdings dazu führte, dass sein Gesicht nun über und über mit roten Flecken gesprenkelt war. Ben kicherte, worauf ihm der Junge die Zunge herausstreckte.

Frances fing Marthas Blick auf, die ihr mit einem breiten Grinsen im Gesicht zuprostete.

»Habt ihr nicht Lust, nächste Woche mit uns Schlittenfahren zu gehen? Ich glaube, die Jungs verstehen sich gut!«

Ein Lächeln zog Frances Lippen auseinander. Und zum ersten Mal seit langem hatte sie das Gefühl, anzukommen.

2. Urks Geheimnis

von Amila Audry

Regen trommelte hart auf die schlammigen Gassen und der Wind pfiff eisig über die Schindeldächer. Unter normalen Umständen wäre bei diesem Wetter niemand freiwillig vor die Tür gegangen. Selbst der Schein der golden flackernden Kerzen in den Fenstern der kleinen Lehmhütten vermochte der tristen Welt, die sich da bot, keine Wärme zu spenden.

Und doch herrschte reges Treiben auf den Straßen. In kleinen Grüppchen flitzten unzählige Gestalten von Tür zu Tür. Die Gnomkinder hatten die Kapuzen ihrer Fellmäntel tief ins Gesicht gezogen und sich wollene Tücher um die Hälse geschlungen. Bis zu den knubbeligen grünen Nasen hatten sie die Schals gebunden, sodass nur noch die großen grauen Augen zu sehen waren, die sie zum Schutz vor dem scharfen Wind zu Schlitzen verengt hatten.

Sie drängten sich vor den schmalen Hauseingängen, während sie darauf warteten, dass man ihnen die Türen öffnete. Kaum geschah das Ersehnte, streckten sie die geflochtenen Körbe an ihren Armen vor und wer am nächsten stand, bekam kandierte Früchte, frische Backwaren oder bunte Süßigkeiten hineingelegt. Immer wieder wurden helle Kinderstimmen laut, die nach mehr verlangten oder sich beschwerten, gar nichts abbekommen zu haben. In den meisten Fällen waren diese Klagen von Erfolg gekrönt. Nur gelegentlich erklangen ein harsches Rufen und ein dumpfer Knall, wenn den Kindern die Türen vor den Nasen zugeschmissen wurden.

Vor jedem Eingang konnte man dieses Treiben beobachten. Vor jedem, außer dem einen. In großem Bogen liefen die kleinen Gnome an dem sorgfältig für den Winter vorbereiteten Garten vorbei, wagten höchstens einen verstohlenen Blick auf die liebevoll verzierte Holztür, deren frischer blauer Anstrich sich deutlich von den rotbraunen Lehmwänden abhob. Nichts ließ von außen erkennen, warum sie diese Hütte mieden.

Der alte Urk spähte aus dem Fenster und beobachtete das wilde Durcheinander der Kinder auf der Straße. Sie schubsten und zeterten, stopften sich Süßigkeiten an ihren Schals vorbei in die gierigen Münder und klopften schon an der nächsten Tür, kaum dass die gerade erhaltenen Geschenke unter den Tüchern ihrer Körbe verschwunden waren.

Traurig ließ der Gnom den dicken Vorhang sinken und humpelte zu seinem Schaukelstuhl. Gedankenverloren strich er mit den Händen über die knorrigen Armlehnen, während er in die Flammen des Kaminfeuers starrte. So konnte es doch nicht weitergehen. Diese Bälger kannten doch nicht einmal den wahren Grund, warum sie diesen Tag feiern konnten. Es war nicht Recht, was dort draußen geschah. Nichts von alledem war richtig. Und das würde er diesen verwöhnten Gören und Bengeln jetzt auch endlich einmal sagen.

Kurzentschlossen drückte er sich aus seinem Stuhl. Eisiger Wind schlug ihm entgegen, als er die Tür aufzog. Doch die Kälte, die sonst wie Nadeln in seine Haut stach, machte ihm heute nichts aus. Nein, sie belebte seinen müden Geist sogar.

»Hey!«, rief er in Richtung der Gnomkinder. »Kommt her!«

Die Reaktion der Kleinen war nicht weiter überraschend. Einige begegneten seinem Blick mit weit aufgerissenen Augen, andere sahen nur verstohlen rüber, ohne den Kopf überhaupt zu bewegen. Doch eines hatten sie alle gemein. Sobald er erkannt wurde, beschleunigte jedes der Kinder, das sich in der Nähe befand, seine Schritte und es hätte wohl nicht lange gedauert, da wäre die Gasse vor seiner Hütte wie leergefegt gewesen. Doch so weit wollte der alte Urk es nicht kommen lassen.

»Hey!«, rief er noch einmal, während er den Weg von seinem Haus hinunterstapfte. »Wenn es einer von euch auch nur wagt fortzulaufen, sorge ich persönlich dafür, dass Gießbart euch in seine Höhle verschleppt.«

Seine Worte zeigten Wirkung. Keines der Kinder riskierte es jetzt noch, sich zu rühren. Der alte Urk lächelte.

»Immerhin, diesen Teil der Geschichte kennt ihr also«, murmelte er, dann erhob er wieder seine Stimme. »Den ganzen Abend bettelt ihr an den Eingängen um Süßigkeiten. Doch an meine Tür hat keiner von euch geklopft. Dabei kann ich euch einen wahren Schatz bieten. Was ist los? Wollt ihr mein Geschenk etwa nicht?«

Irgendetwas in den Pfützen der matschigen Gasse schien plötzlich furchtbar interessant zu sein, denn ausnahmslos jeder der kleinen Gnome hatte für nichts anderes mehr Augen. Geschah ihnen Recht, dass sie nicht wussten, wohin mit ihren Blicken.

Gerne hätte der alte Urk sie noch ein wenig im Regen stehen lassen, doch ein Haufen verschnupfter Kinder würde ihm nur Ärger mit deren Eltern einhandeln. Also gab er sich einen Ruck und winkte sie zu sich heran. »Kommt. Es gehört sich nicht, eine Tür auszulassen.«

Mit diesen Worten drehte er sich um und stapfte den Weg zurück. Er wusste, dass die Kinder ihm folgen würden. Zu groß war ihre Neugierde, welchen Schatz er für sie hatte.

Wenige Augenblicke später saß der alte Urk wieder in seinem Schaukelstuhl, mit einem guten Dutzend kleiner Gnome, die sich in seiner beschaulichen Stube drängten. Grimmig musterte er sie. Was sollte er jetzt mit ihnen anstellen?

»Wo sind denn unsere Geschenke?« Eines der älteren Mädchen hob fordernd das Kinn. Die grünen Spitzen seiner Zöpfe lugten feucht unter der Mütze hervor.

»Ja«, wagte sich jetzt auch ein kleiner Junge mit viel zu großem Mantel hervor. »Wir haben nicht viel Zeit. Wir wollen doch noch zu den anderen Hütten.«

Missmutig zog Urk die Brauen zusammen. Nicht viel Zeit ... So war das also.

Er deutete auf den Teppich am Boden. »Setzt euch erstmal.«

Das Mädchen hob zum Protest an, doch der alte Urk brachte es mit einem warnenden Blick zum Schweigen.

Fragende Gesichter schauten sich gegenseitig an. Verhaltenes Tuscheln erfüllte die Luft und nach und nach ließen die Kinder sich zu Boden sinken.

»Und jetzt?«, fragte der kleine Junge von eben. Mit großen grauen Augen sah er zu Urk auf und die Neugierde in seinem Blick ließ Hoffnung in dem alten Gnom aufkeimen, dass er vielleicht doch zu den Kindern durchdringen konnte.

»Kennt ihr die Geschichte von Maleida?«

»Langweilig«, stöhnte ein rotznasiger Gnom.

»Ach ja?«, wollte Urk wissen. »Dann erzähl doch mal, was du weißt.«

Der kleine Bengel verdrehte die Augen und erklärte mit monotoner Stimme: »Vor vielen Jahren wurde unser Dorf von einem schrecklichen Monster heimgesucht – Gießbart. Er verwüstete unsere Felder, leerte unsere Winterlager und zerstörte unsere Häuser. Eines Tages zog Maleida aus, um Gießbart ein für alle Mal zu vernichten. Seitdem hat niemand je wieder etwas von einem der beiden gehört. Es heißt, Maleida habe das Monster fortgesperrt und bewache noch immer sein Gefängnis, um uns vor seinen Angriffen zu schützen.«

Urk musste schlucken. So hieß es tatsächlich. Und nur er wusste, dass das nicht stimmte. Er selbst hatte dafür gesorgt, dass niemand sonst davon erfuhr. Er streckte die Hand aus. »Zeig mir mal deinen Korb.«

Der Gnom legte schützend die Arme darum. »Das sind meine Süßigkeiten.«

Urks Miene verfinsterte sich. »Ich werde sie dir schon nicht wegessen.«

»Du kannst meine haben.« Der kleine Junge mit dem viel zu großen Mantel schob schüchtern seinen Korb nach vorn.

Urk bückte sich und hob das Tuch an. Dann griff er mit seinen knorrigen Fingern hinein und zog ein Teilchen in Form eines Schlüssels heraus. Er war mit dem goldenen Blütenstaub der Krosusblume bestreut und duftete köstlich.

»Seht ihr dieses Teilchen?«, fragte er die Kinder.

Sie nickten. Einige rollten mit den Augen, weil die Antwort doch offensichtlich war.

»Wisst ihr, warum es die Form eines Schlüssels hat?«

Der rotznasige Gnom hob die Schultern. »Ist doch egal.«

Urks Miene verfinsterte sich. »Das ist es eben nicht«, erwiderte er grollend.

»Ist doch einfach«, sagte das Mädchen mit den grünen Zöpfen. »Das ist der Schlüssel, mit dem Maleida Gießbart weggesperrt hat.«

»Falsch«, erwiderte der alte Urk.

»Natürlich. Was soll es denn sonst für einer sein?«

Urk lehnte sich vor und sah bedeutungsvoll in die Runde. »Es ist der Schlüssel, mit dem Maleida Gießbart *befreit* hat.«

»So ein Blödsinn«, rief der rotznasige Gnom. »So etwas Dummes würde sie nie tun.«

»Es ist doch nicht dumm, einem Lebewesen die Freiheit zu schenken«, schimpfte Urk.

»Wenn es uns alle töten will.«

Beinahe wäre der alte Gnom aufgesprungen und hätte den Jungen geschüttelt. Doch hatte er nicht einst genauso gedacht? Die Kinder wussten es nicht besser. Woher auch, wenn niemand ihnen die Wahrheit erzählte.

»Hört mir gut zu«, sagte er deshalb. »Ich verrate euch jetzt, was wirklich passierte, als Maleida auszog, um Gießbart zu besiegen.« Einem nach dem anderen sah er den Kindern tief in die Augen und versicherte sich ihrer Aufmerksamkeit, bevor er fortfuhr. »Damals suchte Gießbart unser Dorf schon seit mehreren Jahren heim. Alle Versuche, ihn einzufangen und zu töten, waren bisher gescheitert. Die letzte Ernte reichte kaum für den Winter und ein weiterer Angriff Gießbarts auf die Lager und das Dorf wäre verloren.«

»Warst du denn damals überhaupt schon geboren?«, wollte das Mädchen mit den grünen Zöpfen wissen.

»Das war ich in der Tat. Ich war zu der Zeit ein kleiner Gnom, so wie ihr es seid.« Der alte Urk dachte traurig zurück an die Wochen des Bangens und Hoffens, dass Gießbart dieses Mal bei seinem Angriff die Winterlager verschonen würde. Doch das hatte er nicht getan. »Eines Morgens kamen die Bauern zu ihren Scheunen und fanden die Tore aufgebrochen und die Vorräte verwüstet vor. Sie schlugen Alarm und die Ältesten des Dorfes kamen zusammen und entschieden, dass es das Beste sei, das Dorf zu verlassen und sich einen neuen Ort zum Leben, fernab des wütenden Monsters, zu suchen. Als Maleida dies hörte, beschloss sie, selbst gegen Gießbart zu ziehen. Sie war noch ein junges Mädchen und sie und ihr kleiner Bruder hatten zwei Jahre zuvor ihre Eltern im Kampf gegen ihn verloren. All ihre Erinnerungen an sie waren mit diesem Ort verbunden und unter keinen Umständen wollte Maleida ihn verlassen. So verließ sie in der Dämmerung das Dorf und schlich durch den tiefen Schnee in die Wälder, in denen Gießbart sich versteckte. Bewaffnet war sie nur mit der alten Axt, die ihr Vater stets zum Holzhacken benutzt hatte, und die sie kaum über den Kopf heben konnte. Ihr kleiner Bruder sah, wie sie sich davonschlich und folgte ihren Spuren.

Die ganze Nacht suchte das Mädchen im Schein seiner Fackel nach dem Monster, das seine Eltern auf dem Gewissen hatte. Mit seinen ungewöhnlich goldenen Augen durchforschte es die Schwärze der Nacht, aber Gießbart konnte es nirgends entdecken. Die Axt schleifte Maleida mittlerweile nur noch hinter sich her, doch sie weigerte sich aufzugeben.

Als das Licht der aufgehenden Sonne die Schatten der Nacht bereits vertrieben hatte, durchbrach plötzlich ein markerschütterndes Brüllen die Stille, gefolgt von einem spitzen hohen Schrei. Augenblicklich ließ Maleida die ohnehin fast erloschene Fackel fallen, festigte ihren Griff um die schwere Axt und wirbelte einmal um ihre eigene Achse. Was sie dann sah, übertraf ihre schlimmsten Alpträume. Ein Wesen, dreimal so groß wie ein ausgewachsener Gnom, ragte zwischen den Büschen und Bäumen empor. Sein beinahe schwarzer kahler Rücken war übersät mit tiefen Wunden in den unterschiedlichsten Heilstadien, die sich über bereits bestehende wulstige Narben zogen. Aus der Kniekehle der Kreatur ragte ein abgebrochener Pfeil und seine struppigen Haare auf dem Kopf waren auf einer Seite angesengt und eiternde Blasen zierten die freigelegte Kopfhaut.

Doch das war es nicht, was Maleida das Blut in den Adern gefrieren ließ. Nein, sie sah nur das winzige Häufchen, das zu den Füßen des Monsters im Schnee lag, und jeden Moment von einer seiner Pranken zerquetscht werden würde.

Sie begegnete dem panischen Blick ihres kleinen Bruders, der wie zu Stein erstarrt schien. Einzig seine Lippen bewegten sich und formten stumm das Wort ›Hilfe‹.

Jetzt erst wurde ihr klar, wie aberwitzig ihre Idee gewesen war. Wie sollte sie gegen dieses Ungeheuer siegen? Und jetzt würde ihr Leichtsinn ihr das Letzte nehmen, das ihr noch geblieben war. Das konnte sie nicht zulassen.

›Gießbart‹, schrie sie, ohne zu wissen, was sie tun sollte, sobald sie die Aufmerksamkeit des Monsters hatte.

Doch das Ungeheuer wandte sich nur kurz um und streifte Maleida mit einem flüchtigen Blick. Es schien in ihr keine Bedrohung zu erkennen, denn im nächsten Moment galt sein Interesse wieder seinem ursprünglichen Opfer. Gießbart holte erneut mit seiner Pranke aus und noch immer bewegte der kleine Gnom sich keinen Zentimeter.

Maleida wollte die Axt nehmen und sie dem Monster ins Fleisch schlagen, damit es endlich von ihrem Bruder abließ. Doch sie war zu erschöpft, um die schwere Waffe anzuheben. In einem Akt der Verzweiflung ließ sie sie fallen, rannte zu ihrem Bruder, warf sich über ihn und flehte: ›Bitte, lass ihn in Ruhe. Nimm mich an seiner statt. Tu mit mir, was du willst, aber lass ihn gehen.‹

Gießbart grunzte, wohl überrascht von dieser absurden Bitte. Doch dann geschah etwas, womit niemand gerechnet hatte. Maleida hob die Augen, um ihren Worten Nachdruck zu verleihen und begegnete dem Blick des Monsters. Aber es war keine kalte Brutalität, die sie darin entdeckte. Nein, es war eine tiefe Einsamkeit, wie sie sie nur von sehr alten Gnomen kannte, die nach Jahren mit ihrem Seelenverwandten allein an dessen Grab standen.

Und auch Gießbart schien in Maleidas Augen etwas zu sehen, das er nicht erwartet hatte. Denn mit einem erneuten Grunzen ließ er die Pranke sinken, legte sie um ihre Hüften, hob sie auf seine Schulter und verschwand mit ihr im Dickicht des Waldes.

Erst als sie längst weit fort waren, schaffte ihr Bruder es, sich aus seiner Starre zu befreien. So schnell er konnte, rannte er zurück ins Dorf, um Hilfe zu holen. Doch als die Ältesten ihn fragten, was passiert sei, zögerte er.

Er wusste, warum Maleida in den Wald gegangen war. Auch er hätte alles getan, um zu verhindern, dass die Gnome den Ort, an dem seine Eltern begraben waren, verließen. Wenn er nun erzählte, dass Gießbart seine Schwester entführt hatte, dann wäre ihr Opfer umsonst gewesen. Und es konnte doch sein, dass das Monster nicht nur ihn verschont hatte, sondern sich künftig auch vom Dorf fernhalten würde.

Also überlegte Maleidas Bruder es sich im letzten Moment anders und behauptete, seine Schwester habe das Monster besiegt und gefangengenommen. Als man ihn fragte, wie sie das geschafft haben wolle, wo doch so viele vor ihr gescheitert waren, sagte er, sie habe einen magischen Schlüssel gehabt, mit dem sie das Monster in Ketten gelegt hätte, noch bevor es wusste, wie ihm geschah. Doch das Problem sei, dass die Magie des Schlüssels nur wirke, solange sie ihn im Schloss festhielte und deshalb könne sie nie wieder zurückkommen. Man glaubte ihm und die Ältesten beschlossen, das Dorf nicht zu verlassen.

Nur ein einziges Mal traf der junge Gnom seine Schwester wieder. Als er einige Tage nach seiner Rückkehr wie jeden Morgen am Grab seiner Eltern stand, entdeckte er dort Fußspuren im frischen Schnee. Zu oft hatte er gemeinsam mit Maleida hier nach dem Geist ihrer Eltern gesucht. Er erkannte ihre Abdrücke sofort und, ohne weiter nachzudenken, folgte er ihnen fort vom Dorf. Als er den Saum des Waldes erreichte, zögerte er. Was, wenn Gießbart doch nicht verschwunden war? Da zog ihn etwas am Arm zwischen die Bäume und plötzlich sah er sich seiner Schwester gegenüber. Erleichtert fiel er ihr in die Arme. Dicke Tränen kullerten über seine Wange und in ihr dichtes Haar.

›Ich werde fortgehen‹, flüsterte sie.

Der kleine Gnom schüttelte heftig mit dem Kopf und drückte das Gesicht noch fester an ihre Schulter.

›Ich muss.‹ Maleida strich ihm über den Kopf. ›Ich habe Gießbart versprochen, bei ihm zu bleiben. Aber mach dir keine Sorgen um mich. Es ist alles nicht so, wie es scheint.‹

›Er hat unsere Eltern getötet‹, schluchzte ihr Bruder.

›Ich weiß. Aber er tat dies nicht aus Bösartigkeit. Es war zu seinem eigenen Schutz.‹

›Zu seinem Schutz?‹ Der kleine Gnom löste sich aus den Armen seiner Schwester und zog die Nase hoch.

›Sieh mal, Gießbart ist ein Gnom wie du und ich.‹

›Ist er nicht. Er ist ein Monster.‹

›Nein. Er mag außergewöhnlich groß sein und sein Äußeres mag uns verschrecken. Doch dafür kann er nichts. Wir sind es, die ihn zum Monster gemacht haben. Indem wir in ihm nur gesehen haben, was uns Angst macht, und ihn gejagt und verletzt haben, haben wir das Wesen erschaffen, das unsere Eltern umgebracht hat. Alles, was er braucht, ist ein Freund und etwas Verständnis und Liebe.‹

›Aber was ist mit mir?‹

›Du bist stark, Kleiner. Du wirst es schon ohne mich schaffen. Erzähl den anderen die Wahrheit. Sorge dafür, dass sie verstehen. Und vielleicht werden Gießbart und ich eines Tages in Frieden zurückkehren können.‹

Maleida zog ihren Bruder noch einmal zu sich heran und drückte ihm einen Kuss auf die Stirn. Dann verschwand sie zwischen den Bäumen und ward nie wieder gesehen.«

Mit diesen Worten endete der alte Urk. Er war selbst so in seiner Geschichte gefangen gewesen, dass er die Kinder um sich herum ganz vergessen hatte. Jetzt begegnete er ihren neugierigen Blicken, mit denen sie ihn aus großen Augen musterten. Die Körbe mit Süßigkeiten schienen sie ganz vergessen zu haben.

Nur einer von ihnen blieb skeptisch. Der rotznasige Gnom verschränkte die Arme vor der Brust. »Und woher willst du das alles wissen?«, fragte er herausfordernd.

Urk seufzte. Er hatte befürchtet, dass diese Frage kommen würde. Er hatte alles dafür getan, dass die Gnome vergaßen. Alle hatte er von sich gestoßen und ein Leben als Einsiedler geführt.

Doch, anders als damals, war er heute bereit für die Wahrheit. Er hatte Maleida verziehen. Er wusste nun, dass sie wahre Stärke bewiesen hatte. Sie hatte Selbstlosigkeit gezeigt, als sie ihren Bruder schützte, und sie hatte Vergebung geschenkt, wo andere nur Hass gespürt hätten. Es mochte ihr goldener Blick gewesen sein, der das Monster gefesselt hatte. Doch es war ihre Güte, die der wahre Schlüssel zu Gießbarts Herzen gewesen war.

Er lächelte den jungen Gnom an. »Ich weiß es, weil ich dabei war. Ich bin Maleidas Bruder.«

Als die kleinen Gnome einige Zeit später seine Hütte verließen, war der eisige Wind einer sanften Brise gewichen und der Regen fiel nun als dicke weiße Flocken zu Boden. Die älteren Kinder nahmen die jüngeren bei der Hand, damit sie auf dem frischen Schnee nicht ausrutschten, und leise tuschelnd gingen sie zurück zur Straße. Kein Schubsen und Drängeln, keine gierigen Rufe mehr.

Mit einem müden Lächeln schloss Urk die Tür. Viel zu lange hatte er die Wahrheit geheim gehalten. Doch jetzt war er endlich frei. Erschöpft ließ er sich in seinen Schaukelstuhl sinken und schloss die Augen.

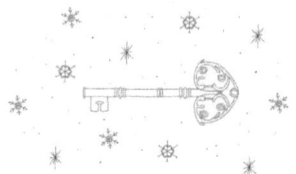

3. Erbstreit zum Glück?

von Projekt »GAMBIO – Der perfekte Tausch«

Ich fror entsetzlich. Das lag jedoch nicht am unzureichend beheizten Büro des Notars. Die Kälte, die mich erschaudern ließ, kam von innen. Oma war gestorben und mit ihr die einzige Familie, die meine älteren Geschwister und ich noch gehabt hatten. Einsam bahnte sich eine Träne ihren Weg über meine Wange.

»Reiß dich zusammen, Maria!«, zischte mein Bruder.

»Herrgott!«, stimmte meine Schwester mit ein. »Dass du immer so gefühlsduselig sein musst. Oma war alt. Sie hatte ein schönes Leben, aber ihre Zeit war gekommen.«

»Und jetzt werden wir ein schönes Erbe haben. Finde dich damit ab!«, führte mein Bruder die Ansprache zu Ende.

Wie konnten die beiden dermaßen gefühlskalt sein? Hatte Oma ihnen denn so wenig bedeutet? In ihren Gesichtern suchte ich vergeblich nach Anzeichen von Trauer. Stattdessen blitzte Gier in ihren Augen. Sie malten sich bereits aus, wie sie ihr Erbe am besten investieren und vermehren konnten. Zugegeben, ich brauchte auch Geld, aber Omas liebevolle Gegenwart wäre mir mehr wert gewesen als jede Finanzspritze der Welt.

Endlich trat der Notar ein, kondolierte und ließ uns die nötigen Formulare unterschreiben. Kommentarlos reichte er mir einen Brief, den ich mit zitternden Händen öffnete.

Noch bevor ich das Blatt auseinanderfalten konnte, riss mein Bruder es mir aus der Hand und las selbst vor: »Ein Schlüssel bringt euch ans Ziel. Folgt den Hinweisen! Tauscht geschickt! Wer zuerst kommt, mahlt zuerst.« Ungläubig drehte er den Brief hin und her.

»Willst du uns auf den Arm nehmen?« Wütend riss meine Schwester den Brief an sich. Doch auch sie las nur dieselben Zeilen.

»Verstehe ich das richtig? Wir sollen Sachen tauschen als eine Art Schnitzeljagd zu Omas Erbe?«, fasste mein Bruder zusammen. »Und wer den Schlüssel zuerst findet, bekommt alles?«

Wortlos reichte der Notar jedem von uns einen weiteren Umschlag. Getrieben von jahrzehntelanger Geschwisterkonkurrenz rissen wir sie auf. Ehe ich begriff, was darin enthalten war, hatten mein Bruder und meine Schwester das Büro bereits verlassen. Natürlich! Jeder von ihnen wollte das Erbe für sich allein. Langsam folgte ich ihnen und ließ den Notar ebenfalls grußlos zurück.

Draußen wehte mir ein eisiger Wind ins Gesicht. Der Winter hatte die Stadt fest im Griff. In einem geschützten Hauseingang betrachtete ich den Inhalt des Umschlages. Der Zettel war mit »Weihnachtsmarkt« beschriftet und um einen Strohstern gefaltet. Mit solchen hatte Oma immer den Weihnachtsbaum geschmückt. Wehmütig glitten meine Finger über das glatte Stroh. Der Auftrag war klar: »Tausche den Strohstern auf dem Weihnachtsmarkt!«

Wie mich das zum nächsten Hinweis führen sollte, wusste ich nicht, aber dafür war mir klar, wogegen der Stern zu tauschen war. Zielstrebig steuerte ich die Glühweinpyramide an. Hier hatten Oma und ich jedes Jahr einen Punsch zusammen getrunken. Stotternd erklärte ich am Tresen meine Situation und konnte kaum glauben, dass ich am Ende meiner Ausführungen tatsächlich einen Becher Punsch in der Hand hielt. Meine Augen glitten über das Getümmel um mich herum. Ob meine Geschwister denselben Auftrag hatten? Ich konnte sie jedenfalls nicht entdecken. Der Becher leerte sich schneller, als mir lieb war. Ich trank gerade den letzten Tropfen, da verschluckte ich mich. Am Tassenboden befand sich der nächste Hinweis: »Schlittschuh«. Ich steckte die Tasse ein und lief los.

Mein Ziel war die Eishalle am anderen Ende der Stadt. Wer würde mir dort einen Becher mit der Aufschrift »Weihnachtsmarkt ist bärenstark« gegen einen Schlittschuh eintauschen?

In der Eishalle wimmelte es von großen und kleinen Schlittschuhläufern. Es war so kalt, dass ich meinen eigenen Atem sehen konnte. In der Luft waberte der Duft von Alkohol, gemischt mit Zimt und Nelken. Unwillkürlich griff ich in meine Tasche, zog den Becher heraus und versuchte mein Glück beim Schlittschuhverleih.

»Wie? Verstehe ich dich richtig? Du willst eine Tasse vom Weihnachtsmarkt gegen einen Schlittschuh tauschen? Hömma, was hast du denn geraucht?« Mein Gesicht fühlte sich tiefrot an, mir wurde heiß, obwohl ich eben noch gefroren hatte. Ich murmelte eine Entschuldigung und lief schnell davon.

Auf der Straße blickte ich mich ratlos um. Was hatte Oma mit Schlittschuh gemeint? Wenn sie doch nur hier wäre. Ich schloss meine Augen und sah sie vor mir, ihre zusammengebundenen Schlittschuhe über der rechten Schulter, mich an der Hand, auf dem Weg zum … Ich öffnete die Augen. Der Natursee! So schnell wie Eis und Glätte auf der Straße es zuließen, rannte ich los.

Schwitzend trotz Kälte kam ich an dem mir wohlbekannten See an und ärgerte mich, dass ich nicht gleich darauf gekommen war. Hoffentlich hatte ich durch meinen Irrtum nicht zu viel kostbare Zeit verloren.

Mit zusammengekniffenen Augen und atemlos vom Laufen blickte ich mich um. An diesem kalten Nachmittag war kein Mensch zu sehen. Auch nicht meine Geschwister. Der See lag still und starr in der Winterlandschaft, ganz wie in dem schönen Weihnachtslied. Ich ergriff abermals den Becher, zum Tausch bereit. Nur wo? Am See war nichts außer einem alten Jägerhaus, vor dem ich mich als Kind immer gefürchtet hatte, weil es mich an das Märchen von Rotkäppchen erinnerte. »Komm, los, es ist die einzige Chance«, sprach ich mir Mut zu. »Oder glaubst du immer noch an den bösen Wolf?« Entschlossen stapfte ich zur Hütte, klopfte an und bekam fast einen Kollaps, als sie sofort geöffnet wurde.

Vor mir stand ein älterer Herr, in grünes Loden gekleidet, an den Füßen feste, gefütterte Stiefel, im Gesicht ein warmes Lächeln. »Nicht erschrecken, mein Name ist Lindner und ich habe dich bereits erwartet. Deine Oma hat mir viel von dir erzählt. Sie hat nicht übertrieben. Du bist ihr wirklich wie aus dem Gesicht geschnitten.«

Ungläubig starrte ich ihn an.

»Komm rein, wir haben nicht viel Zeit. Deine Geschwister sind bestimmt wie die Hyänen hinter dem Schlüssel her.«

Benommen trat ich in die Hütte, die sehr gemütlich eingerichtet war. Im Ofen knisterte ein wohliges Feuer, auf dem Herd duftete eine Kanne Kaffee. Suchend sah ich mich um, da fragte Herr Lindner: »Hast du etwas für mich?«

»Ja«, sagte ich erstaunt und überreichte ihm den Becher. Er nickte wissend, nahm ihn entgegen und zeigte auf einen Schlittschuh, der scheinbar achtlos in der Ecke lag. Es war der alte linke Schuh von Oma, gut erkennbar am gerissenen Schnürsenkel. Ich griff hinein und zog ein Stück Bernstein heraus, in dem ein perfekt erhaltener Skarabäus eingeschlossen war. Nachdenklich drehte ich den Fund in meinen Händen.

Er glitzerte wunderschön im flackernden Licht des Kamins. Herr Lindner sah aus dem Fenster und ermahnte mich zur Eile. Ich trat aus der Tür, direkt vor meine Schwester. Warum lief sie mir hinterher anstatt ihren eigenen Hinweisen?

»Du hier? Hätte ich dir gar nicht zugetraut«, schnaubte sie wutentbrannt im Vorbeigehen. Ich ignorierte die schmerzende Bemerkung und lief der Abenddämmerung entgegen, den Bernstein fest in meiner Hand.

Oma und ein Bernstein mit einem eingeschlossenen Skarabäus. Wie passte das zusammen? Sie hatte nie Schmuck getragen und ich konnte mich nicht erinnern, dass sie sich für die Geschichten alter Kulturen interessiert hätte. Ich lief am Ufer des Sees entlang und entschied mich dazu, eine kleine Pause einzulegen. Oma mochte es nie, wenn wir hetzten. Ich nahm den altbekannten Trampelpfad bis zu unserer Lieblingsbank. Sie stand einsam an dem verwilderten Ufer. Als ich mich darauf niederließ, überfiel mich eine Schwere. Ich vermisste die Telefonate mit ihr, wenn sie mir erzählte, dass die Nachbarin wieder diese furchtbaren, orangefarbenen Studentenblumen gepflanzt hatte, die ein Schandfleck für jeden Garten wären. Ich liebte es, ihr zuzuhören, wenn sie davon sprach, dass Opa der einzige Mensch auf dieser Welt gewesen war, der es geschafft hatte, eine Suppe anbrennen zu lassen. Nachdenklich fuhren meine Hände über den Bernstein.

»Ach Oma, was willst du mir damit sagen?«

Wenn ich im Alltag etwas nicht wusste, dann nahm ich mein Handy zur Hand und fragte Google. Warum nicht auch jetzt? Also gab ich die Worte »Bernstein« und »Skarabäus« ein und wartete darauf, was mir die Suchmaschine antworten würde.

Unzählige Wikipedia-Einträge später war ich nicht schlauer. Meine Hände wurden langsam taub und so steckte ich die nutzlose Technik wieder in meine Jackentasche. Genau in diesem Moment kam die Erkenntnis. Mit der flachen Hand klatschte ich gegen meine Stirn und sprang auf, um zu Omas Haus zu rennen. Nicht einfach ein Haus. Es war der Ort, an dem mein Herz wohnte. Es war meine Heimat auf zwei Etagen, mit großem Garten und dem immerwährenden Geruch nach Erdbeermarmelade. Es war nicht der Schmuck oder der Käfer. Bernstein ist fossiles Harz. Harz kommt von Bäumen und Bäume stehen für Natur, Atemluft, Sonnenschutz im Sommer, Regenschutz an grauen, nassen Tagen. Und ein Skarabäus ist nichts anderes als ein Mistkäfer wie die in unseren heimischen Gärten. Oma, du warst so eine verrückte Nudel! Vor Glück lachend lief ich durch die Straßen zu Omas liebstem Ort.

Wenige Meter vor mir konnte ich Thomas ausmachen. Auch er schien auf der richtigen Fährte zu sein. Ich blieb stehen und wartete ab, wo er hinging. Zu meiner Überraschung schlug er nicht den Weg zu Omas Haus ein. Erleichterung und ein Hauch Verwirrung machten sich in mir breit. Ich schob beides von mir und wenige Minuten später war ich an meinem Ziel. Das Holztor quietschte, als ich es öffnete. Ohne Umwege ging ich auf den Kirschbaum zu, unter dem Oma im Sommer immer gelegen hatte. Ich umrundete ihn mehrere Male, ohne etwas zu finden.

»Maria?«

Erschrocken hob ich meinen Kopf und sah Omas Nachbarin in die Augen. »Hallo Frau Voigt«, begrüßte ich die alte Dame und wollte mich wieder abwenden.

»Ich glaube, Sie haben etwas für mich.« Ich schaute erst sie und dann den Stein in meiner Hand an. Wortlos streckte sie ihre Finger nach dem Bernstein aus. Ich gab ihn ihr und erhielt im Gegenzug einen Zehn-Mark-Schein. Ich blinzelte verwirrt, während Frau Voigt spitzbübisch kicherte.

Geld aus längst vergangener Zeit. Ich schmunzelte, weil mir klar war, was Oma damit meinte.

Frau Voigt zwinkerte mir lächelnd zu und ließ mich zurück. Ich hielt Ausschau nach meinen Geschwistern, sah aber keinen von ihnen. Augenblicklich rannte ich los, quer durch den hohen Schnee und auf das Haus vom alten Josef zu. Vollkommen sicher stapfte ich Richtung Haustür des Bauernhofes und pochte hektisch gegen die Holztür. Unverhofft sprang sie auf, ohne dass jemand von innen geöffnet hätte. Vorsichtig spähte ich in den dunklen Gang hinein. »Josef?«, hallte mein zaghaftes Stimmchen. »Ich habe eine Frage an dich. Kann ich kurz reinkommen?«

Eine Antwort blieb aus.

»Habe ich es mir doch gedacht!«, ertönte es hinter meinem Rücken. Ich zuckte so unsanft zusammen, dass mir der Zehn-Mark-Schein aus der Hand fiel und zu Boden segelte. Diese Stimme gehörte niemand anderem als meiner Schwester Susanne. Bevor ich mich aus der Schockstarre befreien konnte, krallte sie sich schon den Geldschein.

»Dachtest wohl, du bist diejenige, die das Geld beim Josef gegen eine Kutschfahrt eintauscht. Ich habe nicht gespielt. Musste dir nur hinterherlaufen. Wer sonst hätte wissen sollen, was mit diesen blöden Kinderspielen anzufangen ist. Du bist doch immer mit Oma Pferdeschlitten gefahren. Ich hatte noch nie was dafür übrig.«

Provokant wedelte Susanne mit dem Schein vor meiner Nase herum. Sie steckte das Geld in ihren Ausschnitt und rannte ins Haus. Ich sah das Erbe meiner geliebten Oma zerrinnen. Meine Schwester schrie derweil im Gang herum und riss alle Türen auf. Ihr Tatendrang stoppte nicht einmal vor der Toilette.

Mir war nicht danach danebenzustehen, wenn sie auf den armen Josef traf, darum drehte ich mich um und schlenderte über den Hof. »Du bist jetzt sicherlich enttäuscht von mir, Oma«, murmelte ich. »Schon als Kind hast du mir eingebläut, dass ich mich von meinen älteren Geschwistern nicht übertrumpfen lassen soll.«

Als ich fast körperlich wahrnahm, wie Oma mir liebevoll über die Haare strich, erwachte ich aus meinem Selbstmitleid. »Josef«, flüsterte ich und lief los. Urplötzlich war mir klar, wo ich ihn finden würde. Ob mit Schein oder ohne war mir egal. Ich spitzte meine Ohren und lauschte nach einem Geräusch, das Pferde verursachten. Bei diesen Schneemassen kein simples Unterfangen. Doch dann nahm ich ein Schnauben wahr. Eilends schaute ich mich nach Susanne um. Ihr Haarschopf lugte aus der Tür des Hauses hervor. Schnell drückte ich mich an die Stalltür und hoffte, dass sie mich hinter dem Mauervorsprung nicht entdeckte. Mit zitternden Fingern öffnete ich den Holzverschlag und verschwand dahinter.

Ein kehliges Lachen ertönte neben einem vertrauten Wiehern. »Wo ist der Geldschein?«, fragte Josef, die Leine vom Pferd in der Hand. »Ohne Ausgleich bekommt von mir keiner eine Kutschfahrt.« Er zwinkerte mir zu.

Ich verzog das Gesicht und atmete die Luft durch die Zähne ein. »Meine Schwester bezahlt!«

»Na, wenn das so ist. Komm, die Pferde sind schon eingespannt. Ich wollte gerade in den Wald und den Weihnachtsbaum für den Kindergarten schlagen. Du kannst mir dabei helfen.«

Während ich Josef zum Pferdeschlitten folgte, erinnerte ich mich an den wunderschönen Weihnachtsbaum, welcher jedes Jahr von den Kindern mit Begeisterung geschmückt und mit tausend bunten Lichtern zum Strahlen gebracht wurde. Als ich selbst noch in der Kindergartengruppe *Kater Levi* war, hatte ich mit Goldpapier und einer roten Schleife ein Päckchen als Baumschmuck gebastelt. Oma war so stolz auf mich gewesen. Diese Tradition führten sie bis heute fort, wie ich von meiner besten Freundin Abelina erfahren hatte.

»Zum Glück liegt im Wald genügend Schnee, sodass wir den Schlitten nehmen können«, riss mich Josef aus den Gedanken.

Mit leuchtenden Augen kletterte ich neben ihn auf den Bock. Von Susanne war nichts zu sehen. Ich entspannte mich und genoss die zügige Fahrt mit leichtem Frösteln.

Der Tannenbaum war schnell geschlagen, zusammengeschnürt und verladen. Auf dem Rückweg zum Dorf fragte ich den Kutscher: »Sag mal, hast du nicht noch etwas für mich?«

»Nein«, war seine knappe Antwort. »Mein Auftrag ist erfüllt!« Ich schaute ihn fragend an.

»Weißt du«, er räusperte sich, »deine Oma hatte damals die Idee mit dem Weihnachtsbaum im Kindergarten. Deine Mutter war gerade mal vier Jahre alt. Wir sind danach unzählige Male zusammen in den Wald gefahren, um den Baum auszusuchen und gemeinsam aufzustellen.«

Dabei füllten sich seine graublauen Augen mit Tränen. Ich schluckte. Schweigend erreichten wir den Kindergarten. Dort wartete bereits Hausmeister Erwin, um den Baum in Empfang zu nehmen.

»Und du hast wirklich keinen weiteren Hinweis für mich?«, hakte ich verzweifelt nach. Josef schüttelte bedauernd den Kopf. Ich fühlte, dass ich kurz vor dem Ziel war, wusste aber nicht, in welcher Richtung ich weitersuchen sollte.

Zweifel krochen langsam meinen Rücken hinauf und machten sich im Kopf breit. Gab es noch einen Hinweis oder war das angebliche Erbe nur ein Spuk, eine Fata Morgana – ein nicht durchdachter, unfertiger Plan?

»Nein!«, rief ich laut aus. Oma Käthe hatte immer alles im Griff und bis ins kleinste Detail geplant gehabt, niemals würde sie uns in die Irre führen.

»Wie bitte?« Hausmeister Erwin schaute mich ungläubig an. »Der Baum kommt wie immer in den großen Gruppenraum und wird dort von allen gemeinsam geschmückt, so wie es einst deine Oma wollte. Das ist eine feste Tradition, genau wie die, dass der heilige Petrus mit seinem goldenen Schlüssel ganz oben auf der Tannenspitze sitzt!«

Bevor ich klarstellen konnte, dass ich mit meiner Aussage gar nicht ihn gemeint hatte, verschwand Hausmeister Erwin zusammen mit Josef, der den Baum am Stamm ins Gebäude zog.

Wie einer Spur ausgelegter Brotkrumen folgte ich den Tannennadeln hinein. Im Türrahmen zum großen Gruppenraum blieb ich stehen und bestaunte den Anblick. Die warmweißen Lichter spendeten mir Trost in meiner Trauer. Oma hätte das gefallen.

»Hey, mach mal Platz!«

»Mach selber Platz.«

Von beiden Seiten trafen mich Ellenbogen und stießen mich weg, sodass ich auf dem Boden landete. Meine Geschwister stürmten an mir vorbei und sahen sich hektisch um. Wussten sie schon, was wir suchten? – Ja, klar! Der Schlüssel des heiligen Petrus.

Flink rappelte ich mich auf. Doch Susanne hielt die Figur bereits in ihren Fingern. Thomas versuchte sie ihr mit aller Macht aus den Händen zu reißen.

»Was ist denn mit euch los?«, polterte Erwin, aber die Streithähne hörten nicht zu. Sie zogen und zerrten an Petrus, bis er letztendlich mit einem lauten Klirren zu Boden fiel und zerbrach.

Inmitten all der Scherben entdeckte ich, versteckt unter dem unversehrten goldenen Schlüssel, einen kleinen Zettel.

»Mann, Thomas, jetzt hast du unsere Chance auf das Erbe zerstört!«

»Ich? Sag mal, spinnst du?«, kreischte er. »Du hast es mir doch aus den Händen gerissen!«

Ich schnappte mir Schlüssel und Papier und faltete es vorsichtig auseinander. Die Schwingung der Handschrift trieb mir die Tränen in die Augen.

Thomas' Atem streifte meine Wange, als er neben meinem Ohr schnaubte. »Das darf doch nicht wahr sein! Alles *dafür*? Ich gehe.«

Susanne warf ebenfalls einen Blick auf Omas letzte Zeilen, bevor sie schimpfend meinem Bruder hinterherlief.

Geflutet von einem Gefühl der Glückseligkeit presste ich die Nachricht mit ihren letzten Worten dankbar an meine Brust. In meinen Augen hätte sie uns nichts Wertvolleres vermachen können.

Den Schlüssel zum Glück findet ihr einzig und allein in euren Herzen und da Liebe bekanntlich durch den Magen geht, verrate ich euch das geheime Rezept meiner Haferkekse. Backt sie und erinnert euch zurück an die Zeit, als die Welt noch voller Wunder war.

Ich hab euch lieb!
Eure Oma Käthe

4. Der neue Kollege

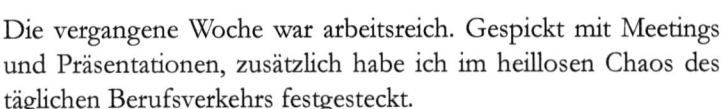

von Jes Schön

Die vergangene Woche war arbeitsreich. Gespickt mit Meetings und Präsentationen, zusätzlich habe ich im heillosen Chaos des täglichen Berufsverkehrs festgesteckt.

Nicht, dass ich meckern möchte. Meine Projekte laufen gut und die Beförderung rückt sukzessiv näher. Ende des Monats wird bekannt gegeben, wer die Abteilung nach dem Weggang unseres Teamleiters übernimmt und ich rechne mir gute Chancen aus. Nach all den Jahren, in denen ich den Buckel krumm mache, ist es das Mindeste, was sie mir anbieten können.

Jetzt ist erst einmal Wochenende. Zur Erholung habe ich mich mit meiner Freundin zum Shoppen verabredet.

Beschwingt steige ich aus dem Bett, um das Rollo nach oben zu ziehen, und bleibe wie vom Donner gerührt stehen. Zeitgleich vibriert mein Smartphone auf dem Nachttisch. Gefesselt von dem Anblick vorm Fenster reagiere ich nicht darauf, bis es schließlich wieder aufhört.

Schnee ist nicht unüblich für die Region, in der ich seit meiner Geburt lebe. Die Masse an Neuschnee, die über Nacht aus dem Nichts gefallen ist, haut aber selbst mich Alpenanrainerin um.

Das wars dann mit der Shoppingtour. Die Straßen werden dicht sein, weil alle auf die Pisten wollen.

Die Nachbarn haben schon angefangen, mit Schneefräsen und Schaufeln die Wege und Dächer freizuräumen. Jetzt realisiere ich, dass auch auf unserem Dach die schabenden Schleifgeräusche einer Schippe ertönen. Mein Vater, mein Bruder oder gleich beide befreien auch unser Dach von der Last.

Das erneute Vibrieren meines Smartphones holt mich aus meiner mürrischen Betrachtung.

»Guten Morgen, Clara«, begrüßt mich meine Freundin fröhlich.

»Gibt es einen Grund für deinen Enthusiasmus oder hast du noch nicht aus dem Fenster geschaut?«

Die schlechte Laune beim Anblick des Schneedesasters brodelt in mir.

»Ach komm, dann gehen wir auf die Piste. Hauptsache, wir haben Spaß.« Anja ist wie immer durch nichts aus der Ruhe zu bringen.

»Ich brauche ein Kostüm für nächste Woche. Der neue Kollege fängt an und ich will im ersten Meeting mit ihm gleich zeigen, wo der Hase lang läuft.«

Vor meinem geistigen Auge sehe ich, wie sie ihre Augen verdreht. Sie hat keine Ahnung, wie es in meinem Business zugeht. Als Frau habe ich es besonders schwer und wenn ich nicht auf mein Äußeres achte, werde ich abserviert.

»Du hast mindestens fünfzig Kostüme, du wirst ein passendes finden. In einer halben Stunde bin ich bei dir. Wir nehmen den Bus zur Talstation und dann gehts ab auf die Piste.«

Seufzend schaue ich aufs Display. Sie hat aufgelegt, ehe ich auch nur ein Widerwort geben konnte.

Anja und ich sind gemeinsam aufgewachsen. Kindergarten, Grundschule, Gymnasium … Beste Freundinnen, seit wir denken können. Gefühlt standen wir kurz nach der Geburt zum ersten Mal nebeneinander auf Skiern und sind die Piste heruntergeschossen. Der Schnee, die Touristen, die Berge gehören zu meinem Leben wie das Atmen. Ein neuerlicher Blick nach draußen offenbart Traumwetter. Die Wolken, die den Neuschnee gebracht haben, hängen hinter den Bergen und über dem Tal strahlt die Sonne. Ich hatte andere Pläne, aber ich weiß, stehe ich erst auf Skiern, blühe ich auf.

Wie prophezeit, hat sich meine Laune schlagartig verbessert, nachdem ich mir die Skier angeschnallt habe und die schwarze Piste hinabgefahren bin. Frische Luft und Adrenalin lassen mich den Frust über die ausgefallene Shopping-Tour vergessen. Anja ist nicht minder begeistert und wir fahren immer wieder mit der Seilbahn nach oben.

Am späten Nachmittag kehren wir in die *Steiner Alp* ein. Im Inneren ist die Holzhütte rustikal und urig eingerichtet. Am Kamin kann man sich am prasselnden Feuer wärmen oder man bestellt bei Tony am Tresen gleich einen Jagertee.

Um die Mittagszeit platzt die Hütte für gewöhnlich aus allen Nähten, aber nachmittags findet man stets ein Plätzchen. Bei unserem Eintreffen ist allerdings gerade noch ein Vierertisch frei, den Anja und ich uns mit ausgefahrenen Ellbogen erobern.

Kaum sitzen wir, kommt Vinzenz mit zwei Speisekarten an den Tisch. »Hi, wisst ihr, was ihr wollt oder braucht ihr die?« Er wedelt mit den Karten und lässt dabei seinen Blick durch den Raum gleiten.

»Wie immer«, antworte ich und Anja nickt zustimmend.

»Kann ich euch jemanden dazusetzen oder wollt ihr eure Ruhe?«

»Och, wenn es zwei schnuckelige Kerlchen sind, gerne.«

Bei Anjas Worten fällt mir die Kinnlade herunter. Was ist denn mit ihr los? Nachdem Vinzenz gegangen ist, frage ich sie, wie sie auf dieses schmale Brett kommt.

»Wie lange willst du dem Arsch noch hinterhertrauern? Er hat dich sitzen gelassen und kommt nicht zurück. Ich finde, du solltest deinen Erfahrungshorizont wieder ein Stückchen erweitern und dich wenigstens in einen kleinen Flirt stürzen.«

Das leidige Thema nervt mich. Im vergangenen Winter hatte mich mein Verlobter wenige Tage vor der geplanten Hochzeit abserviert, um mit einer anderen nach Vegas zu fliegen. Zu allem Überfluss hat er sie nicht nur geheiratet, er hat sie auch direkt geschwängert.

Nach dieser Erfahrung hatte ich jegliches Selbstwertgefühl verloren und habe mich auf meine Karriere konzentriert. In meinem Job kann mich keiner verletzen.

Zum Glück erhebt sich im hinteren Bereich ein Grüppchen und der Tisch bleibt leer. Die Frage, ob Vinzenz jemanden zu uns setzt, stellt sich nicht länger.

Um von der unweigerlich fruchtlosen Diskussion über mein Liebesleben abzulenken, bringe ich das Gespräch auf zwei Skifahrer, die uns immer wieder auf der Piste begegnet sind. Ihren Fahrkünsten nach zu urteilen, stehen sie mindestens genauso lange auf den Brettern wie Anja und ich.

»Der mit dem neongrünen Anzug ist der absolute Speedjunkie.«

Dieser Satz reicht, um Anja zum Plaudern zu bringen und während wir auf unsere Getränke und das Essen warten, kommt sie aus dem Schwärmen gar nicht heraus. Plötzlich deutet sie aufgeregt zur Tür.

»Schau mal, da sind sie.«

Am Eingang steht der Mann mit dem neongrünen Anzug in Begleitung seines weniger auffällig gekleideten Freundes. Suchend schauen sie sich um, werden aber nicht fündig. Ich drehe meinen Kopf und sehe, dass der freie Tisch wieder besetzt ist. Es kommt, was kommen muss. Vinzenz bringt sie zu uns.

»Ich habe hier zwei hungrige Jungs. Darf ich sie zu euch setzen?«

Die Frage ist bekanntermaßen rhetorisch und er hat nicht zu Ende gesprochen, da hängt der Typ seine neongrüne Jacke schon über den Stuhl neben Anja. Sein Freund lächelt mir freundlich zu und setzt sich neben mich. Vinzenz nimmt die Bestellung auf und zieht mit einem breiten Grinsen davon. Er kennt uns beide seit Jahren und weiß genau, dass ich von Anjas Vorstoß kein bisschen begeistert bin.

»Ich bin Felix. Danke, dass wir uns zu euch setzen dürfen«, sagt mein Sitznachbar.

Eigentlich bin ich nicht an einer Unterhaltung interessiert, aber Anja verwickelt Felix und seinen Freund Paul in ein Gespräch über die Pistenverhältnisse und ich ergebe mich meinem Schicksal.

Es vergeht eine Ewigkeit, bis unser Essen gebracht wird und als es nicht lange dauert, bis auch die beiden Männer ihre Teller serviert bekommen, schwant mir, dass Vinzenz seine Finger im Spiel hatte.

»Wollt ihr gleich weiterfahren? Wir könnten uns ein Wettrennen die schwarze Piste herunter liefern.«

Pauls Vorschlag lässt mich innerlich aufstöhnen. »Also hiernach mache ich für heute Feierabend«, verkünde ich und begegne Anjas überraschtem Blick.

»Und was ist mit dir?«, will Paul von meiner Freundin wissen.

Ich nicke ihr unmerklich zu. Mir scheint, sie hat einen Narren an ihm gefressen.

»Einverstanden, ich fahre mit euch.«

Felix winkt ab. »Geht ihr, ich fahre mit Clara ins Tal.«

Das lassen sich die beiden nicht zweimal sagen und verlassen eilig die Hütte. Ich will zahlen, aber Felix stellt mir eine Frage und wir geraten ins Plaudern. Er flirtet schamlos mit mir. Bin ich ehrlich, genieße ich die Aufmerksamkeit, mit der er mich überschüttet.

Er ist nett und unaufdringlich, doch deute ich seine subtilen Gesten so, dass er auf einen One-Night-Stand aus ist. Ich überlege ernsthaft, ob ich mich in ein unverfängliches Abenteuer mit ihm einlasse. Er sieht gut aus, ist charmant und seine Art, mich zum Lachen zu bringen, gefällt mir. Nach all der Frustration im vergangenen Jahr kann es nicht schaden, eine Nacht Spaß zu haben.

Morgen geht jeder seiner Wege und sollten er und sein Freund bei einer Skitour wieder in unserem Dorf aufkreuzen, steht einer Wiederholung nichts im Weg.

Mit diesem Entschluss im Hinterkopf entspanne ich mich zunehmend und flirte ungehemmt. Kurz vor der letzten Talfahrt kassiert Vinzenz ab. Seit Anjas und Pauls Abgang haben wir über Gott und die Welt geredet und völlig die Zeit vergessen.

Nach dem Verlassen der Hütte fahren wir gemütlich ins Tal. Unten angekommen fühle ich mich so wohl wie lange nicht.

»Was hältst du davon, wenn wir uns zum Après-Ski im *Thekengold* treffen?«

Mein für mich völlig untypischer Vorstoß trifft auf Gegenliebe und wir verabreden uns für den Abend.

Wir sitzen bei unserem montäglichen Meeting im Konferenzraum und warten auf unseren Geschäftsführer. Dass er sich verspätet, liegt vermutlich an unserem neuen Kollegen, den wir alle mit Spannung erwarten.

Ich schwelge derweil in Erinnerungen an mein Wochenende. Den Entschluss, mich auf eine unverfängliche Affäre einzulassen, habe ich keine Sekunde bereut. Wir haben uns beim Après-Ski gut verstanden und die Nacht endete im Hotelzimmer. Den Sonntag haben wir gemeinsam damit zugebracht, uns zwischen den Laken zu wälzen.

Am Abend bin ich nach Hause gegangen, ohne zu fragen, wie lange er noch in der Gegend bleibt. Die Zeit mit ihm war schön. Seit langem habe ich mich wieder begehrt und sexy gefühlt. Es hat meinem Selbstwertgefühl einen enormen Schub gegeben. Nichtsdestotrotz habe ich auf dem Zettel mit meiner Handynummer einen Zahlendreher eingebaut. Wären die Umstände andere, könnte sich etwas entwickeln, aber er wohnt bei Regensburg. Eine Fernbeziehung würde mich von meinem Job ablenken. Nach der geplatzten Hochzeit will ich mich auf die Sicherheit meiner Arbeit fokussieren, um mein Selbstvertrauen wieder aufzubauen.

In diesem Moment geht die Tür auf und beim Anblick des Neuen verschlucke ich mich an meinem Kaffee.

Verdammt!

Dieser lässt seinen Blick durch den Raum gleiten und bleibt mit seinen smaragdgrünen Augen bei mir hängen. Seine Überraschung ist kaum zu sehen, aber er hat definitiv nicht damit gerechnet, mir wieder zu begegnen. So viel zum Thema unverbindlicher One-Night-Stand.

»Guten Morgen!«, grüßt unser Chef und wartet, bis sich das allgemeine Gemurmel gelegt hat. »Liebe Kolleginnen und Kollegen, ich möchte euch Felix Gruber vorstellen. Es freut mich, dass wir Felix kurzfristig für die offene Stelle des Teamleiters bei *StylishAd* gewinnen konnten …«

Ein heißkalter Schauer kriecht mir die Wirbelsäule entlang und ich folge dem Schauspiel nicht länger. Die Stelle sollte intern besetzt werden. Seit Jahren arbeite ich darauf hin und jetzt das? In mir brodelt es. Ich bin kurz davor, meinem Zorn freien Lauf zu lassen, als mir etwas anderes in den Sinn kommt.

Selbst wenn ich die Stelle bekommen hätte, würde es nichts an der Tatsache ändern, dass ich mit meinem neuen Kollegen geschlafen habe. Ein absolutes No-Go bei *StylishAd*.

Das reißt mir vollends den Boden unter den Füßen weg. Eigentlich kann ich aus dem ganzen Desaster nur eine Konsequenz ziehen.

»Erde an Clara.« Meine Kollegin gibt mir einen Schubs. »Das Meeting ist vorbei. Kommst du?«

Wie paralysiert folge ich ihr in unser Büro, lasse mich auf meinen Stuhl plumpsen und schaue aus dem Fenster. Beim Anblick der verschneiten Berge treibt es mir die Tränen in die Augen. Was ist das nur, dass mir diese Jahreszeit, die ich so sehr liebe, so viel Unglück bringt?

»Clara, ist alles in Ordnung?« Mary setzt sich auf meine Schreibtischkante.

»Nein, es geht mir nicht gut. Lass mich ein paar Mails beantworten, dann fahre ich nach Hause.«

Ich habe keineswegs im Sinn, Mails zu beantworten, aber ich brauche meine Ruhe und muss meine vorherigen Gedanken zu Papier bringen.

Kurze Zeit später gehe ich mit bleischweren Schritten zu meinem Geschäftsführer. Beim Eintreten in sein Büro bildet sich ein Knoten in meiner Kehle, der mich schwer schlucken lässt.

»Ich habe gleich ein Meeting. Worum geht es?« Er erhebt sich und nimmt seinen Mantel vom Haken.

»Um eine Personalangelegenheit.«

In diesem Moment tritt Felix durch die geöffnete Tür.

»Dann klär das direkt mit deinem neuen Teamleiter.«

Damit lässt er uns wie begossene Pudel stehen und rauscht davon.

Felix deutet mir, ihm zu folgen. Mit noch schwereren Schritten gehe ich hinter ihm her.

Nachdem wir sein Büro betreten und die Tür geschlossen haben, bemerke ich eine Veränderung bei ihm. Er wirkt entspannter als zuvor.

»Ich wusste ni…«

»Woher auch?«, falle ich ihm ins Wort. »Ist auch unerheblich.« Ich reiche ihm den Umschlag.

»Was ist das?«

»Meine Kündigung mit der Bitte um sofortige Freistellung.«

Er reißt den Umschlag auf. Dabei fällt mein Büroschlüssel heraus. Wir bücken uns, aber er ist schneller und hebt ihn auf, ehe er sich meine sachlich verfassten Worte durchliest.

»Du hast mir erzählt, wie sehr du deinen Job liebst. Ist es wegen mir?« Er wedelt mit dem Brief in seiner Hand.

»Nein … ja, indirekt. Es hat nichts mit dir persönlich zu tun.« Das Sprechen fällt mir schwer. Meinen Job aufzugeben, fühlt sich an, als hätte mir jemand ein Messer in die Brust gerammt. In seinen Augen kann ich sehen, dass er mich in die Arme nehmen möchte und es ist das Letzte, was ich ertragen könnte.

»Ich wünsche dir viel Erfolg.« Schwungvoll drehe ich mich um und verlasse die Firma, in die ich in den letzten Jahren all mein Herzblut gesteckt habe.

Unter Tränen greife ich im Auto nach meinem Smartphone und erkundige mich beim Wirt einer Wanderhütte, ob sie über den Höhenweg erreichbar ist. Ein Marsch durch die verschneite Natur wird meine Gedankengänge freipusten und am Abend bin ich hoffentlich zu ausgepowert, um in Grübeleien zu verfallen.

Eine Stunde später laufe ich los. Meine Tour führt mich zum Teil durch den Tiefschnee und ist sehr anstrengend. Die hellen Sonnenstrahlen lassen die weiße Pracht glitzern und hätte ich keine Sonnenbrille auf, würden mir die Augen schmerzen. Nicht, dass sie das nicht schon von den vielen Tränen tun, die ich vergossen habe.

Von den Ästen der Tannen, die den Weg säumen, fallen immer wieder kleine Schneehäufchen, die sich ausrieseln wie Puderzucker. Als Kind habe ich versucht, sie möglichst mit der Zunge aufzufangen. Heute kann ich dem nichts abgewinnen.

Vielleicht ist es an der Zeit, die Heimat zu verlassen. Ich könnte in eine größere Stadt gehen und mir eine Agentur suchen, die weit weg von Schnee, Winter und zerplatzten Träumen ist.

Drei Stunden später komme ich in der Hütte an und werfe einen Blick auf mein Smartphone. Mich haben unzählige Nachrichten erreicht. Scheinbar hat sich herumgesprochen, dass sich eine neue Tragödie in meinem Leben ereignet hat. Ich mache ein Selfie und stelle es mit der Überschrift *Bin wandern* in meinen Status. Wer aus der Gegend ist, weiß, wo ich bin und dass es mir gut geht.

Während des Essens verdunkeln dicke Schneewolken den Himmel. Ich bezahle und hadere, ob ich den Lift ins Tal nehmen soll. Es wird Neuschnee geben, aber ein paar Flocken bringen mich nicht um, und ich habe keine Lust, mich jetzt schon meiner Familie zu stellen.

Nach einem Drittel der Strecke beginnt es heftiger zu schneien. Nichts, womit ich nicht fertig werde, aber es nervt mich. Der Marsch ist viel zu anstrengend, um meine Gedanken zu sortieren. Hätte ich gewusst, was auf mich zukommt, wäre ich am Morgen im Bett geblieben.

Etwa bei der Hälfte der Wegstrecke wird mir klar, dass es ein Fehler war, nicht den Lift ins Tal zu nehmen. Die Pisten wurden sicher vor geraumer Zeit geschlossen und spätestens seit der Wind aufgefrischt hat, sind die Gondeln und Lifte talwärts außer Betrieb. Weiter im Schneegestöber durch die zunehmende Dunkelheit zu stapfen ist gefährlich, aber mir bleibt keine andere Wahl. Dass ich wegen des schlechten Handynetzes niemanden anrufen kann, macht meine Situation nicht besser.

Viereinhalb Stunden später entdecke ich die ersten Häuser. Je näher ich meinem Zuhause komme, desto fester wird der Knoten in meinem Magen. Rund um das Grundstück stehen zahlreiche Autos, einige von Freunden, aber ich sehe auch Fahrzeuge der Bergwacht und der Polizei.

Verdammt, was ist passiert?

Mit letzter Energie beschleunige ich meine Schritte und steuere auf die Menschentraube zu, die sich versammelt hat.

»Clara!«, kreischt meine Mutter. Sie löst sich aus der Gruppe, stürzt auf mich zu und reißt mich in ihre Arme. Mein Vater und mein Bruder folgen ihr.

»Was ist denn los?«

»Wir wollten nach dir suchen. Dass du bei dem Wetter zur Hütte bist, ist ja schon dumm, aber im Schneefall nicht den Lift zu nehmen, dafür gehört dir der Hintern versohlt.« Ihr Schimpfen mildert sie ab, indem sie mich fest an sich drückt. »Dein Kollege hat uns alarmiert«, flüstert sie mir ins Ohr.

Mein Kollege? Welcher Kollege?

»Er meinte, er sorgt sich nach deiner Kündigung um deine emotionale Verfassung und wollte nach dir sehen.«

Wer um alles in der Welt hat nach mir gesucht? Ich löse mich von meiner Mutter und blicke mich zwischen den Helfern um.

»Es hat den Anschein, wir können die Suchaktion abblasen. Abmarsch alle miteinander!« Der Aufforderung von Sepp, dem Leiter der örtlichen Bergwacht, folgt ein wildes Durcheinander. Alle streben auf ihre Wagen zu. Nur einer bleibt zurück.

Er steht mit in den Jackentaschen vergrabenen Händen unter einem Dachvorsprung und blickt schüchtern zu uns. Meine Mutter hakt mich unter und steuert auf ihn zu. Hinter uns folgen mein Bruder und mein Vater.

»Hi«, sagt er, nachdem wir ihn erreicht haben.

»Wa…« Er lässt mich nicht zu Wort kommen und reißt mich in seine Arme. Seine Hände gräbt er in meine Haare und presst mich fest gegen seine weichen, fordernden Lippen. Mit seiner sanft neckenden Zunge begehrt er Einlass. Nach einem kurzen inneren Gefecht heiße ich ihn willkommen und wir verlieren uns in unserem Kuss.

Meine Mutter räuspert sich.

»Wenn ihr fertig seid, bitte Felix herein. Ich habe Eintopf gekocht. Ihr seid bestimmt hungrig.«

Mein Bruder prustet los. Seine Gedanken sind den meinen nicht unähnlich. Ja, ich habe großen Hunger, aber sicherlich nicht auf Mutters Eintopf.

5. Die Klosterbibliothek

Von Christian Anton

Am Himmel leuchteten die Sterne. Nur noch ein paar Zimmer waren von dem Schein ihrer Lampen hell erleuchtet. Ein Mönch trat nach draußen in den Schnee. Er zog seinen Mantel enger um sich. Die Kutte, die er normalerweise trug, hatte er um diese späte Zeit schon längst abgelegt.

Mit von der Kälte steifen Fingern zog er einen Schlüssel heraus. Ein paar Minuten dauerte es, bis er es schaffte, den Schlüssel ins Schloss zu stecken.

Die Luft im Klosterarchiv war kühl. Dabei war er sich sicher, die Heizung eingeschaltet zu haben. Er drückte auf den Lichtschalter und blinzelte einige Sekunden in dem grellen Licht der Lampe. Das Buch, das er auf dem antiken Sekretär zurückgelassen hatte, war zugeschlagen. »Was wolltest du hier?«, murmelte er mit gerunzelter Stirn.

Seine Augen scannten den Raum, langsam ging er auf eins der Bücherregale zu. Eines der Bücher war schlampig wieder zwischen die anderen geschoben worden, so als wäre die Person in Eile gewesen.

Der Mönch zog das Buch aus dem Regal, drehte die Heizung auf und machte es sich in einem alten Ohrensessel bequem.

Es ist schon einige Jahrzehnte her, da ereilte unsere Familie ein großes Unglück, welches ich hier für die Nachwelt festhalten möchte.

Mein Bruder, meine Söhne und ich machten uns im Winter in einer Kutsche auf den Weg nach Italien, um mit einem Adligen über die Mitgift für meine jüngste Tochter zu verhandeln.

»Vater, wann sind wir da?«, fragte mein zwölf Sommer alter Sohn.

»Nur Geduld. Es dauert noch eine Weile.« Mein großer Sohn, der bald 18 Winter zählte, wuschelte seinem Bruder durch die dunkelblonden Haare.

Die Kutsche ruckelte unter uns. Mein Bruder klopfte gegen die vordere Kutschwand, um den Kutscher darauf aufmerksam zu machen, anzuhalten. Reisen hatte er bereits als Kind nicht gut vertragen, aber zu dieser hatte er mitkommen müssen.

»Ist alles in Ordnung mit Onkel Wunibald?« Mein Kleiner sah ihm mit großen Augen hinterher, während Wunibald hinaus in den Schnee stolperte und sein Mittagessen an die Natur zurückgab.

»Ihm wird es bald wieder besser gehen«, versprach ich meinem Sohn.

»Ich möchte ihm helfen.«

Mein Großer legte ein Stück getrockneten Ingwer in seine Hand. »Gib ihm das.«

Mit blassem Gesicht stieg Wunibald wieder in die Kutsche. Schneematsch verteilte sich auf dem Kutschboden..

Lorenz hielt seinem Onkel in einer geöffneten Hand den Ingwer entgegen.

»Dankeschön«, sagte dieser zu seinem jüngsten Neffen.

Zwei Tage reisten wir ohne nennenswerte Vorkommnisse weiter. Wunibald aß erst abends, meine Söhne begannen sich die Stunden in der Kutsche mit einem mitgebrachten Schachspiel zu vertreiben, und ich dachte an das zukünftige Treffen, las immer wieder die Einladung, die uns nach Italien führte und schrieb die Chronik unserer Familie weiter, in der sich mein bestgehütetes Geheimnis verbarg.

Wunibald, welcher neben mir saß, sah aus, als müssten wir bald wieder anhalten. Ein paar Mal jeden Tag. Der Ingwer verbesserte seinen Zustand ein wenig, konnte die Reisekrankheit allerdings nicht vollständig heilen. Ich klopfte an die Kutschenwand, als ich das Zittern meines Bruders bemerkte. Wunibald stieß ein erleichtertes Seufzen aus, als die Kutsche zum Stehen kam, und verließ diese schleunigst. Ein paar Schritte entfernte er sich von der Kutsche, bevor sein Frühstück in den Alpen landete.

Ein bärtiger Mann trat an die offene Kutschentür und lächelte mich an. »Gütiger Mann, könnten Sie mir ein paar Minuten Ihrer Zeit schenken, sodass wir uns unter vier Augen unterhalten können?«

Ich nickte, stieg aus der Kutsche und folgte dem Mann.

»Wir haben gehört, Sie seien unrechtmäßig an ihre Besitztümer gekommen!«

»Wie kommen Sie auf diese haarsträubende Idee?«, fragte ich, während sich trotz der Kälte Schweiß in meinem Nacken sammelte.

Der Mönch schaute auf das Buch und blinzelte. Konnte das sein? War etwas dran an den Legenden über Verräter, die in seinem Orden seit Jahrhunderten erzählt wurden?

Er stand auf und streckte sich. Die Nächte hier im Archiv ließen ihn immer ganz steif werden. Ein paar Mal ging er auf und ab, bevor er wieder auf dem Sessel Platz nahm und sich erneut in das Buch vertiefte.

»Mein Herr hat Sie sorgfältig überprüft und etwas höchst Merkwürdiges herausgefunden.« Anklagend streckte er seine Hand in meine Richtung aus. »Sie sind ein Verräter und ich habe die Ehre, Sie zu ermorden, bevor Sie die Grenze in unser heiliges Italien übertreten.«

Der Fremde zog einen Degen. Ich wich ein paar Schritte zurück, um mir Zeit zu verschaffen, meinen Degen ebenfalls zu ziehen. Die Augen immer auf den jeweils anderen gerichtet, umkreisten wir uns mit langsamen Schritten. Plötzlich machte er einen Ausfallschritt, ohne meine Parade wäre ich wahrscheinlich tatsächlich gestorben.

»Vater!«, rief Lorenz mit schriller Stimme. »Vater, was ist hier los?«

»Kasper, bring deinen Bruder sofort wieder in die Kutsche«, knurrte ich zwischen zusammengebissenen Zähnen. Lorenz würde noch früh genug seine eigenen Kämpfe kämpfen müssen, diesen musste er nicht mit ansehen.

Beim nächsten Mal versuchte der Mann, mich in der linken Seite zu treffen. Nur mit Mühe schaffte ich es, seinen Schlag abzuwehren.

»Wenn es Ihr Wunsch ist, kann ich nach Hause zurückkehren und wir vergessen den Handel.« Lorenz' Schluchzen war hinter uns zu hören. Konrad und Wunibald sprachen leise mit ihm.

Der Mann brach in schrilles Gelächter aus. »Hier geht es nicht um den Handel. Sie haben Gott verraten!«

Er wusste es! Er wusste es! Er wusste es!

Sein Degen schoss auf mich zu und wurde abgewehrt, von Kasper, der mich zur Seite gestoßen hatte. »Lassen Sie uns in Frieden. Wir werden zurückkehren. Mein Vater wird niemals italienischen Boden betreten.«

Der Mann ließ seinen Degen sinken und stieß Kasper grob zur Seite. »Halt dich aus Dingen heraus, von denen du nichts verstehst, Junge!«

Kasper machte einen Ausfallschritt auf den Mann zu. »Ich verstehe sehr wohl, dass Sie meinen Vater für etwas ermorden wollen.« Seine Klinge streifte den Arm des fremden Mannes und das Blut tropfte in den Schnee.

»Du weißt nicht, wovon du redest, Junge. Dein Vater hat die schlimmste aller Sünden begangen.« Er schien kein Interesse daran zu haben, Kasper anzugreifen. Trotz seiner Verletzung.

»Eine so schlimme Sünde, dass man den Tod verdient, kann man nicht begehen. Mein Vater hat mich gelehrt, dass Ver…«

Es polterte. Bevor der Mönch die Chance hatte, das Buch zuzuschlagen, spürte er eine Klinge an seinem Hals.

»Dieses Buch ist nicht für Ihre Hände bestimmt!« Die Stimme klang rau, wie die eines Rauchers.

»Das Buch steht in dem Archiv meines Ordens! Es steht mir zu, darin zu lesen.«

Ein Seufzen ertönte hinter ihm, die Klinge verschwand von seinem Hals. Das Gesicht des Fremden tauchte vor ihm auf. »Jahrelang habe ich nach dem Tagebuch meines Ahnen gesucht.«

»Warum ist es nicht in Ihrem Familienbesitz?«

Der Mann zuckte mit den Schultern. »Das wüsste ich auch sehr gerne. Ich weiß nur, dass Hugo als junger Mann Mitglied im Jesuitenorden war. Aber meines Wissens nach hatte er danach nichts mehr mit dem Orden zu tun.«

»Sie meinen, er hat sich vom Orden losgesagt?«

Der Mann ließ sich mit einem Rums auf einen Stuhl fallen, der zum Glück eher zu den neueren Stücken hier gehörte.

»Er hat sich bei einem Fest, das vom Orden ausgerichtet wurde, in ein junges Mädchen verliebt und sich vom Orden losgesagt, um sein Leben mit ihr zu verbringen. Sie hat seinen älteren Bruder geheiratet, aber ihr Leben mit ihm verbracht, während sein Bruder reichlich uneheliche Kinder hatte.«

Er runzelte die Stirn.

»Ist das sein größtes Geheimnis? Dass er mal Mitglied im Jesuitenorden war?«

»Ja, nachdem er den Orden verlassen hat, musste er untertauchen. Auf einer Reise nach Italien, die er mit seinem Bruder und seinen Söhnen angetreten ist, sind sie überfallen worden.« Er schweigt einige Sekunden, bevor er weiterredet. »Hugo wäre fast ermordet worden. Ihm wurde vorgeworfen, eine Sünde begangen zu haben! Vor seinen Söhnen. Mein Gott, ich bin so froh, nicht mehr in so einer Zeit zu leben.«

Der Mönch seufzte. »Und was genau hätten Sie von diesem Buch?«

»Meine Familiengeschichte steht darin, das sagte ich doch bereits.«

»Ich kann dieses Buch nicht einfach herausgeben. Offiziell ist es im Besitz der Katholischen Kirche.«

»Nein, offiziell sollte es im Besitz meiner Familie sein. Schauen Sie in Ihren Unterlagen nach. Dieses Buch dürfte in keiner Liste stehen.«

»Nein, ich aktualisiere die Liste regelmäßig.«

Der Fremde schüttelte den Kopf. »Bitte! Ich brauche dieses Buch.«

»Warum brauchen Sie dieses Buch?«

Er schüttelte den Kopf. »Ich kann es Ihnen wirklich nicht sagen.«

»Und ich kann Ihnen das Buch nicht ohne triftigen Grund geben.«

»Also gut, ich erzähle Ihnen, was damals wirklich geschehen ist, wenn Sie mir dafür das Buch geben.«

Der Mönch zuckte mit den Schultern. »Das kommt ganz auf die Geschichte an.«

»Also gut …« Der Mann stieß ein Seufzen aus. »Eine andere Wahl habe ich wohl nicht … Aber Sie müssen mir versprechen, dass diese Geschichte diesen Raum niemals verlassen wird.«

»Wenn es mir möglich ist, das mit meinem Gewissen zu vereinbaren.«

Der Mann nickte, als würde er verstehen, was der Mönch meinte. »Also gut. Hugos Leben war von klein auf vorbestimmt. Bereits im Alter von sechs Jahren ist er in den Orden gekommen. Ein normales Leben konnte er nie führen. Das war die Bedingung seines Vaters, damit dieser nicht der ganzen Welt erzählte, dass Hugo ein Bastard war. Seine Mutter hatte eine Affäre mit einem Mönch. Meinem Ur-Ur-Ur-Urgroßvater stand das Familienvermögen nicht zu. Das stand seinem Bruder zu. Ich habe das Buch hier in dieser Bibliothek vor ein paar Tagen deponiert, da ich mich verfolgt fühlte. Irgendjemand muss unserem Familiengeheimnis bereits auf der Spur sein. In meiner Eile lief ich zufällig an diesem Kloster vorbei und habe mir widerrechtlich Zugang verschafft. Dafür möchte ich mich bei Ihnen und Ihrem Orden entschuldigen! Es war in der Situation aber notwendig. Heute bin ich die Sache etwas schlauer angegangen und habe mich durch den Hinterausgang über den Garten aus meiner Wohnung geschlichen, um meinem Verfolger zu entkommen. Bitte händigen Sie mir mein Buch aus und behalten Sie alles, was ich Ihnen erzählt habe, für sich. Als Dank werde ich Ihren Orden mit einer kleinen Spende unterstützen, sobald ich meine Sachen geregelt habe.«

Der Mönch nickte bedächtig. »In Ordnung, Sie dürfen das Buch mitnehmen. Und Sie hatten recht. Es stand vor ein paar Tagen einfach in der Bibliothek. Es ist Ihr Eigentum.«

Der Fremde senkte den Kopf. »Ich danke Ihnen.«

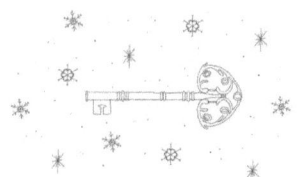

6. Von Truhen und Schlüsseln
von Sarah Malhus

Einst suchte Frigg, die Gemahlin Odins und Herrin über Fensalir – auch bekannt als Nebelhalle – die Zwergenbrüder Sindri und Brokk auf …

In einen dicken Wollmantel gehüllt, klopft sie an deren Heimstatts reich verzierte Türe. Seit einigen Tagen bereits liegt der Geruch von Winter in der Luft und nun fallen die ersten Schneeflocken.

»Brokk, Sindri! Lasst mich ein. Es ist kalt und außerdem habe ich einen Auftrag für euch.«

Die Klinke wird nach unten gedrückt. Die Tür schwingt auf und gibt den Blick auf die zwei Schmiede frei. Wohlige Wärme schlägt Frigg entgegen. Eine Schmiedehütte kennt keine Kälte.

»Tretet ein, Herrin«, bittet Sindri, während Brokk sagt: »Ein heißer Met wird Euch aufwärmen.«

Frigg folgt einem Gang, der sie in die Zwergenstube führt. Deren Decke, so hoch, dass sie bequem stehen kann, hängt – ebenso wie die Wände – voll mit Werkzeugen, Waffen und allerlei Kleinoden. In einiger Entfernung sieht die Göttin die lodernden Feuer der Schmiede. Die Hitze durchdringt rasch ihren Wollmantel und sie legt ihn ab.

Sindri bringt einen Stuhl heran, auf den Frigg sich dankbar setzt und von Brokk einen vollen Tonbecher entgegennimmt.

»Einen Auftrag, sagtet Ihr? Wieder eine Wette?«, fragt Brokk rundheraus. »Dieses Mal sind wir besser vorbereitet. Wir haben jetzt eine Fliegenklatsche.«

Frigg schmunzelt. »Keine Wette, werter Herr Zwerg. Obwohl ich mit euch gut beraten wäre, wenn ich Hammer, Ring und Eber so betrachte. Nein, ich ersuche euch, mir eine Truhe zu schmieden. Sie braucht ein meisterhaftes Schloss mit einem ebenso meisterhaften Schlüssel. Niemand außer mir soll in der Lage sein, die Truhe zu öffnen.«

»Wie groß wünscht Ihr die Truhe, Herrin? Was soll hineinpassen? Eine Spindel? Eine Waffe? Ein Riese?«, will Sindri wissen und beginnt sogleich mit einem Stück Kreidestein etwas auf den Boden der Stube zu skizzieren.

»Ich wünsche, dass die Truhe sich dem, was darin ist, anpasst. Und zugleich soll sie nie mehr wiegen als der Becher Met in meiner Hand«, erwidert Frigg und nimmt einen Schluck vom Honigwein.

Brokk kratzt sich ausgiebig am Kinn. »Es wird einige Zeit in Anspruch nehmen, eine solche Truhe zu schmieden.«

»Hätte ich mit dieser Aufgabe besser zu den Söhnen Ivaldis gehen sollen?« Frigg steht auf und stellt den Tonbecher auf den Stuhl.

Da blickt Sindri von seiner Skizze hoch und wirft die Arme in die Luft. »Es wird uns weder Schwierigkeiten bereiten noch über Gebühr Zeit kosten, Euch diese Truhe zu schmieden. Erwartet uns in wenigen Tagen in Eurer Halle«, versichert der Zwerg.

Frigg neigt freundlich das Haupt und legt sich dabei den Umhang über die Schultern. »Dessen bin ich sicher. Ich freue mich auf unser Wiedersehen, die Herren Zwerge.« Sie dreht sich zum Gang hin um und folgt ihm hinaus in Frost und Schnee.

»Bei Ivaldis pockennarbigem Hintern«, ruft Brokk aus, nachdem die Tür in Schloss gefallen ist. »Die Wünsche der Asen werden immer wunderlicher! Wenn das so weitergeht, müssen wir ihnen bald einen Zahnstocher schmieden, der aus hervorgepuhlten Fleischfetzen frisch gebratene Säue macht.«

»So was brauchen sie nicht, Bruder. Sie haben doch den Eber Sæhrímnir, der jeden Tag aufersteht, um erneut verspeist zu werden«, murmelt Sindri zur Antwort. »Halt, wag es ja nicht, in meine Zeichnung hineinzulaufen!«

Brokk verharrt auf der Stelle und sieht nach unten. Dort hat sein Bruder eine Truhe entworfen und das Schloss obendrein. Dessen Verzweigungen erinnern an die Wurzeln der Weltenesche Yggdrasil. Nur der Schlüssel fehlt noch.

Mit dem Daumen deutet Brokk hinter sich Richtung Tür. »Ich verwette meinen halben Bart, dass sie was vor Odin verbergen will.«

»Mich packt ebenfalls die Neugier, doch sollten wir unsere Kraft auf das verwenden, was wichtig ist: Die Truhe schmieden.« Sindri stemmt sich hoch und umrundet seine Zeichnung, einmal, zweimal, dreimal, den Blick fest darauf geheftet.

»Ich vermute, was dir Kopfzerbrechen bereitet, Bruder, und ich bin bereit, dir zu helfen.«

Sindri blickt auf und sieht Brokks breites Grinsen. »Erleuchte mich, du gewieftester aller Zwerge.«

»Ah, das geht runter wie, nun ja, Zwergenöl.« Brokk fährt mit der Hand mehrmals durch seinen üppigen Bart. »Du wirst schon sehen, mein Schlüssel wird ebenso sagenhaft wie die Truhe!«

»Ich hoffe vor allem, dass er funktioniert.«

»Bei Mimirs geschwätzigem Schädel, das wird er.«

»Dann fache die Feuer an, Brokk, ich hole meinen Hammer.«

Fünf Tage und fünf Nächte schmieden die Brüder an Friggs Bestellung. Während Brokk unentwegt den Blasebalg betätigt, formt Sindri mit gleichmäßigen Schlägen das Metall, das den Rahmen für die Truhe bilden soll. Anschließend verzieren sie das Holz mit mächtigen Zwergenrunen, härten es und fügen es in den Rahmen. Zuletzt schmieden sie das Schloss und den Schlüssel.

Am Morgen des sechsten Tages betrachten die Brüder ihr fertiges Werk.

»Also, wenn Frigg damit nicht zufrieden ist, sollen mir Hugin und Munin gleichzeitig auf den Kopf scheißen.«

»Brokk, muss bei dir immer alles mit Fäkalien zu tun haben?«, fragt Sindri seinen Bruder kopfschüttelnd, doch schmunzelt er dabei. Die Truhe ist wirklich ein beeindruckendes Stück Handwerkskunst. Das würden auch die Söhne Ivaldis zugeben müssen.

»Übertreib nicht! Ich bringe immer Abwechslung rein«, erwidert Brokk grinsend und reibt sich die Hände. »Und nun lass uns das Trühchen ordentlich verpacken und losmarschieren.«

In dickes Tuch eingeschlagen ruht die Truhe in Brokks kräftigen Händen. Mit zusammengekniffenen Augen stapfen sie durch den Schneesturm, der in den vergangenen Tagen an Kraft gewonnen hat. Selbst durch die dichten Felle, in die die Zwerge sich gehüllt haben, findet die schneidend kalte Luft ihren Weg und lässt sie frieren.

»Warum trage ich eigentlich die schwere Truhe und du den mickrigen Schlüssel?«, ruft Brokk seinem Bruder zu, während er versucht, den Pfad, dem sie folgen, im Auge zu behalten.

»Erstens ist die Truhe nicht schwerer als ein voller Metbecher«, gibt Sindri belehrend zurück. »Und zweitens ...« Er überlegt. »Und zweitens würde ich sie sicher fallen lassen und wäre bis in alle Ewigkeit deinem Spott ausgesetzt.«

Brokks lautes Lachen lässt die dicken Schneeflocken auseinanderstieben. »Bei Hels verfaulten Beinen, da sagst du etwas Wahres. Dann sieh zu, dass du den Weg nicht aus den Augen verlierst, Bruder. Ich kann meine Füße nämlich nicht sehen.«

Noch nie haben Sindri und Brokk Friggs Halle besucht, doch ein Zwerg verläuft sich nicht, das weiß man. Aber man weiß auch, dass die Beine eines Zwerges kurz sind und ihren Besitzer an einem Tag nicht allzu weit tragen. Und so jagt Hati, einer der Söhne Fenrirs, bald über den Himmel und treibt den Mond vor sich her, dessen Licht die dichte Schneedecke zum Funkeln bringt. Es ist gerade noch hell genug, um etwa eine Zwergenlänge in jede Richtung sehen zu können.

»Ist es noch weit?«, fragt Brokk in die Dunkelheit hinein, mit der Sindri fast verschmolzen ist. Nur die Stiefelabdrücke im Schnee und dessen beständiges Knirschen verraten, dass sein Bruder noch vor ihm läuft.

»So weit er eben ist, der Weg von Svartalfheim nach Asgard«, ruft Sindri. »Hätten wir Frigg doch nur gebeten, uns ihren Wagen entgegen zu schicken. Dann wären wir in Windeseile angekommen«, ergänzt der Zwerg seufzend.

Etwas Kaltes landet auf Brokks Nase und zu seinem Verdruss stellt er fest, dass es zu allem Überfluss schon wieder schneit. Das

Knirschen verstummt. Fast wäre er in seinen Bruder hineingerumpelt.

»Wieso bleibst du stehen?«

Sindri dreht sich zu ihm um. »Ich überlege, Rast zu machen.«

»Rasten? Hier? Jetzt? Von allen Seiten kommt Schnee. Nichts da. Wir gehen weiter. Je früher wir da sind, umso früher bin ich wieder bei meinem warmen Schmiedefeuer!« Brokk macht einen Schritt zur Seite und stapft an seinem Bruder vorbei, »Tzzz, Pause« grummelnd.

»Bei Thors fleckigem Lendenschurz, Brokk, wir bleiben zusammen.«

Überrascht bleibt der Zwerg ob Sindris Ausruf stehen und dreht sich um. »Seit wann fluchst du?«

»Offenbar seit heute. Du bringst mich dazu.«

Brokk lacht glucksend und geht zurück zu Sindri. »Bei Odins schlaffen Arschbacken, du hast ja recht. Wir rasten.« Er bückt sich und will gerade die Kiste absetzen, als durch die Finsternis ein Meckern zu den Zwergen dringt. »Was war das?«

»Da meckert jemand. Das, was du tagein, tagaus zu tun pflegst«, stichelt Sindri, doch auch sein aufmerksamer Blick versucht in der sinistren Umgebung die Ursache des Geräusches auszumachen.

Ein schnelles Trappeln nähert sich und kurz darauf steht ein Widder im Lichtkegel von Sindris Fackel. Die schwarzen Augen des Tieres glänzen im Feuerschein. Es meckert erneut und schaut zwischen den beiden Zwergen hin und her.

»Ist das einer von Friggs Widdern?«, fragt Brokk.

Ein Meckern.

»Ich glaube, das heißt Ja«, entgegnet Sindri. »Aber warum nur einer? Und wo ist der Wagen?«

»Er kann uns doch auf seinem Rücken zu Frigg tragen«, schlägt Brokk vor und macht einen Schritt auf das Tier zu. Das knickt die Beine ein und legt sich in den Schnee, den Blick nahezu auffordernd auf die Zwerge gerichtet. Und so hebt Brokk das linke Bein und schwingt sich kurzerhand auf den Rücken des Widders, der prompt tiefer in den Schnee sinkt. »Worauf wartest du, Sindri?«

Wortlos nimmt der Zwerg ebenfalls auf dem Rücken des Tieres Platz und sucht Halt am stämmigen Körper seines Bruders. Das mulmige Gefühl ignoriert Sindri, obwohl Zwergenbäuche selten falschliegen.

Mit einem weiteren Meckern erhebt sich das Tier aus dem Schnee und trabt los.

»Bring uns zu deiner Herrin«, bittet Brokk und lehnt sich zurück. Nur kurz die müden Augen schließen, der Widder weiß immerhin genau, wohin er muss …

Alles bebt, als würde die ganze Welt geschüttelt werden wie Idunns Apfelbaum. Der Schreck fährt Brokk in die Glieder. Alles um ihn herum ist dunkel, obwohl er die Augen offen hat. Oder nicht? Plötzlich wird es vor ihm gleißend hell, gefolgt von einem schier unendlichen Kälteschwall. Brokk rappelt sich auf und spuckt etwas aus, das sich als Schnee herausstellt.

»Was bei Hels …« Weiter kommt er nicht. In sein Blickfeld schieben sich schwarze gebogene Stiefelspitzen, von der eine jäh zu tippen beginnt.

»Meister Schmied, seid so gut und seht zu mir auf.«

Diese Stimme … Brokk hebt seinen Blick und springt sogleich auf. »Wo kommt Ihr denn her? Wo ist der Widder?« Da entdeckt Brokk die Abdrücke im Schnee, die von Hufen in Schuhsohlen übergehen. Nur mit Mühe unterdrückt der Zwerg den Drang, seinem Gegenüber vor die Füße zu spucken.

»Warum so feindselig? War ich Euch denn in der Vergangenheit kein guter Auftraggeber?«

»Nervig wie eine Fliege wart Ihr und habt Eurem Namen wie immer alle Ehre gemacht, Gott der Zwietracht«, fährt Brokk ihn an, die Hände in die Hüften gestemmt.

»Das will ich mal überhört haben«, gibt Loki gedehnt zurück und inspiziert dabei die Fingernägel seiner linken Hand. »Kommen wir zum Geschäft.« Er deutet auf die kleine Truhe, die unweit von ihnen im Schnee liegt. »Ich hörte, dass Ihr eine gar wundersame Truhe anfertigen sollt. So eine Truhe würde mir gut dienen, daher würde ich sie Euch gerne abnehmen.« Ein dünnes

Lächeln erscheint auf Lokis Lippen. »Ich brauche nur noch den Schlüssel.« Auffordernd streckt er die Hand aus.

Brokk holt aus und schlägt sie weg. »Nie mehr bekommt Ihr etwas von uns!«, ruft er und spuckt dem Gott nun doch vor die Füße.

Lokis stechend-grüne Augen richten sich auf ihn. »Ich dulde keine Widerworte von Euch, Zwerg«, zischt er.

Jäh glaubt Brokk, Schlangen unter seiner Haut zu spüren, die sich winden und einen Ausgang suchen. Unwillkürlich schlägt er sich überall auf den Leib. Ein kläglicher Versuch, sie zu töten. Das Gefühl geht so schnell, wie es kam, doch hinterlässt es in Brokk Ekel und Furcht. Dass ihm das auch ins Gesicht geschrieben steht, sagt ihm Lokis zufriedenes Lächeln.

»Also?«

»Ich habe den Schlüssel nicht.« Brokk sieht sich um. »Wo ist eigentlich mein Bruder?«

»Der ist schon früher von meinem Rücken gefallen«, erwidert Loki schulterzuckend.

»Wisst Ihr wo?«

»Das Gespräch beginnt mich zu langweilen. Wenn Ihr mir …«

»Er hat den Schlüssel!«, fällt Brokk dem Gott ins Wort.

Loki rollt mit den Augen. »Sagt das doch gleich.« Er greift nach der Truhe und deutet in eine Richtung. »Da geht es lang.«

Mit weit ausholenden Schritten geht der Gott voran, sodass Brokk seine Schwierigkeiten hat, ihm zu folgen.

»Woher wisst Ihr überhaupt von der Truhe?«, fragt Brokk heftig schnaufend.

»Wisst Ihr, einer Fliege tut niemand etwas zuleide und schwirrt sie einem noch so lästig um das Haupt«, ruft Loki über seine Schulter und kichert.

»Und was wollt Ihr damit?«

Der Gott hält in seinem Schritt ein und fixiert Brokk einen Augenblick lang. »Ich will damit schützen, was ich am meisten liebe.«

Der Schneefall vernichtet alle Spuren in Windeseile, was die Suche gewaltig erschwert.

»Sindri!«, brüllt Brokk immer wieder aus voller Kehle. »Sindri, wo bist du?«

»Hier«, hallt es – endlich – leise zurück, doch aus welcher Richtung?

»Dort!«, ruft Brokk aus und deutet auf einen schwachen Umriss. Er rennt los, den Blick fest nach vorn gerichtet. Nach einem Sprint, der in die Annalen Svartalfheims aufgenommen werden müsste, schließt er seinen Bruder in eine kurze, schneeflockenumtoste Umarmung. »Wir sind dem Meister Gestaltwandler auf den Leim gegangen«, raunt er Sindri ins Ohr.

Der nickt und murrt: »Ist mir mittlerweile auch in den Sinn gekommen. Ich hätte auf mein Bauchgefühl hören sollen.«

Brokk winkt ab. »Ich hätte nicht einfach so auf den Widder, ich meine Loki, steigen sollen.«

»Wenn die Herren Zwerge ihr Gespräch kurz unterbrechen und mir den Schlüssel geben wollen. Die Truhe habe ich ja schon.« Diese lässig unter den Arm geklemmt, steht Loki da und lächelt süffisant. Der Schnee scheint einen Bogen um ihn machen zu wollen, denn keine einzige Flocke verfängt sich in seinem schwarzen Haar.

»Was fällt Euch ein?«, ruft Sindri aus, rennt auf Loki zu und tritt ihm gegen das Schienbein.

»Au!«, ruft der Listenreiche überrascht. Unwillkürlich auf einem Bein hüpfend lässt er die Truhe fallen. Brokk fängt sie geschickt auf und läuft davon, während Sindri in die entgegengesetzte Richtung eilt. Nacht und Neuschnee lassen beide rasch verschwinden.

Brokk läuft um sein Leben, doch er kommt nicht weit. Ein dunkler Schatten wirft sich auf ihn. In einem Knäuel aus langen und kurzen Gliedmaßen landen Loki und er im Schnee. Mit eiserner Faust umschließt Brokk einen Griff der Truhe, doch selbst der stärkste Zwerg ist nicht gegen die Zauber eines Gottes gefeit.

»Nein, nicht schon wieder die Schlangen«, brüllt Brokk und lässt vor lauter Schreck die Truhe los. Im nächsten Moment fliegt er im hohen Bogen durch die Luft und landet mit dem Hintern voran im Schnee. »Heda! Zwerge wirft man nicht«, schimpft der Schmied, während er sich aufrappelt.

Loki indes hat Sindri rasch eingeholt, packt ihn an der Schulter und reißt ihn herum. »Der Schlüssel, Herr Zwerg, wenn es keine Umstände macht.«

Schnaufend lässt der Schmied sich in den Schnee plumpsen, greift unter seinen Fellumhang und befördert den Schlüssel zutage. »Möge sich Euer Magen so oft umdrehen, wie Ihr es mit dem Schlüssel tun werdet.«

»Was für eine einfallsreiche Verwünschung. Die muss ich mir merken«, lobt Loki und greift nach dem Schlüssel. Ungeduldig sucht er die Truhe nach dem Gegenstück ab. »Ah, Ihr habt das Schloss verborgen, wie gerissen. Aber ich durchschaue jede List, weil … na ja, Ihr wisst schon.« Loki schiebt ein kleines, etwas hervorstehendes Quadrat zur Seite, steckt den Schlüssel in die nun freiliegende Vertiefung und dreht.

Nichts rührt sich. »Sagt bloß, Ihr habt nicht sauber gearbeitet«, flachst Loki und dreht erneut.

Wieder nichts.

»Eure Truhe ist kaputt.«

»Nein, sie funktioniert ohne Tadel«, entgegnet Sindri und kann sich ein Grinsen nicht verkneifen.

Loki kämpft um seine Fassung, schüttelt die Truhe, dreht den Schlüssel erneut. »Macht, dass sie aufgeht!«, herrscht er den Zwerg an.

»Das werde ich nicht, Gott der Zwietracht. Aber ich mache Euch ein Angebot: Ihr zieht von dannen und niemand wird erfahren, dass Ihr von zwei Zwergenschmieden überlistet wurdet.«

»Ihr habt mich nicht – «

»Doch, haben wir«, fällt Brokk ihm ins Wort und hilft seinem Bruder auf. »Also, was sagt Ihr?«

Das sonst so schöne Gesicht Lokis ist zerfurcht von Falten, so grimmig schaut er drein, doch nur für einen Moment. »Dieses Mal habt Ihr vielleicht gewonnen. Doch seid Euch gewiss, dass dies nicht unsere letzte Begegnung sein wird. Ich kenne Eure Schwächen!«

Jäh schüttelt lautes Gelächter Brokks stämmigen Körper. »Nehmt Euch in Acht, Loki. Wir haben jetzt eine Fliegenklatsche in der Schmiede«, prustet er und hält sich an Sindri fest, um nicht umzufallen.

Loki macht auf dem Absatz kehrt und erhebt sich ohne ein weiteres Wort in die Lüfte. Schnee wirbelt durch die Luft, doch anders als noch in der Nacht zuvor genießen die Zwerge die Flocken.

»Dein Schlüssel, Brokk, ist eine Wucht.«

»Ich weiß. Ich habe ihn aus dem Becher gemacht, aus dem Frigg getrunken hat, und mit Gold umhüllt, damit er auch einer Göttin würdig ist«, erklärt der Zwerg mit stolz geschwellter Brust.

»Jetzt sollten wir aber wirklich unseren Weg fortsetzen«, sagt Sindri und reicht Brokk die Truhe, während er selbst den Schlüssel einsteckt. »Lass uns gehen.«

Fensalir, umringt von Nebel – wie sollte es auch anders sein – ist eine prächtige Halle und die beiden Zwerge staunen nicht schlecht, als sie sie betreten.

»Sindri und Brokk, die Meisterschmiede«, begrüßt Frigg die Ankömmlinge mit ausgebreiteten Armen und winkt zugleich eine ihrer Dienerinnen heran, die sofort zwei Becher warmen Met bringt. »Ich habe etwas früher mit Eurer Ankunft gerechnet.«

»Wir auch, Herrin«, entgegnet Brokk und leert seinen Becher in einem Zug.

»Wir wurden aufgehalten«, ergänzt Sindri.

»Was hat euch aufgehalten?«, will Frigg wissen, während sie die Zwerge tiefer in die Halle hinein geleitet.

Sindri winkt ab. »Ein Widder. Wir dachten erst, es ist eines von euren Tieren, aber wir haben uns wohl … getäuscht.«

»So so, ein Widder also.« Frigg hebt die Augenbraue. »Wie dem auch sei.« Sie deutet auf einen Tisch. »Bitte stellt die Truhe dort ab. Ich möchte sie sogleich begutachten.«

Gespannt beobachten die Zwergenschmiede die Göttin und ein Gefühl der Zufriedenheit durchströmt sie, als der Deckel mit einem leisen Klacken aufspringt.

»Eine wunderbare Arbeit«, lobt Frigg. »Fast zu raffiniert für das, was ich mit ihr vorhabe, aber man kann nie wissen, wofür sie vielleicht noch einmal gut sein wird.«

»Was wollt Ihr darin nun verwahren?«, fragt Brokk rundheraus und spürt sogleich Sindris Stiefel auf seinem großen Zeh. »Was soll Odin nicht sehen?«, fährt er unbeirrt fort.

Frigg beugt sich zu den Zwergen hinunter und flüstert: »Ich brauche keine Truhe, um etwas vor meinem Gemahl zu verbergen. Es sollen Geschenke hinein, für alle Lebewesen. Ich webe für jedes von ihnen etwas. Dieser Winter scheint härter zu werden als die Winter davor und da schien es mir angebracht. Glaubt mir, der Schal für Jörmungandr wird ziemlich lang.« Sie zwinkert und unterdrückt ein Kichern. »Doch ich verrate Euch nicht, was ich für die Herren Zwerge im Sinn habe, also fragt gar nicht erst«, ergänzt Frigg an Brokk gerichtet.

»Ich werde mich hüten«, sagt er und verbeugt sich.

»Wir haben genug der kostbaren Zeit Friggs in Anspruch genommen, Bruder. Lasst uns den Rückweg antreten.« Sindri leert seinen Becher Met und verneigt sich ebenfalls.

»Nehmt meinen Wagen. Der Sturm wird immer stärker und so weiß ich von Eurer sicheren Ankunft in Svartalfheim.«

Brokk klatscht in die Hände. »Das Angebot nehmen wir an.« Dann stockt er. »Moment. Es sind wirklich Eure Widder, die den Wagen ziehen, oder?«

Lächelnd neigt Frigg den Kopf zur Seite und nickt.

»Worauf warten wir dann noch, Sindri? Bei Ivaldis krummem Hammer, ab nach Hause!«

7. Hotel Winter(alb)traum
von Lucia Herbst

»Darf ich Ihnen mit dem Gepäck behilflich sein?«, fragt der Rezeptionist höflich lächelnd und mir läuft heute zum ersten Mal eine Gänsehaut den Rücken hinunter. Nicht aufgrund des Frostes draußen – ich bin extrem kälteresistent –, sondern wegen des Mannes vor mir.

»Nein, danke«, antworte ich knapp.

Was stimmt nicht mit ihm? Er sieht großartig aus. Mit den weißblonden Haaren und der durchsichtig wirkenden Haut ähnelt er einer lebendig gewordenen Eisstatue, die ein antiker Meister erschaffen hat. Seine weißblaue Uniform mit den silbernen Details unterstreicht das. Doch etwas an seiner Art ist einfach nur gruselig. Ich kann nicht den Finger darauf legen. Lediglich mein Adrenalinspiegel steigt und feuert den Fluchtreflex an.

Wir starren uns an. Er lächelnd aus eiskalten hellblauen Augen, ich angespannt mit zusammengepressten Lippen.

Zu meiner Schande schaffe ich es nicht, den Blickkontakt aufrechtzuerhalten. Als leitende Pharmareferentin ist es eigentlich schwer, mich aus der Fassung zu bringen. Es gibt außerdem kaum einen Menschen, den ich nicht selbst innerhalb kürzester Zeit einschätzen und manipulieren könnte, aber dieser hier verursacht bei mir nicht nur ein tiefgreifendes Unbehagen. Es gelingt mir auch nicht, ihn zu lesen.

Egal. Ich muss ihn ja nicht heiraten. Nur die verdammte teambildende Maßnahme in diesem Hotel am Arsch der Welt hinter mich bringen.

»Anne, da bist du ja endlich!« Erleichtert fahre ich herum. Jörg, der Geschäftsführer des Pharmaunternehmens, steht in einem Durchgang, der ins Innere des Hotels führt. »Wir haben deine Präsentation schon zweimal verschoben. Was war los?«

Im Moment ist er das kleinere Übel. Ich setze mein Geschäfts-lächeln auf. »Der Schneesturm da draußen?«

»Wir alle mussten da durch. Aber außer dir waren alle pünkt-lich.«

»Ich bin im Graben gelandet«, lüge ich. Dass es mir wichtiger war, eine Woche vor Weihnachten noch Geschenke zu besorgen, verschweige ich.

»Ist dir etwas passiert?« Er klingt gleichgültig. Ihm ist klar, dass ich lüge, und ich weiß, dass er mir nicht glaubt.

»Alles gut. Ein Schneeräumfahrzeug hat mich rausgezogen. Ich komme …« Eigentlich würde ich ihn jetzt höflich zur Hölle schi-cken, aber dann wäre ich wieder mit diesem Rezeptionisten allein. Automatisch schalte ich in den Modus *Damsel in Distress.* »Jörg, das war so furchtbar. Mitten im Wald. Kein Netz, um hier Bescheid zu geben, dass ich später komme. Ich hoffe, an der Radachse ist nichts, und ich komme wieder heim. Willst du schnell mit mir zum Auto gehen und nachschauen? Ich verstehe da nichts davon.«

Jaaaa, ich verdrehe innerlich die Augen über mich selbst. Aber es ist zu einfach und wirkt wie erwartet. Nun glaubt er mir meine Geschichte, denn seine Gesichtszüge werden weicher und die Stirnfalten glatter.

Es war seine Idee gewesen, ein paar Tage vor Weihnachten spontan ein Führungskräftewochenende in einem abgelegenen Waldhotel zu organisieren, das nur während der Wintermonate offen hat. Schon die Idee und nun auch die Anreise zum *Hotel Wintertraum* auf vereisten Landstraßen waren für mich ein Alb-traum. Also kann er jetzt ruhig ein schlechtes Gewissen haben.

»Klar, check erst mal in Ruhe ein. Ich hole nur schnell meine Jacke. Und deinen Vortrag verschieben wir auf morgen.« Er ver-schwindet in den Innereien des Hotels und ich bin mit meinem plötzlichen Endgegner wieder allein. Mission fehlgeschlagen. Aber zumindest muss ich Jörgs schlechte Laune für den Rest des Abends nicht ertragen.

Gequält drehe ich mich wieder zur Theke. Das Eisige ist aus den Zügen des Rezeptionisten verschwunden, er wirkt amüsiert und seine Augen strahlen wie Eiskristalle in der Sonne. Das wiederum macht mich wütend. Was ist witzig daran, wenn eine Frau allein im Dunkeln auf einer abgelegen Waldstraße im Schneesturm mit dem Auto im Graben landet?

»Gut, dass Ihnen nichts passiert ist.«

Unterdrückt er gerade ein Lachen? Ich hasse dieses Hotel.

»Meinen Zimmerschlüssel, bitte.« Demonstrativ strecke ich eine Hand aus.

»Das wäre dann Zimmer 76 im zweiten Stock. Können Sie hier noch unterzeichnen?« Er legt eine Zimmerkarte auf den Tresen, schiebt mir ein Gästebuch zu und hält mir einen Füller hin, der zu schön für das Schreibwerkzeug eines Hotels ist. *Wie alles hier*, fährt es mir durch den Kopf. Das Hotel wirkt eher wie ein verzauberter Winterpalast aus Eis und Silber. Riesige Fenster, Sitzgruppen aus Glastischen und eleganten Sesseln, die mit weißen Fellen belegt sind, Kristalllüster, Stuck in Form von Eisblumen und Wandmalereien mit Wintermotiven verstärken diesen Eindruck. Daher auch der Name des Hotels: *Wintertraum*. Alles zu kitschig für meinen Geschmack.

Seufzend nehme ich den Füller, der einem Eiszapfen nachgeahmt wurde, und zucke zusammen. Er ist so kalt, als hätte er bis eben in einer Tiefkühltruhe gelegen, und leuchtet plötzlich auf. Wow, was für eine schöne Spielerei.

Der Rezeptionist reißt mir den Füller aus der Hand, noch ehe ich zur Unterschrift angesetzt habe. Überrascht sehe ich hoch. Der Mann hat die Augen so weit aufgerissen, dass die Iriden komplett erkennbar sind. Er umklammert das Schreibwerkzeug, das jetzt nicht mehr leuchtet.

Mir stehen bei seinem Anblick alle Härchen zu Berge. Es reicht. Wortlos schnappe ich mir die Zimmerkarte, packe meinen Weekender und setze zur Flucht an.

»Warten Sie! Zimmer 76 ist besetzt. Sie bekommen Zimmer 111. Es ist das Zimmer 111!« Seine Stimme überschlägt sich.

Ich bleibe stehen und drehe mich langsam um. Aus den Verwaltungsräumen hinter dem Tresen treten weitere Hotelangestellte hinaus. Ist das ein Familienbetrieb? Wahrscheinlich. Denn sie ähneln sich in Gestalt, Größe, Haar- und Augenfarbe. Sie alle starren mich an.

Mein Überlebenstrieb flüstert: *Lauf!* Ich fühle mich zum ersten Mal seit Jahren nicht mehr wie die Jägerin, sondern wie die Gejagte, die vor einem etwa zehnköpfigen Rudel was auch immer steht.

»Anne, bist du mit den Formalitäten fertig?« Jörg! Vor Erleichterung würde ich am liebsten zu ihm rennen. Ich unterdrücke diesen Reflex, lächle ihn lediglich an.

»Ja, gleich. Es gibt wohl Probleme mit meinem Zimmer.« Widerwillig trete ich wieder zum Tresen und knalle meine Zimmerkarte darauf. Die Hotelmitarbeiter rühren sich nicht, beobachten jede meiner Bewegungen und plötzlich weiß ich, was mit ihnen nicht stimmt. Sie blinzeln nicht. Keiner von ihnen. Zur Gänsehaut gesellen sich nun auch Magenkrämpfe.

»Ah, ich sehe dein Auto. Ich gehe schon mal raus«, sagt Jörg und ich höre, wie er an mir vorbei zum Ausgang hastet. Dieser Feigling. Ich bin mir sicher, dass er das gleiche Unbehagen verspürt und seinem Fluchtreflex nachgegeben hat.

»Warte …« Ich fahre herum, doch er ist schon aus der Tür getreten.

Also bin ich wieder allein mit der Familie des eiskalten Grauens. Langsam drehe ich mich wieder zu ihnen um. Mit einer eleganten Bewegung legt der Rezeptionist einen handflächenlangen, mit Edelsteinen verzierten, goldenen Schlüssel mit einem ungewöhnlichen Schlüsselbart auf den Empfangstresen. In das obere Ende des Schlüssels sind drei Einsen eingearbeitet. Das ist also mein Zimmerschlüssel. Keine Karte diesmal. Allerdings erinnert dieses Ding an etwas, das die Tore eines Palastes öffnen könnte.

Der Rezeptionist räuspert sich. »Könnten Sie das bitte noch für unsere Statistik ausfüllen?« Er schiebt ein Blatt Papier und diesen Leuchtfüller vor mich.

Auf dem Vordruck werden drei Sachen abgefragt: Beziehungsstatus, Anzahl der Kinder und Lieblingsessen.

»Was für eine Statistik soll das sein?«, frage ich ungehalten.

»Sie müssen es nicht ausfüllen. Es würde uns nur extrem weiterhelfen, wenn wir das jetzt schon wüssten.«

Irgendwie klingt das für mich, als würden sie die Information früher oder später sowieso bekommen. Um die Sache abzukürzen und um möglichst schnell von hier wegzukommen, schnappe ich mir den Füller, der sofort wieder zu leuchten beginnt.

Ein Raunen geht durch die versammelten Angestellten. Irritiert blicke ich hoch. Eine junge Frau hat sich die Hände vor den Mund geschlagen. Zwei tuscheln aufgeregt miteinander. Der Rest mustert mich ungläubig. Was ist so aufregend daran, wenn ein Lämpchen leuchtet?

Hastig fülle ich das Formular aus – alleinstehend, kinderfrei, Sushi – und nehme mir den Schlüssel. »Welcher Stock?«

»Ich führe Sie hin.«

»Nein, es ist schon in Ordnung …«, protestiere ich, doch er hat den Empfangstresen schon umrundet.

»Das sieht schwer aus. Ich helfe Ihnen.« Er greift nach den Henkeln des Weekenders, den ich mir um die Schulter gehängt habe.

Das kam so plötzlich, dass ich reflexartig seine Hand wegschlage. Als ich ihn berühre, funkt es hörbar zwischen uns. Seine Finger sind so kalt, dass es mir kurz den Atem verschlägt. Für einen Moment scheinen alle Anwesenden die Luft anzuhalten.

Mit einem Lächeln, das ich nicht deuten kann, sagt er: »Bitte folgen Sie mir.«

Schweigend laufe ich hinter ihm her. Er ist ungewöhnlich groß und hat eine atemberaubende Figur. Eine perfekte Mischung aus schlank und durchtrainiert. Ich schiele auf seine Hände. Auch sie sind außergewöhnlich schön. Groß, gepflegt, lange Finger. Wie ein Klavierspieler. Wenn sie nur nicht so kalt wären. Und diese Augen … Allein beim Gedanken daran stellen sich mir alle Nackenhärchen auf.

Nachdem wir mehrere Gänge passiert haben, treten wir in eine hellblau getünchte Halle mit vielen Türen und einem doppelflügeligen Tor. Es ist mit dem gleichen Muster beschlagen wie der Schlüssel in meiner Hand. Darüber steht in verschnörkelten Ziffern 111.

Als wir davorstehen, berührt mich mein Begleiter leicht an der Schulter. Wieder kommt es zu einer heftigen elektrischen Entladung zwischen uns. Ich weiche vor ihm zurück.

»Würden Sie bitte aufsperren?«, fragt er mit einer samtenen Stimme, die so gar nicht zu diesen kalten Augen passt.

Ich höre etwas hinter mir und drehe mich langsam um. Aus den etwa zwanzig Türen der Halle sind doppelt so viele Hotelangestellte getreten. Wie groß ist diese Familie? Das ist schon ein ganzer Clan. Schweigend starren sie mich aus blauen Augen an, ohne zu blinzeln. Um den Blicken zu entkommen, bleibt mir nur die Flucht nach vorne.

Ich stecke den Schlüssel in das Schlüsselloch und sowohl das Tor als auch der Schlüssel beginnen zu leuchten. Es ist ein eisiges Licht und die Luft um mich herum wird kälter. Getuschel hinter mir.

Hastig drehe ich den Schlüssel herum, stoße einen Flügel auf, renne in das Zimmer und schlage das Tor hinter mir zu. Zitternd lehne ich mich gegen das Torblatt. Kleine Atemwölkchen bilden sich vor meinem Mund. Verdammt, was war das? Es dauert einige Sekunden, bis ich wieder einen klaren Gedanken fassen kann. Ich werde den Abend und die Nacht irgendwie rumbringen und morgen früh unter einem Vorwand von hier abhauen.

Entschlossen richte ich mich auf. Erst jetzt nehme ich meine Umgebung wahr. Es ist kein Zimmer, sondern die Suite eines Eispalastes. Indirektes kühles Licht aus undefinierbaren Lampen beleuchtet ein Sofa und eine Chaiselongue um einen niedrigen Tisch sowie einen Sekretär und eine Bücherwand. Das Zimmer ist wie der Rest des Hotels in Hellblau, Weiß und Silber gehalten. Riesige Fenster und eine Glaskuppel über mir eröffnen den Blick auf den Schneefall und die Winterlandschaft draußen.

Aber das Bemerkenswerteste an diesem Zimmer ist ein überdimensionales Wandgemälde, das aus einem Wintermärchen stammen könnte. Es zeigt eine verschneite Waldlichtung. Rechts und links stehen mit dem Rücken zum Betrachter Menschen, die in Gestalt und Haarfarbe den Hotelangestellten ähneln, nur die Frisuren und Kleidung unterscheiden sich. Sowohl bei den Männern als auch bei den Frauen sind die langen Haare kunstvoll geflochten und sie tragen fließende, luftige Gewänder.

Sie bilden einen Gang zu einem Altar. Es erinnert an eine Hochzeit, nur die wichtigsten Akteure fehlen: Braut, Bräutigam und Zeremonienleiter. So schön dieses Kunstwerk auch sein mag, es ist bisher das Gruseligste, was ich hier gesehen habe.

Davor liegt auf einem Sockel ein aufgeschlagenes Buch. Etwas zieht mich dahin. Ich konnte Büchern noch nie widerstehen. Auf der Doppelseite steht in verschnörkelter Schrift ein Gedicht:

Aus Frost und Kälte geboren,
tanzten die Schneealben den ganzen Winter lang.
Doch die erste Knospe verhieß das baldige Ende,
weil die Wärme den Alben das Tauen aufzwang.

Auch die Kälte liebt ihre Kinder,
und so entbrannte ein Krieg
zwischen Frühling und Winter.

Der ersehnte Wendepunkt kam,
als sich ein König der Alben verliebte,
und eine Sterbliche zur Ehefrau nahm.

Die Liebe und Wärme aus dieser Verbindung
schenkten den Schneealben Lebenskraft.
Sie starben nicht mehr, schliefen bis zum nächsten Winter
in ihrem nun ewigen Eispalast.

Die Regentschaft des Einen neigt sich dem Ende zu.
Der nächste König steht fest.
Sein Name ist Aubin und er sucht seine Braut,
die Eine, die er lieben wird und niemals verlässt.

Wenn du diese Zeilen liest,
hast du den Kristall unseres Lebens zum Leuchten gebracht.
Beschreite den Weg vor dir, zögere nicht.
Aubin wartet, denn seine Liebe zu dir ist erwacht.

Mit jeder Zeile habe ich mehr und mehr das Gefühl, dass mir jemand die Kehle zuschnürt. Ich habe derlei Märchen und Geschichten um die eine wahre Liebe und Bestimmung bereits als kleines Mädchen gehasst, weil die Protagonistinnen nie gefragt wurden. In jeder Erzählung wurde einfach angenommen, dass sie sich verlieben wird. Und was, wenn der Prinz ein Knallfrosch ist? Oder eine Frostbeule? Ich gebe ein Würgegeräusch von mir.

Im Schlafzimmer erwartet mich ein überdimensionales Himmelbett. Das muss die Hochzeitssuite des Hotels sein und insgeheim ärgert es mich, dass ausgerechnet ich hier bin. Denn ich kann weder dem Konzept noch dem Sinn dieser Tradition etwas abgewinnen. Ich fühle mich hier völlig fehl am Platz. Mit Mitte Dreißig bin ich schon zu alt für dieses märchenhaft-romantische Brimborium, das diese Suite symbolisiert.

Ich mache mich in einem Bad frisch, das an eine Therme erinnert, hänge mir die Laptoptasche über eine Schulter und gehe durch den Wohnbereich zurück zum Zimmertor. Unwillkürlich fällt mein Blick auf das Wandgemälde und ich stoppe geschockt. Ich könnte schwören, dass die Hochzeitsgesellschaft vorhin mit dem Rücken zu mir stand. Doch jetzt haben mir alle das Gesicht zugewandt und starren mich an.

Aber am schlimmsten ist, dass nun ein wunderschöner Mann vor dem Altar wartet. Seine Kleidung und Frisur sind prächtiger und kunstvoller als die der anderen. Ein filigraner Kranz aus schneebedeckten Eiskristallen liegt um seine Stirn. Ansonsten könnte er der Zwillingsbruder des Rezeptionisten sein. Lächelnd hat er eine Hand ausgestreckt. Nach mir. Meine Seele gefriert.

Ich renne zur Tür und verlasse fluchtartig das Zimmer. Den Schlüssel lasse ich in der Panik innen stecken. In der Halle stehen die Hotelmitarbeiter noch so da, wie ich sie zurückgelassen habe, und das macht es nicht besser. Ich greife mir an den Oberbauch – Magenschmerzen – und sehe zu Boden. Ich ertrage diese Situation gerade nicht. Was ist hier los? Ich wünschte, sie würden alle verschwinden.

Der Rezeptionist hat vor dem Zimmer gewartet. Schweigend öffnet er das Tor einen Spaltbreit, zieht den Schlüssel heraus und sperrt für mich ab. Mit einer knappen Handbewegung schickt er die Umstehenden weg. Als sich die Halle leert, entspanne ich mich zwar ein wenig, dennoch rast mein Puls.

»Zu Ihrem Teammeeting geht es hier lang.« Galant zeigt er mir den Weg.

Ich kann mich kaum konzentrieren und so oft wie wir abbiegen, habe ich das Gefühl, in einem Labyrinth zu sein.

»Wie finden Sie Zimmer 111?«, fragt er mich unvermittelt. »Es ist unsere Hochzeitssuite.«

»Das habe ich mir schon gedacht.« Ich habe keine Lust auf eine Unterhaltung mit ihm. Erst recht nicht will ich über das unheimliche Zimmer reden, das mich an meinem Verstand zweifeln lässt.

»Gefällt es Ihnen?«, bohrt er nach.

Ich muss Jörg fragen, ob er etwas gegen Magenschmerzen dabei hat. Er hatte mal ein Magengeschwür wegen Stress, also stehen die Chancen gut.

»Es ist ungewöhnlich, aber nicht so meins.«

Sein Kopf fährt zu mir herum und ich unterdrücke das Bedürfnis zurückzuweichen.

»Warum nicht?« Seine Stimme nimmt eine dunkle Färbung an.

»Ich stehe nicht auf Hochzeiten.«

»Und was, wenn Sie die Eine für jemanden sind?«

»Dann heißt es noch lange nicht, dass dieser jemand der Eine für mich ist.«

»Sind sie deswegen noch alleinstehend?«

»Ähm. Was genau geht Sie das an?«

Wir sind stehen geblieben. Wütend starre ich ihn aus schmalen Augen an, und es ist mir egal, wie beängstigend seine kalte Präsenz ist. Diesmal gewinne ich das Blickduell, denn mit den Worten »Es ist besser so« dreht er sich weg und geht weiter.

Habe ich mich verhört? »Was ist besser so?«, frage ich scharf.

»Dass Sie allein sind. So muss niemand verschwinden.«

Ich fasse den Riemen meiner Laptoptasche fester und mache auf den Absätzen kehrt. »Ich habe im Auto etwas vergessen.« Schnell vergrößere ich den Abstand zwischen uns und mit jedem Schritt habe ich das Gefühl, mehr Luft zu bekommen.

»Zum Auto geht es hier lang«, ruft er mir hinterher.

Widerwillig kehre ich zurück.

Als ich bei ihm bin, streckt er eine Hand aus und will mir meine Laptoptasche abnehmen. Wie kommt er darauf, dass ich das will? Ich weiche aus, als sei er ansteckend.

Er macht eine Faust und lässt den Arm wieder sinken. »Du hättest längst …«, murmelt er, dann dreht er sich weg und läuft vor mir her.

Ich folge ihm schweigend. Wir begegnen noch unzähligen Hotelangestellten, die mich aus diesen nicht blinzelnden Augen verfolgen. Nach einer gefühlten Ewigkeit führt er mich tatsächlich hinaus und ich könnte heulen vor Erleichterung, als ich mein Auto erkenne.

Ich werde Jörg von unterwegs schreiben, dass ich einen dringenden Notfall in der Familie habe und dass er meine Sachen mitnehmen soll.

Mit fahrigen Händen öffne ich die Fahrertür und will einsteigen, da legt sich plötzlich etwas um meinen Hals. Ich greife danach und halte eine lange silberne Kette mit einem goldenen Anhänger in den Fingern. Es ist die Miniatur des Torschlüssels. Panisch versuche ich, mir die Kette wieder über den Kopf zu streifen, doch obwohl sie lang ist, funktioniert es nicht. Ich fahre zu meinem Begleiter herum.

»Sie …«

»Aubin.«

Entsetzt flüchte ich auf den Fahrersitz. Als ich den Parkplatz verlasse, sehe ich im Spiegel, wie das ganze Hotelpersonal unbewegt im Innenhof hinter ihrem König steht und meine Flucht beobachtet.

Ich gebe Gas.

Unterwegs versuche ich mehrfach vergeblich, diese verfluchte Schlüsselkette abzunehmen. Ich werde morgen zu einer Goldschmiede gehen und darum bitten, das Ding zu zerlegen.

Es ist ein Wunder, dass ich unbeschadet daheim ankomme, denn das Gaspedal war während der letzten zwei Stunden trotz vereister Straßen mein neuer bester Freund.

Ich schaudere, als ich meine Wohnung betrete. Es scheint drinnen kälter zu sein als draußen. Mir fällt ein, dass meine Jacke noch im Hotel liegt. Im Zimmer 111. Mein Magen verkrampft sich.

Erschöpft streife ich die Stiefel ab, hole mir ein Glas Wasser und gehe ins Schlafzimmer. Ich will nur noch schlafen. Als ich das Licht einschalte, fällt mir vor Schreck das Glas aus der Hand und zerschellt auf dem Boden. Der Schlüsselanhänger um meinen Hals leuchtet auf.

Die Wand hinter dem Kopfende des Bettes zeigt das riesige Wandbild aus der Hotelsuite, nur mit dem Unterschied, dass der Bräutigam die Arme nun verärgert verschränkt hält.

Über dem Gemälde steht in großen geschwungenen Buchstaben: *Wir haben Zeit.*

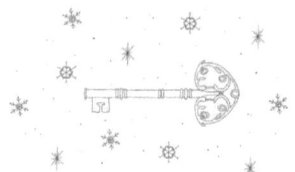

8. Pollux und die Weihnachtskekse
von Sonja Wahl

Johann's Stöhnen drang durch das ganze Haus. Katharina legte die Bettdecke zur Seite, die sie gerade überziehen wollte und trat in den Hausflur. »Alles in Ordnung?«, rief sie nach unten zu ihrem Mann. »Geht schon«, antwortete dieser zurück, »es wird gleich wieder.«

Zuvor, Anfang November:

»Wann willst du dieses Jahr eigentlich mit dem Backen der Weihnachtskekse anfangen?«, fragte Johann seine Frau Katharina schon zum dritten Mal.

»Du gehst mir auf die Nerven«, antwortete sie ungehalten. »Auf jeden Fall erst nach meiner Reha.«

»Na, wenn das mal reicht!«, meinte ihr Mann und drehte sich um. Sie schaute aus dem Fenster. Dichter Nieselregen überzog die Oberfläche der Gartengeräte, Blumentröge und allerlei Kram, die den Weg versperrten, mit einem feuchten Film. Johann hatte zwar versprochen aufzuräumen, aber in letzter Zeit wurde er immer nachlässiger. Sie hatte das Gefühl, dass Johann nichts mehr interessierte, obwohl er früher viel Zeit dort verbracht hatte. Stundenlang hielt er sich im Keller auf. Wenn sie ihn danach fragte, gab er unwillige, ausweichende Antworten. Die Tür zu seiner Werkstatt hielt er seitdem immer abgeschlossen.

Wehmütig dachte sie an frühere Zeiten zurück und daran, wie sie sich kennengelernt hatten. Als junger Mann war er zuvorkommend und aufmerksam gewesen. Er war kein lauter Typ. Genau das hatte sie immer gemocht. An die erste Begegnung konnte sie sich noch erinnern, als wäre es heute gewesen. Es war ein heißer Sommertag und sie wollte unbedingt ein Eis. Am liebsten ein frisches Walnusseis, welches damals ihre Lieblingssorte war. Das bunte Sommerkleid flatterte um ihre Beine, als sie mit dem Fahrrad zur Eisdiele fuhr. Dort stand eine riesige Schlange wartender Menschen. Sie stellte sich an und konnte es kaum erwarten, bis sie an der Reihe war. Immer wieder lugte sie nach vorne, um festzustellen, ob noch genug von ihrem Lieblingseis im Tresen war. Als sie am vorletzten Platz stand, war nur noch ein kleiner Rest, der gerade für eine Kugel reichte, in der Schale. Da hörte sie den jungen Mann vor ihr sagen: »Für mich bitte eine große Kugel Walnusseis.« Die Kellnerin schabte den letzten Rest aus der Schale und hielt ihm die riesige Kugel entgegen.

Katharina stampfte mit dem Fuß auf. »Das darf doch nicht wahr sein!«, rief sie empört.

Der junge Mann drehte sich um und sah sie an. Dann streckte er ihr die Waffel entgegen und sagte ganz selbstverständlich: »Bitte, für dich!«, als ob er die Bestellung für sie aufgegeben hätte. Verdattert nahm sie das Eis entgegen.

»Danke, aber was isst du dann?«, fragte sie freundlicherweise.

»Ich nehme ersatzweise Schokolade, aber nur, wenn wir das Eis zusammen am Tisch essen. Übrigens, ich heiße Johann«, entgegnete er und lächelte.

Es wurde ein gemütlicher Nachmittag, an dem sie plauderten und lachten. Sie schaute in seine blauen Augen und bewunderte seine Grübchen, die sich beim Lachen vertieften und sein Gesicht irgendwie lustig erscheinen ließen. Doch das war lange vorbei.

Nun war ihr Hund Pollux wie ein Freund für sie geworden. Seit sie mit ihrem Mann kaum noch etwas gemeinsam unternahm, liebte sie die ausgedehnten Spaziergänge mit dem Hund. Mit Pollux fühlte sie sich nie allein. Kaum dass sie die Leine in die Hand nahm, sprang er ungeduldig herum. »Gehst du wieder mit dem Hund laufen?«, fragte Johann ungehalten, als sie ihre Jacke vom Haken nahm. Missbilligend blickte sie ihn an, drehte sich um und ging hinaus. Insgeheim vermutete sie, dass Johann ein klein wenig eifersüchtig auf Pollux war. Fast täglich gingen sie an den kleinen Weiher, der an ihr Dorf grenzte. Der Spaziergang war zu einem festen Ritual geworden. Der Hund kannte inzwischen jede Ecke und sie konnte ihn dort auch ohne Leine streunen lassen. An heißen Tagen hüpfte Pollux ins Wasser und schwamm zügig ein Stück hinaus. Dann drehte er um und sie war sich sicher, dass er lachte, wenn er auf sie zu schwamm. Im See bildeten sich dann kleine Wellen. Wenn sie am Ufer anspülten, gaben sie leise Geräusche von sich, die sie an frühere Urlaube am Meer erinnerten. Selbst jetzt im Winter zauberte das Licht der Sonne, das in langen Strahlen durch die Bäume fiel, eine märchenhafte Stimmung. Sie schlug die Beine übereinander und sah aufs Wasser hinaus.

Sie konnte sich noch genau an den Tag erinnern, als Pollux zu ihnen kam. Schon der Klang der Klingel an der Haustür an jenem Morgen war anders. Als ob die Melodie etwas Neues ankündigen würde. Sie saßen beim Frühstück, Johann stand sofort auf und eilte in den Gang. Er öffnete und murmelte etwas wie: »Ja, was haben wir denn da?«, mit einer Stimme, in der so viel Mitgefühl und Empathie lagen wie schon lange nicht mehr.

Verwundert stand sie auf und trat hinzu. Zwei dunkle Augen blickten ihr entgegen. Ratlos sah sie erst die Tochter der Nachbarin und dann ihren Mann an. »Den habe ich gefunden«, sagte Elvira. »In Rumänien, nahe einem kleinen Dorf in den Karpaten.« Johann streichelte vorsichtig den Kopf des Hundes, der ihm sofort die Hände leckte. »Er ist noch ein Baby und lief alleine auf der Landstraße herum. Wir haben ihn ins nächste Dorf mitgenommen, doch dort wollte ihn niemand haben. Die Dorfbewohner baten uns, den Hund mitzunehmen. Andernfalls …«, den Rest des Satzes ließ sie in der Luft hängen. Elvira blickte fragend von einem zum anderen. »Ich ziehe bald um, wegen des Studiums, und da dachte ich …«, wieder sprach sie den Satz nicht zu Ende.

Johann streckte die Arme aus und nahm ihr den Hund ab. »Ich denke«, sagte er überraschenderweise, »bei uns wird er es gutaben.« Dann drehte er sich um und ging mit dem Hund ins Haus.

Katharina traute ihren Ohren nicht. Sie zögerte kurz und sagte dann zu Elvira: »Danke, dass du an uns gedacht hast.« Irgendwie war sich Katharina sicher, dass mit diesem Hund neues Glück in ihr Heim einkehren würde. Insbesondere, weil Johann ihre Kinderlosigkeit irgendwie nie richtig verkraftet hatte. Er gab Katharina keine Schuld daran. Aber er war unglücklich darüber, das spürte sie. Doch nachdem Pollux in ihr Haus gekommen war, schien Johann zunächst wie ausgewechselt.

Früh morgens war er auf den Beinen, pfiff und freute sich gutgelaunt auf den Spaziergang mit Pollux. So war der Hund in Rumänien getauft worden und sie waren sich einig, dass dies der richtige Name für das kleine Wesen war. Der Welpe war verspielt und anhänglich. Vom ersten Tag an war er ein getreuer Gefährte und Johann kümmerte sich hingebungsvoll um seinen neuen Freund. Katharina fühlte sich anfangs ein wenig ausgegrenzt, doch mit der Zeit spürte sie, dass wieder mehr Liebe und Harmonie in ihr Heim eingekehrt waren. Dafür war sie dankbar.

Bis zu dem Tag, an dem der Anruf vom Krankenhaus kam. Wieder seufzte Katharina. Diesmal tiefer und wehmütiger. Noch heute glaubte sie das Klingeln des Telefons zu hören. Sie war gerade dabei gewesen, im Garten frisches Gemüse einzusäen. Deshalb wollte sie gar nicht drangehen, da sie die Hände voll Gartenerde hatte. Doch als das Klingeln nicht aufhörte, rannte sie hinein, hielt sie kurz unters Wasser und hob ab.

»Guten Tag, Frau Weihermann«, sagte eine ernste Stimme. »Wir müssen Ihnen leider mitteilen, dass ihr Mann einen schweren Autounfall hatte. Er wird gerade operiert.«

Verstört ließ sie sich die Wand hinabgleiten und schlug die Hände vors Gesicht. Danach hatte ihre Welt, wie sie sie bis zu diesem Zeitpunkt gekannt hatte, aufgehört zu existieren.

Johann kämpfte verbissen darum, seine alte Form wiederzuerlangen, denn nach dem Unfall konnte er nicht mehr richtig gehen und hatte ständig Schmerzen. Doch trotz langer Physiotherapie war irgendwann klar, dass Johann nie mehr ganz gesund werden würde. Diese Erkenntnis schmerzte ihn sehr. Er wollte es nicht akzeptieren. Dadurch veränderte er sich. Wurde eigenbrötlerisch, unwirsch und freudlos. Nichts blieb übrig von dem tatkräftigen, jungen Mann, in den sie sich einmal verliebt hatte.

Auch der Hund wurde ihm zur Last. Pollux konnte dies zuerst nicht verstehen. Fast täglich zog er die Leine, die auf der Bank unter der Garderobe lag, herunter und rannte damit zu seinem Herrchen. Bettelnd lief er dann vor Johann umher. Manchmal ließ sich Johann erweichen, einen Spaziergang zu machen. Dazu fuhr er ein Stück mit dem Auto in den Wald hinaus. Niemals wäre er direkt vor den Augen der Nachbarn vom Haus aus gestartet. Niemand sollte sehen, wie es gesundheitlich um ihn bestellt war. Nachdem er bei so einem Ausflug einmal schwer gestürzt war und es nur unter Mühen nach Hause geschafft hatte, weigerte er sich von da an, mit dem Hund zu laufen.

Heute hatte sie lange hier gesessen, ganz in der Vergangenheit versunken. Sie schüttelte sich, sie fröstelte. In ihrer Gedankenwelt gefangen, hatte sie nicht bemerkt, wie kühl es inzwischen geworden war. »Komm Pollux, wir gehen wieder nach Hause.« Dort erwartete Johann sie bereits mit grimmigem Gesicht an der Tür. Ohne ein Wort drehte er sich um und ging in den Keller. Katharina schaute ihm kopfschüttelnd nach.

Pollux

Am Tag der Abreise in die Reha freute sich Katharina insgeheim doch auf die Zeit, die sie nun für sich alleine haben würde. Nur der Abschied von Pollux fiel ihr unglaublich schwer. Es schien, als würde der Hund dies merken, denn er wich nicht von ihrer Seite, als sie zu packen begann. Als sie dann endlich ins Auto einstieg und aus der Einfahrt fuhr, sprang Pollux neben dem Auto her, drehte den Kopf und blickte seitlich zu ihr ins Fenster hinein. Dabei sah er sie mit ängstlichen Augen an. »Ich komme wieder!«, rief Katharina laut. Als sie um die Ecke bog, sah sie im Rückspiegel, wie Johann den Hund anleinte und ruckartig mit sich hineinzog. »Bald! Versprochen!«, rief sie laut zu sich selbst und musste sich beherrschen, um nicht in Tränen auszubrechen.

Letztendlich verging die Zeit in der Reha schneller als sie gedacht hatte. Glücklich und erholt schloss sie bei ihrer Rückkehr die Haustüre auf und rief: »Johann, Pollux, ich bin zurück!« Stille! Kein Laut war zu hören. Sie ging in die Küche, danach ins Wohnzimmer. Nichts! *Er scheint doch wieder mit dem Hund zu laufen*, freute sie sich und holte ihren Koffer aus dem Auto. Sie stellte das schwere Teil an der Treppe ab. Danach bereitete sie sich erst einmal einen Kaffee zu. Mit der Tasse in der Hand stand sie am Fenster und schaute in den Garten hinaus, in dem es sich einige Vögel in den Bäumen bequem gemacht hatten. »Schön haben wir es hier«, dachte sie. Dann schnappte sie ihren Koffer und wuchtete ihn die Treppe hinauf. Als sie die Schlafzimmertüre öffnete, wunderte sie sich zunächst darüber, dass es im Zimmer so dunkel war. Sie betätigte den Lichtschalter und staunte, da Johann im Bett lag.

»Wo ist Pollux?«, war ihre erste Frage, als sie ihn ansah. Er antwortete nicht. »Warum bist du im Bett? Bist du krank?«, meinte sie bang und ging zu ihrem Mann ans Bett. Er schaute weg. »Johann, sieh mich an. Ich will wissen, was hier los ist!«

Sein Gesicht verzerrte sich. Katharina blickte ihn mit hochgezogenen Augenbrauen an. Johann öffnete den Mund, sagte aber nichts. Katharina bekam es mit der Angst zu tun. »Was ist denn los?«, sorgte sie sich, jetzt mit zittriger Stimme.

»Ich schaffe das alles nicht mehr!« Sie runzelte die Stirn. »Das große Haus, der Garten, der Hund. Das ist mir alles zu viel. Ich bin so müde.«

Katharina stellte sich ans Fenster und starrte hinaus. Dann holte sie tief Luft und fragte mit leiser Stimme: »Was hast du mit Pollux gemacht?«

Johann räusperte sich. »Ich …«, Er stoppte.

Katharina drehte sich um: »Was du mit Pollux gemacht hast, will ich wissen!«, rief sie ihm jetzt laut entgegen.

»Ich, ich habe ihn weggegeben!«

Katharina stierte ihn fassungslos an. »Du hast was?«, schrie sie und lief drohend auf ihn zu. Sie glaubte, sich verhört zu haben.

Inzwischen hatte Johann sich auf die Bettkante gesetzt und die Hände vors Gesicht geschlagen. »Ich kann nicht mehr!«, sagte er nun erneut mit Nachdruck. Katharina blieb abrupt stehen und starrte ihm feindselig entgegen. »Der Hund hat mich ständig daran erinnert, wie ich früher einmal war. Als ich noch gesund war und richtig laufen konnte. Das habe ich nicht mehr ausgehalten.«

Katharina verließ fluchtartig das Zimmer. Das konnte alles nicht wahr sein. Sie fühlte sich so schlecht, wie schon lange nicht mehr.

Sie war sich nicht sicher, ob sie dies Johann jemals verzeihen konnte.

Die nächsten Tage schlich Katharina im Haus herum und war mit ihren Gedanken ständig bei Pollux. Seltsamerweise ging Johann kaum noch in den Keller. Als er an einem der nächsten Tage einen Termin hatte und das Haus verließ, vergaß er seine Geldbörse in der Küche. Wie in Trance nahm Katharina die Börse an sich und durchsuchte sie. Das hatte sie in den ganzen Jahren noch nie getan. Sie atmete tief durch, als sie einen Zettel mit der Adresse eines Tierheimes fand. Sofort lief sie ans Telefon und rief aufgeregt in den Hörer: »Ich suche meinen Hund. Er hört auf den Namen Pollux. Ich vermute, dass er bei Ihnen abgeben wurde.« Tatsächlich, die Frau vom Tierheim stimmte ihr zu. »Ich hole ihn so schnell wie möglich ab und erstatte alle Kosten. Ich komme bestimmt. Es wird nur eine Weile dauern«, beteuerte Katharina und legte auf.

Sie durchwühlte die Börse weiter und fand im Fach mit den Münzen den Schlüssel für die Werkstatt. Schnell ging sie in den Keller und öffnete die verschlossene Tür. Was machte er nur die ganze Zeit dort unten? Verdattert blieb sie im Türrahmen stehen, als sie das kleine Tischchen und den gemütlichen Sessel in der Ecke entdeckte. Sie trat hinzu und setzte sich hinein. *Hier verbringt er also seine Zeit,* dachte sie und schaute sich um. Da fiel ihr ein Blatt, welches aus der Schublade des Tischchens lugte, auf. Sie zog daran, doch es bewegte sich nicht. Neugierig blickte sie umher, ob irgendwo ein Schlüssel lag, der zu der Schublade gehörte. Nichts. Das machte sie noch neugieriger. Fieberhaft suchte sie alles ab. Schaute in jede Ecke und unter das Regal. Als sie zuletzt über den staubigen Vorsprung der Türe fuhr, klirrte es. Ein kleiner, goldener Schlüssel fiel ihr direkt vor die Füße. Schnell hob sie ihn auf und steckte ihn in die Tischschublade. Er passte.

Was sie entdeckte, ließ sie die Hände vor den Mund schlagen. Der eklige Staub klebte jetzt an ihren Lippen, doch das berührte sie nicht. Entsetzt blickte sie auf einen Stapel alter Bilder. Bilder, die sie schon lange nicht mehr gesehen hatte. Fotos, auf denen

Pollux noch ein Baby war, Fotos mit ihm im Wald und im Urlaub. Dazwischen unzählige, wunderbare Bleistiftzeichnungen von Pollux, die Johann in den vielen Stunden hier unten selbst gemalt hatte. Doch auf all diesen Bildern war der Hund danach mit Kraft und Anstrengung durchgestrichen worden.

Voller Abscheu machte sie einen Schritt rückwärts und stieß mit dem Fuß an das Regal, in dem sie einmal ihre selbstgemachten Marmeladen aufbewahrt hatte. Klirrend fiel dort von der obersten Ablage eine alte Schatulle herab. Verschreckt drehte sie sich um. *Das ist ja meine alte Schatulle mit den Rezepten*, erinnerte sie sich. Diese hatte sich geöffnet und die alten, handgeschriebenen Rezepte ihrer Großmutter waren herausgefallen. Dazu ein paar sorgsam gehütete Kräuter, die ihre Oma selbst geerntet und getrocknet hatte.

»Omas Spezialkräuter«, dachte sie überrascht. »Manche davon wirken wahre Wunder«, hatte sie ihrer Enkelin damals erklärt. »Sei vorsichtig bei der Verwendung«, konnte sich Katharina jetzt wieder erinnern, »manche davon könnten, je nach Dosierung, auch Schaden anrichten.« Dabei hatte sie mit erhobenem Finger vor Katharinas Gesicht gewackelt.

Die Weihnachtskekse

Katharina gab sich dieses Jahr viel Mühe mit dem Backen und Johann war erstaunt, dass sie ihn so verwöhnte. Er hatte geglaubt, sie würde nie wieder mit ihm sprechen. Er fühlte sich nicht schuldig, doch ihm war klar, dass es für seine Frau sehr schwer war. Deshalb wollte er sich auch nicht darüber beklagen, dass die Kekse dieses Jahr einen eigenartigen Geschmack hatten. Er wollte sich mit Katharina wieder vertragen und diese derzeitige Ruhe nicht aufs Spiel setzen. Jeden Abend stellte sie ihm einen großen Teller, gefüllt mit immer neuen Variationen der Weihnachtskekse, auf den kleinen Tisch, der neben seinem Fernsehstuhl stand. Immer wieder griff er nach den Leckereien und aß sie restlos auf. Die Bauchschmerzen und die einsetzende Übelkeit führte er auf die vielen Süßigkeiten zurück.

Vor ein paar Tagen war es ihm so schlecht gegangen, dass er Katharina gebeten hatte, den Arzt zu verständigen. Doch sie hatte sich sofort um ihn gekümmert. Sie brachte ihm eine Wärmflasche und kochte ihm spezielle Tees mit Kräutern. Daraufhin fühlte er sich wieder ein bisschen besser.

Bis er plötzlich von unglaublichen Schmerzen geplagt wurde. Er krampfte und wand sich hin und her. Katharina war im oberen Stock. Er stöhnte laut auf und fiel vom Stuhl. Als sie nach ihm rief, nahm er all seine Kraft zusammen und antwortete: »Geht schon, es wird gleich wieder!« Danach konnte er sich nicht mehr bewegen.

Katharina wartete eine Weile, bevor sie nach unten ging. Johann lag mit schmerzverzerrtem Gesicht im Wohnzimmer neben seinem Stuhl. Sein Atem ging flach, als sie zu ihm herantrat. Er hob die Hand und winkte sie heran. Er wollte noch etwas sagen.

Mit Abscheu im Gesicht kam sie näher. Seine Augen weiteten sich: »Du kannst mir nicht verzeihen. Stimmt's!« flüsterte er und starrte sie Hilfe suchend an. Sie bewegte sich nicht. Er krampfte noch einmal auf, dann blieb er reglos liegen.

Langsam drehte sich Katharina um und schaute in den Garten. Sanft rieselnde Schneeflocken fielen vom Himmel und bedeckten den Garten wie eine weiße, leichte Decke.

»Das wird ein schöner Winter werden«, dachte sie, als sie zum Telefon griff. Sie musste einen Arzt anrufen, auch wenn der nichts mehr tun konnte. Aber zuerst würde sie im Tierheim Bescheid geben.

9. Liebe zu einer Zofe

von Cécile Bruné

Die Musketiere Aramis, Porthos und Athos saßen am Tisch einer Schänke zusammen.

»Porthos, was ist los mit dir? Du bist seit einigen Tagen so schweigsam!«, fragte Aramis. »Seitdem du aus Savoyen zurück bist, machst Du sogar Athos Konkurrenz. Du bist unruhig und launisch, spielst nicht wie sonst Karten. Und heute Abend lässt Du die Zimmer eine Treppe höher nicht aus den Augen. Seit wann interessierst Du Dich für Madeleines Mädchen? Das ist doch gar nicht Deine Art!« Freundschaftlich stieß er dem Kameraden den Ellenbogen in die Seite. »Oder sollte ich nicht bemerkt haben, dass dort oben ein neues Frauenzimmer ist, auf das Du ein Auge geworfen hast?«

Mit dem letzten Satz zog er sich Porthos' Unmut zu. »Lass mich in Ruhe, Aramis!«, fauchte er. »Nicht alle Männer sind hinter jedem Rockzipfel her wie Du!«

Genervt von der kleinen Auseinandersetzung seiner Kameraden stand Athos auf und ging zum Schanktisch. Dort kaufte er eine Flasche Wein, mit der er wort- und grußlos die Schänke verließ. Er würde sich in seine Zimmer zurückziehen, die er einige Gassen entfernt bewohnte, und sich dem Trunke ergeben, wie er es in den letzten Jahren öfters tat. Dadurch sah er die Gestalt nicht, die in seinem Rücken durch die Hintertür eintrat.

Der Hut und der Umhang waren verdreckt und mit Schnee bedeckt. Sie trat an den Schanktisch heran und verlangte mit leisen knappen Worten, die Puffmutter Madeleine zu sprechen. Während die Gestalt wartete, schlug sie den Überwurf zurück, der die Uniform eines Soldaten freigab. Den Oberarmschutz, der Spuren eines Kampfes trug, zierte das Wappen des Herzoges von Savoyen.

Als Porthos den Unbekannten bemerkte, gab dieser Madeleine soeben einige Münzen und folgte ihr die Treppe hinauf. Der Musketier erstarrte.

Was hatte das Auftauchen dieses Soldaten zu bedeuten? Hoffentlich keine schlechten Nachrichten von Claudine!

Er hatte die junge Zofe der Herzogin von Savoyen mehrfach in Chambéry, dem Sitz des Herzoges getroffen und Informationen von ihr an Kardinal Richelieu nach Paris gebracht. Vor einigen Tagen hatte sie ihm eine Schatulle mit Dokumenten übergeben. Porthos war um die Sicherheit der jungen Frau besorgt gewesen, die er aus tiefstem Herzen liebte. Obwohl sie seine Liebe erwiderte, hatte sie sich vehement geweigert, ihn zu begleiten. Halsstarrig bestand Claudine darauf, den dazugehörigen Schlüssel zu besorgen. Der bullige Musketier wurde aus seinen Gedanken gerissen, als Madeleine an seinen Tisch trat, ihm eine savoyische Münze gab und ein Zimmer nannte. Er sprang auf und lief ohne ein an seinen Kameraden gerichtetes erklärendes Wort die Treppe hinauf. Er nahm nicht wahr, wie Aramis ihm kopfschüttelnd nachsah.

Vor der Kammer blieb Porthos kurz stehen und holte tief Luft, bevor er die Tür aufriss. Er erblickte mitten im Raum Claudine, die Umhang und Hut abgelegt hatte. Die erschöpfte junge Frau war dabei, die schwere Uniformjacke auszuziehen. Das Hemd darunter war feucht und klebte an ihrem Körper. Die verlaufenen Blutflecken fielen dem Musketier sofort ins Auge. Erschrocken warf er die Tür zu und verschloss diese, um jede Störung zu vermeiden. Vorsichtig fasste er seine Geliebte an den Oberarmen und blickte sie prüfend an: »Bist du verletzt, Claudine?« Erleichtert nahm er ihr Kopfschütteln wahr.

Von den Strapazen der letzten Tage gezeichnet, antwortete sie: »Das Blut stammt nicht von mir. Leider war der Soldat des Herzoges von Savoyen, der mich verfolgte, nicht bereit mir seine Uniform freiwillig zu überlassen. Da musste ich ihn mit Gewalt dazu zwingen!«

Claudine wurde von Porthos in die Arme geschlossen.

»Du hast einen savoyischen Leibgardisten getötet ...«

»Ich habe vor Jahren mein Handwerk von Dir und Aramis in der Garnison gelernt«, unterbrach sie ihn. »Um deine Frage zu beantworten: Ja! Der Soldat verfolgte mich, nachdem ich die Burg verlassen hatte. Der Schatten ließ sich einfach nicht abschütteln. Als er dann angriff, hatte ich keine andere Wahl. Ich tauschte meine gewöhnliche Kleidung gegen seine Uniform. Denn diese bot mir wesentlich mehr Schutz.«

Die junge Frau griff unter das Hemd und zog triumphierend einen reich verzierten Schlüssel an einer silbernen Kette hervor. »Aber ich habe ihn! Das war es wert!«

»Für dieses verdammte Ding hast Du Dein Leben riskiert? Ich hätte es mir nicht verziehen, wenn Du getötet worden wärest!«, hörte sie seine tiefe Stimme vor Zorn grollen.

Sie wusste aus Erfahrung, dass sie dem kräftigen Porthos wenig entgegenzusetzen hatte. War er wütend, hatte sie nicht den Hauch einer Chance. Daher gab sie ihm auf seinen fragenden Blick, der sie zu durchbohren schien, lieber Auskunft, bevor ihr Geliebter sie dazu zwang.

»Ich habe mich von Vittorio Amadeo I. Herzog von Savoyen verführen und ihn glauben lassen, ich sei gewillt, seine Mätresse zu werden. Als er mich in sein Schlafgemach rufen ließ, spielte ich ihm die Unschuld vom Lande vor. Es gelang mir, seinen Wein mit einigen Tropfen Essenz des Schlafmohns zu versetzen und ihn zu betäuben. Dann nahm ich ihm den Schlüssel ab und verließ so schnell wie möglich Chambéry. Das muss eher als von mir geplant bemerkt worden sein. Denn nachdem ich mich meines Schattens entledigt hatte, stellte ich weitere Verfolger fest, die mir im Nacken saßen. Durch die erbeutete Uniform gelang es mir, sie zu täuschen und zu entkommen.«

Porthos riss ihr den Schlüssel aus der Hand mit den Worten: »Den nehme ich wohl besser an mich!«

Er holte hörbar Luft, um jede Widerrede im Keim zu ersticken. Dann schob er Claudine einen Schritt zurück und ließ den prüfenden Blick eines Soldaten über ihren ganzen Körper wandern. Seine zornigen Augen begannen vor Verlangen zu glänzen.

»Dass Du unverletzt bist, davon will ich mich hier und jetzt selbst überzeugen!«

Er trat dicht an Claudine heran, umschlang ihre schlanke, durchtrainierte Gestalt mit seinen muskulösen Armen und küsste sie hingebungsvoll. Seinen Kuss erwiderte sie voller Verlangen. Porthos wusste, dass seine Geliebte eher in den Tod gehen würde, als sich dem Herzog hinzugeben. Sie war eine Frau, die um ihre Vergangenheit ein Geheimnis machte, das sie selbst ihm nie offenbart hatte. Als Spionin Seiner Majestät und seines Premierministers hatte sie ihre wahre Identität zu verschweigen.

Sie löste sich aus seiner Umarmung.

»Dieser Schlüssel wird Kardinal Richelieu die Möglichkeit geben, die Schatulle zu öffnen, die ich mit Deiner Hilfe Vittorio Amadeo gestohlen habe. Dann wird sich herausstellen, ob die darin befindliche Korrespondenz mit Spanien so aufschlussreich ist wie erhofft«, erklärte Claudine. Sie sah Porthos verführerisch an, während er die Schnürung ihres Hemdes öffnete und die Kordel mit einem festen Ruck herauszog. »Und ich hoffe, Seine Majestät der König hält sein Wort und ernennt mich zur 1. Zofe der Königin von Frankreich. Diese Anstellung macht mich endgültig unabhängig von meiner Familie und niemand von ihnen kann mehr über mein Leben bestimmen. Mit der Zustimmung des Königs können wir dann heiraten – ohne die Einwilligung meines Bruders!«

Sie versiegelte mit ihren Fingern seine Lippen, denn er wollte sie mit einem Einwand unterbrechen. »Du kennst Armand nicht! Er hat mir vor Jahren bewiesen, wozu er in der Lage ist. Aber dieses Mal würde ich ihn eher töten, als mir seinen Willen erneut aufzwingen zu lassen«, stieß sie voller Zorn hervor.

Porthos rief sich ins Gedächtnis, was sie ihm vor Jahren verbotenerweise verraten hatte: »Ich stamme aus einem angesehenen Adelsgeschlecht. Mein ältester Bruder wollte mich nach dem Tod unseres Vaters zu einer Heirat mit einem Mann zwingen, den ich verabscheute. Mein damaliger heimlicher Geliebter versuchte mich davor zu bewahren und forderte ihn zum Duell heraus. Dabei fand er den Tod. Mir gelang mit einer List die Flucht nach

Paris. Hier trat ich in die Dienste des Königs und ging für Kardinal Richelieu als Spionin nach Savoyen. Auf seinen Wunsch hin bildete Hauptmann Treville mich mit Aramis und deiner Hilfe an den Waffen aus. Ich darf Dir nicht meinen wahren Namen sagen. Auf Befehl des Königs nenne ich mich Claudine de Pinon.«

Wenn sie von ihrem Bruder sprach, waren ihre Worte voller Verachtung und Hass.

Sie hatte Porthos versprochen, ihm gegenüber ihre Herkunft preiszugeben, wenn der Tag kommen würde. Er schien nicht mehr fern zu sein. Denn die Informationen, die er als Kurier von Savoyen nach Paris gebracht hatte, waren Gold wert gewesen.

Zärtlich fuhr seine Hand unter das Hemd, strich über ihren Körper. Anschließend schob er sie sanft rückwärts auf das Bett, wo er sie vollständig entkleidete und erleichtert feststellte, dass sie bis auf einige Kratzer und blaue Flecken unverletzt war. Porthos merkte, wie Claudine sich unter seinen Berührungen langsam beruhigte und entspannte, um sich ihm voll und ganz hinzugeben. Sie liebten sich mehrfach und ungestüm, während draußen die Nacht weiteren Schnee brachte.

Im Morgengrauen des nächsten Tages saß ein müder und verkaterter Athos auf einem der Holzfässer im Innenhof der Garnison. Er hasste die nasse Kälte des Winters und verfluchte den Schnee. Missmutig sah er, wie sein Kamerad Porthos in Begleitung eines ihm fremden Mannes durch das Tor trat, nachdem er einige Worte mit dem wachhabenden Musketier Cornet gewechselt hatte. Er hatte ihm wohl den Befehl erteilt, ihre Ankunft Hauptmann Treville zu melden, da sich Cornet umgehend auf den Weg in dessen Arbeitszimmer machte. Athos beobachtete die beiden Männer. Ihm entging nicht, dass der Fremde abrupt stehenblieb und ihn musterte. Doch statt des unter Soldaten üblichen Grußes schlug er nur seinen Umhang zurück. Sein Blick fiel auf das Wappen des Oberarmschutzes, das er gut kannte.

Was macht ein Mann aus der Leibgarde des Herzoges von Savoyen hier in der Garnison? Es ist nie ungefährlich, alleine von dort nach Paris zu reiten, doch bei diesem Wetter ist es glatter Selbstmord! Dafür habe ich bereits vor zwei Wochen Porthos ins Gebet genommen. Und dieser scheint den Soldaten gut zu kennen.

Der Musketier erhob sich und trat einige Schritte auf die Männer zu. Es machte ihn zornig, dass dieser Savoyer sich weigerte, ihn zu grüßen.

Claudine war erschrocken stehengeblieben, als sie ihn auf dem Faß sitzen sah. Porthos hatte ihr beim Betreten des Innenhofes seinen Namen genannt: »Athos. Ein Musketier, mit dem Du eine Gemeinsamkeit hast! Er macht um seine Vergangenheit genauso ein Geheimnis wie Du!«

Doch ihr war dies wohl bekannt.

Dieser Soldat ist niemand anderes als Armand de Siligue Comte de Lafere, mein Bruder! Der Mann, vor dem ich einige Jahre zuvor nach Paris geflohen bin. Der Mörder meines damaligen Geliebten!

Sie sah den Zorn in seinen Augen, als er ihnen entgegentrat. Claudine konnte nicht verhindern, dass ihr Hass auch ihre Augen zum Funkeln brachte. In ihnen lag die ganze Verachtung, die sie für ihren Bruder empfand. Aus den Augenwinkeln nahm sie wahr, dass Hauptmann Treville aus einem der Gebäude kam. In diesem Moment schlug sie einen Bogen, umrundete Athos wortlos und trat an den Offizier heran. Ihr folgte ein sichtlich verwirrter Porthos. Sie nahm den Hut ab und grüßte ihren Vorgesetzten vorschriftsmäßig. Dabei fielen ihre langen Haare, die sie am Morgen zu einem Zopf geflochten und unter den Hut geschoben hatte, über ihre Schulter. Auf sein Handzeichen hin hob die Soldatin ihren Kopf, den sie beim Gruß demütig gesenkt hatte. Dabei streifte ihr Blick kurz Athos, der neben Treville getreten war. Aus seinem entsetzten Gesicht und den weit aufgerissenen Augen schloss sie, dass er sie erkannt hatte.

Doch die junge Frau konzentrierte sich auf ihren Vorgesetzten, der sie ansprach: »Claudine de Pinon, ward Ihr erfolgreich?«

Sie nickte.

»Dann erstattet mir Bericht! Jetzt sofort!«, lautete sein Geheiß.

Während Porthos den Schlüssel übergab, befolgte sie seinen Befehl: »Hauptmann Treville, ich habe den Schlüssel zu der Schatulle, die sich bereits hier in Paris befindet, letzte Nacht dem Musketier Porthos ausgehändigt. Kardinal Richelieu ist damit in der Lage, diese zu öffnen und die geheime private Korrespondenz von Vittorio Amadeo I. Herzog von Savoyen mit König Philip IV. von Spanien zu lesen.«

Sie hob wie zur Abwehr die Hände. »Bitte fragt lieber nicht, wie es mir gelang, in seinen Besitz zu kommen. Ihr wollt es nicht wissen!«

Es war für die Spionin des Kardinals nicht zu übersehen, wie sehr ihr Bruder vor Wut innerlich kochte. Aus diesem Grund befolgte sie nur zu gerne Trevilles folgende Anweisung, der bereits dem Tor der Garnison zustrebte.

»Folgt mir in den Palast und erstattet dem König ausführlich Bericht. Dazu seid Ihr am ehesten in der Lage, da niemand den Herzog besser kennt als Ihr, Madame de Pinon.«

Ihr war es egal, was ihr Bruder von ihr dachte, als sie sich zum Tor der Garnison umdrehte. Vor seinem Hauptmann würde er es nicht wagen, sie anzuklagen. Doch sie wurde von hinten am Unterarm gepackt.

Wütend drehte sie sich um und sah sich direkt ihrem Bruder gegenüber, der sie zornig anfauchte: »Claudine de Pinon nennst Du Dich also hier in Paris und versteckst Dich vor mir!«

Sie roch den Alkohol in seinem Atem und riss sich los.

»Ich bin nicht Deine Leibeigene! Lass mich los!«, herrschte sie ihn an. »Ausgerechnet Du wagst es, mir vorzuwerfen, meinen Namen geändert zu haben, um Deinem Willen zu entkommen, Musketier Athos?«

In der Aussprache seines Namens lag ihre ganze Verachtung. Entsetzt sah sie, wie Athos gegenüber seinem Kameraden Porthos eine drohende Haltung annahm, als dieser schützend neben sie trat.

Claudine reagierte umgehend. Sie stellte sich vor Porthos und zwang dadurch ihren Bruder zurückzuweichen. Sie zischte zornig: »Lass Porthos in Ruhe! Wir lieben uns und werden heiraten.«

Die Soldatin musterte den vor ihr stehenden Musketier herausfordernd von oben bis unten.

»Und diesmal kannst Du es nicht verhindern! Denn so wie es aussieht, zählt Dein Wort hier nicht viel! Du befindest Dich nicht auf Deinem Gut mit der Macht eines Comte!«

Als Athos sie zur Seite stoßen wollte, eskalierte die Situation. Claudine packte hart sein rechtes Handgelenk, zog einen Dolch aus ihrem Waffengürtel und hielt ihrem überraschten Bruder die Klinge an die Kehle.

»Du stellst Dich meinem Glück nicht erneut in den Weg! Sonst fordere ich Dich zum Duell heraus, um die Waffen über meine Zukunft entscheiden zu lassen!«

Ihr entging nicht, dass Athos einen Blick mit dem hinter ihr stehenden Hauptmann wechselte. Grimmig bemerkte sie, wie er seine freie Hand zum Zeichen der Aufgabe hob.

Die junge Frau lächelte kalt und verhöhnte ihren Bruder: »Monsieur, Ihr gebt auf? Ich gebe Euch trotzdem die Möglichkeit, Euer Gesicht zu wahren. Legt Euch aber diesmal mit jemandem von Eurer Größe an! Ihr bestimmt Ort und Zeit!«

Sie stieß sein Handgelenk zurück und folgte Treville, während sie dessen scharfe Zurechtweisung über sich ergehen ließ.

Wenige Wochen später wartete Athos in Galauniform vor der Garnisonskapelle. Er beobachtete Porthos, der im Innenraum in Begleitung von Aramis sichtlich nervös vor dem Altar stand.

Die Wogen zwischen ihm und seiner Schwester Claudine waren mit Aramis' und Porthos' Hilfe geglättet worden. Die Beiden hatten ihn über den Auftrag des Königs und ihre Tätigkeit für Kardinal Richelieu aufgeklärt. Er erfuhr von ihrer Ausbildung an den Waffen durch die Musketiere und erinnerte sich an Porthos warnende Worte: »Du solltest dich mit Claudine aussprechen, da ein Streit zwischen euch eskalieren wird. Um ihren Willen durchzusetzen, geht sie über Leichen. Und ich weiß, dass sie bei dir keine Ausnahme machen wird, weil du ihr Bruder bist!«

Er hatte Claudine de Siligue später im Audienzsaal des Königs wiedergesehen. Dieser stellte sie als 1. Zofe Ihrer Majestät der Königin und zukünftige Erzieherin des Dauphins vor. Der Musketier musste anerkennen, dass seine Schwester ein hohes Ansehen bei Hofe genoss. Dies spiegelte sich in ihrer Erscheinung und ihrem Verhalten wieder. Am darauffolgenden Abend hatte er sich in Porthos' Beisein mit ihr ausgesprochen.

Wäre Porthos nicht im Raum gewesen, hätte meine Schwester mich gnadenlos attackiert. So zornig und wütend, wie sie zu Beginn war. Ihre Vorwürfe waren hart gewesen, entsprachen aber der Wahrheit. Ich habe dies eingesehen, mich bei ihr entschuldigt und um Vergebung gebeten. Diese erhielt ich am nächsten Morgen.

Sein Kamerad hielt anschließend bei ihm um Claudines Hand an, wie es sich gehörte. Armand de Siligue gab dem glücklichen Paar seinen Segen.

Heute Morgen hatte Porthos ihm verraten, dass Claudines Aussöhnung mit ihm seine Bedingung für die Heirat gewesen war, was Athos gut verstehen konnte.

Als die wunderschöne Braut aus einem der Gebäude trat und am Arm ihres Bruders das Spalier der Musketiere durchschritt, erfüllte ihn Stolz. Er konnte ihr ansehen, dass sie ihr Glück gefunden und ihren Frieden mit ihm gemacht hatte. Athos wünschte seiner Schwester, dass ihre Ehe unbesorgt würde. Da er Buße für die Taten seiner Vergangenheit leisten wollte, hatte er endgültig seinen Adelstitel abgelegt. Diesen und die Besitzungen der Familie hatte er dem Brautpaar zum Geschenk gemacht. Insgeheim hoffte er, Claudine würde ihn im Laufe der nächsten Jahre zum Onkel machen. Der Musketier ahnte nicht, dass seine Schwester bereits ein Kind unter ihrem Herzen trug.

Sechs Monate später erblickte ein Junge in den Gemächern der 1. Zofe das Licht der Welt und wurde auf den Namen Armand Isaac Henry du Vallon getauft. Der Name des Kindes war Claudines Geschenk an ihren Bruder.

10. In einer Rauhnacht

von Anne Naumann

Der Schnee knirschte unter meinen Füßen, machte das mittelalterliche Kopfsteinpflaster glitschig und gefährlich. Bei meinem Glück würde ich mit einem meiner nächsten Schritte ausrutschen, quer über den Bürgersteig gleiten und auf der Straße landen. Wenigstens musste ich um diese Uhrzeit keine Angst vor herannahenden Autos haben, da bei uns in der Kleinstadt wirklich niemand mehr um diese Zeit draußen unterwegs war.

Es war total verrückt, dass ich bei Schnee und Glatteis mitten in der Nacht durch die Stadt schlitterte. »Los, du machst das jetzt!« Das waren die Worte meiner besten Freundin gewesen, bevor sie mich aus ihrer kuschlig warmen Wohnung schmiss. Ihre dunklen Augen hatten mich eindringlich angestarrt. »Du weißt, was die Wahrsagerin gesagt hat.«

Ja, ja … die Wahrsagerin – ebenso eine chaotische Aktion des Tages. Heute Vormittag erst hatten wir die Dame in ihrem violetten Häuschen besucht. Das allein bildete schon einen Widerspruch. Wir wohnten in einer mittelalterlichen Kleinstadt. Statt in einem der schnuckeligen, Jahrhunderte alten Fachwerkhäuser lebte die Frau im Emolook in einem knallvioletten Neubau am Rande der Stadt. Das Interieur erinnerte eher an fernöstliches, minimalistisches Fengshui und durchkreuzte meine Erwartungen von Kräutern, Räucherstäbchen und Katzen. Nur das Legen der Tarotkarten und ihr Gerede über die Rauhnächte ließen sie wie eine Hellseherin wirken. Vielleicht war mein Kopf auch zu sehr mit Klischees vollgestopft.

Das Resultat dieses Besuchs war nun, dass Tamara mich aus ihrer Wohnung geschmissen hat. Ich könnte nach Hause gehen. Nichts hinderte mich daran, aber ihre Abschiedsworte waren mein Anstoß für diese Nachtwanderung. »Erinnerst du dich an letztes Silvester?« Sie zwinkerte mir zu. Ihre schokobraunen Augen glänzten. Natürlich wusste ich, worauf sie anspielte. Wir hatten zu sechst gefeiert, drei Pärchen. Eins war mittlerweile schwanger: Tamara und ihr Max; eins war verlobt: Kathi und August; eins war getrennt: Sören und ich. Die Ursache war laut Tamara, dass ich beim Bleigießen kurz vor Mitternacht eine Träne nach der anderen gegossen hatte, die mein Unglück ankündigte und besiegelte. Der Plan war es jedenfalls nicht gewesen, unsere vierjährige Beziehung zu beenden. In meinen Träumen hatte ich uns schon vor dem Traualtar gesehen, in einem Haus am Stadtrand, mit zwei Kindern. Sein Plan war es, beruflich für unbestimmte Zeit ins Ausland zu gehen. Nebenbei erwähnte er noch, dass Kinder und Ehe für ihn eh niemals infrage gekommen wären. Vier Jahre hatte ich an diesen Kerl verschwendet. Verdammte Axt! Ich schloss die Augen, verdrängte den Schmerz, der in meiner Brust aufkeimte und mein Inneres wieder in einen Klumpen Eis verwandeln würde.

Also schlitterte ich bei unmöglichstem Wetter den Weg zum Schloss hinauf und betete, dass ich ohne Knochenbrüche und Prellungen ankommen würde. Der Wind pfiff leise und schob eine Wolke vor den Mond. Ich zog den Mantel enger. Mein Atem ging keuchend und waberte in Wölkchen um mich, während ich immer weiter dem schmalen Kopfsteinpflasterwegen nach oben folgte.

»Geh auf den Schlossberg«, äffte ich die Wahrsagerin nach. »Stell dich um Mitternacht an den fünfgabligen Kreuzweg. Dort wird dein künftiger Mann dir begegnen. Sprich ihn nicht an. Sieh ihm nicht hinterher.«

Tzz. Was brachte das, wenn ich ihn dann eh ignorieren musste? Smalltalk war ebenso ausgeschlossen. Wie sollte ich ihn dann kennenlernen? Das ergab keinen Sinn.

Schnaufend blieb ich stehen und sah zurück in die Richtung, aus der ich gekommen war. Die Straßen waren wie ausgestorben. Niemand, wirklich niemand war um diese Uhrzeit unterwegs. Was war, wenn mir kein Mann über den Weg lief? Bedeutete das, dass ich niemals heiraten würde? Was, wenn ein alter Mann den Weg kreuzte, der aus seinem Haus kam, weil mitten in der Nacht eine Verrückte oben um den Schlossberg kroch?

Der Zweifel wuchs. Ich seufzte sehnsüchtig bei dem Gedanken an mein kuschlig warmes Bett. Meine Schritte verlangsamten sich. Das Smartphone in meiner Manteltasche vibrierte.

Natürlich war es Tamara, die mich nicht in Ruhe ließ. »Sieh ja zu, dass du deinen Arsch hoch auf den Berg bewegst!«

Ich war eine unglaublich schlechte Lügnerin. Sie würde es mir morgen an der Nasenspitze ansehen, wenn ich jetzt verschwand und sie darüber anschwindelte. Genervt stieß ich die Luft aus. In fünf Minuten wäre ich an der Kreuzung. Mein Smartphone zeigte 23:52 Uhr an.

Was hatte ich zu verlieren? Den Großteil der Strecke hatte ich eh schon hinter mich gebracht.

Also stapfte ich weiter durch den Schnee, schlitterte bei jedem Schritt über das glatte Pflaster und schnaubte wie eine alte Lokomotive Dampfwölkchen aus, als ich endlich an der besagten fünfgabligen Kreuzung ankam.

Hier war es genauso ausgestorben wie im Rest der Stadt. Die Cafés und Bars hier oben, tagsüber wahre Touristenmagneten, hatten um diese Zeit geschlossen. Das Schloss ragte dunkel über mir auf. Obwohl es von einigen Strahlern angeleuchtet wurde, verschwanden die Türme und Zinnen in der Finsternis. Die Weihnachtslichter in den winzigen Scheiben der Fachwerkhäuser vermittelten ein Gefühl der Behaglichkeit in dieser schaurigen Umgebung.

Ich schnaufte und beobachtete die Atemwölkchen, die sich um mich bildeten. Der Glockenturm des Doms gab ein dumpfes Läuten von sich, das die eisige Stille durchbrach. Ich erschauderte, ein unangenehmes Kribbeln fuhr meine Wirbelsäule hoch und ließ mich frösteln. Es war Mitternacht und außer mir war keine Menschenseele hier oben. Würde ich doch für den Rest meines Lebens allein bleiben? Was für ein Blödsinn, dass ich dafür extra hier hochgestiefelt war.

Das Dröhnen der läutenden Glocken durchfuhr die Stille. Auf dem Absatz drehte ich mich um. Eine Bewegung im Fenster rechts von mir ließ mich innehalten. Ein schwarzer Schatten starrte mir entgegen. Täuschte ich mich oder war das die Wahrsagerin, deren rabenschwarze Augen sich in meine bohrten und mich verurteilend ansahen? Ein spitzer Schrei blieb mir in der Kehle stecken. Ich wich hektisch zurück und rutschte auf dem glatten Pflaster. Die blasse Hand der Gestalt in der Fensterspiegelung hob sich und deutete nach hinten. Ich fuhr herum. Tatsächlich. Da war jemand. In dem unheimlichen Schall der Glocken waren seine Schritte nicht zu hören.

Ein hochgewachsener Mann näherte sich der Kreuzung und steuerte eine der schmalen Gassen links von mir an. Schneeflocken sammelten sich auf seinen dunklen Haaren. Der Kragen seines Mantels war hochgeschlagen, sodass ich sein Gesicht nicht sehen konnte. Trotz des Schrecks kribbelte Aufregung in meinem Magen. Da war ein Mann, groß, breitschultrig, und ich wünschte mir, ihn genauer mustern zu können.

»Denk daran«, hörte ich die säuselnde Stimme der Wahrsagerin. Ich war mir nicht sicher, ob es meine Erinnerung vom Besuch bei ihr war oder ihr Schatten, der zu mir sprach. »Sieh ihm nicht nach. Sprich ihn nicht an.«

Ich schüttelte mit dem Kopf. Eindeutig – ich wurde verrückt. In meinem Nacken prickelte es. Ich ignorierte das Gefühl, beobachtet zu werden. Das war genug Horror für mich! Ich musste hier weg. Augenblicklich! Ich wandte mich in die Richtung, aus der der Mann gekommen war, hielt den Blick gesenkt. Mein ganzer Körper zitterte. War es die Kälte? Oder dieses Gruselkino, was mir hier widerfuhr? Ich trat auf einen unebenen Stein und rutschte weg. Hektisch ruderte ich mit den Armen durch die Luft, um mein Gleichgewicht zu fangen.

Plumps. Ich landete mit dem Hintern im Schnee und schlitterte einige Zentimeter den Hang hinab.

»Ist alles in Ordnung?«, fragte eine tiefe Männerstimme hinter mir. Scheinbar war er auch noch nicht weit gekommen. Schritte näherten sich.

Ich presste die Hände auf mein Gesicht. Peinlicher ging es nicht. Konnte sich vor mir ein Loch auftun? Bitte? Jetzt?

»Sprich nicht mit ihm!« Da war wieder diese schaurige Schattenstimme. Ein Kälteschauer kroch meine Wirbelsäule nach oben und dieses Mal war ich mir sicher, dass es weder von den Minusgraden noch von meinem nassen Hintern kam.

Etwas umständlich rappelte ich mich auf, klopfte den Schnee ab. Der Fremde legte eine Hand auf meine Schulter. Ich fuhr herum und starrte in sturmgraue Augen. Wunderschöne sturmgraue Augen, die von dichten Wimpern umrahmt waren.

»Haben Sie sich verletzt?« Besorgt glitt sein Blick über meine schneefeuchte Gestalt.

»Geh!« Wieder war es diese Stimme. Ich zuckte zusammen und ergriff endgültig die Flucht.

Ja, es war unhöflich. Wahrscheinlich hielt er mich für eine Irre. War ich das nicht auch? Schließlich war ich wegen der Worte der Wahrsagerin mitten in der Nacht zum Schloss hochgestiegen – im Schnee! So schnell ich konnte, schlitterte ich den Schlossberg hinab und betete, dass ich nicht noch einmal fallen würde. Ich sah mich nicht um. Niemanden wollte ich mehr sehen, weder den Mann, noch den schaurigen Schatten der Wahrsagerin. Tamara würde mir das niemals im Leben glauben – wenngleich sie mich hierhergeschickt hatte. Das war einfach zu bizarr.

Alles andere musste ich selbst erst mal verarbeiten. Hatte ich da wirklich die schemenhafte Gestalt der Wahrsagerin gesehen? Mein Kopfkino spielte mir eine Szene aus *X-Faktor, das Unfassbare* vor, mit der Stimme von Jonathan Frakes, der fragte, ob diese Geschichte wahr sei oder doch nur von Autoren ausgedacht. In diesem Fall von meinem Unterbewusstsein, das zu viele Gruselfilme geguckt hatte.

Wie gerädert saß ich am nächsten Morgen Tamara an einem der schmalen Holztische in unserem Lieblingscafé gegenüber. Abgesehen davon, dass ich erst halb eins zu Hause gewesen war, um ein Uhr im Bett gelegen und mich ewig hin und her gewälzt hatte, ehe ich die Ereignisse des Abends aus meinen Gedanken vertreiben konnte, war ich von düsteren Schatten in meinen Träumen heimgesucht worden. Na toll. Alles, was mir diese Aktion eingebracht hatte, waren Albträume. Genau das hielt ich jetzt auch Tamara vor. Schließlich war sie es gewesen, die mich zur Wahrsagerin geschleppt hatte, um mein nicht vorhandenes Liebesleben wieder in Schwung zu bringen.

»Ich frag mich, was du willst? Es hat doch funktioniert. Du standest an der Kreuzung, da war ein Kerl und jetzt musst du ihn nur noch wiedersehen.«

»Er denkt bestimmt, ich bin verrückt, so wie ich davongestürmt bin.« Ich hakte die Finger in meine Goldkette, spielte gedankenverloren mit dem goldenen Schlüsselanhänger, der daran hing. Die Kette war ein Erbstück meiner Oma, die dem Mystischen ebenso zugetan war wie meine beste Freundin. Sie hatte immer behauptet, der Anhänger sei der Schlüssel zu meinem Herzen.

»Du hast dich erschrocken.« Tamara zuckte mit den Schultern, als wären die Geschehnisse von gestern etwas ganz Normales.

»Und zu allem Überfluss hab ich auch noch mein Smartphone verloren«, sagte ich, um das Thema zu wechseln. Der Verlust war mir erst zu Hause aufgefallen, als ich meine Taschen nach dem Gerät durchwühlte, um Tamara eine minutenlange Sprachnachricht über die Erlebnisse auf dem Schlossberg zu schicken. Unter herkömmlichen Umständen wäre ich zurückgegangen. Doch zu dem Zeitpunkt war mir mehr nach einem sehr vollen Glas Rotwein, meiner kuscheligen Bettdecke und einer Folge Gossip Girl auf Netflix.

»Sobald du dein Croissant aufgegessen hast, gehen wir zum Telefon-Shop, organisieren dir eine neue Simkarte und ein neues Handy. Das alte meldest du als verloren, dann wird es gesperrt.«

»Ja, und jemand anderes freut sich über mein Smartphone.« Ich ließ die Kette sinken. Der goldene Schlüssel nahm seine übliche Position in der Kuhle zwischen meinen Schlüsselbeinen ein.

Tamara zog eine Augenbraue nach oben und bedachte mich mit einem Blick, der fragte, ob ich blöd sei. »Du glaubst doch nicht ernsthaft, dass es den Schnee überlebt hat!«

»Vorhin war es jedenfalls nicht mehr da, als ich es gesucht habe! Meine Arschklatscherkuhle aber schon!«

Lachend lehnte Tamara sich nach hinten. »Na, wenigstens hast du deinen Humor nicht verloren.«

Darüber konnte ich nur mit den Augen rollen und ertränkte meinen Kommentar in einem großen Schluck Kaffee.

»Und danach müssen wir unbedingt in die Parfümerie. Ich brauch zwingend noch ein Weihnachtsgeschenk für meine Mutter.« Tamara zählte die Geschäfte auf, die wir gleich nach dem Frühstück abklappern würden. Das war unser jährliches Ritual. Wir verabredeten uns drei Tage vor Weihnachten zum Kaffeetrinken, um im Anschluss die restlichen Geschenke einzukaufen.

Doch in meinen Gedanken war jetzt kein Platz für Präsente und Shopping. Stattdessen spielte mir meine Erinnerung einen Streich. In dem Schaufenster gegenüber sah ich wieder diese Spiegelung, diesen Schatten. Die dunkle Silhouette der Wahrsagerin manifestierte sich im Rahmen der Scheibe. Eine Gänsehaut kroch über meinen Körper, ließ mich frösteln. Wie festgefroren starrte ich auf die Erscheinung. Ich schüttelte mit dem Kopf, um sie loszuwerden. Aber sie war immer noch da. Ich zog mir die Ärmel meines dicken Wollpullovers über die Hände.

»Tamara ... ich muss mal an die frische Luft.«

Etwas zu hektisch schob ich meinen Stuhl nach hinten. Er quietschte unangenehm laut. Ein alter Mann pöbelte mich an, nachdem ich ihn versehentlich angerempelt hatte. Ich schlängelte mich an den kleinen Cafétischen vorbei zur Ausgangstür. Frische Luft. Die würde mir helfen. Die Wärme des Cafés und meine Müdigkeit spielten mir Streiche. Ich riss die Tür auf. Das Glöckchen über mir schellte. Und ich lief direkt in die Arme eines Mannes.

Langsam hob ich den Kopf und blickte in ein paar silbergraue Augen. Lachfältchen bildeten sich darum und ein wohlgeformter Mund verzog sich zu einem frechen Grinsen. Mein Herz machte einen Satz.

»Da hab ich Sie schneller gefunden, als ich erwartet habe.« Jetzt war es die warme Stimme des Mannes von gestern Abend, die mir einen Schauer über den Rücken jagte. Das Trommeln in meiner Brust vibrierte durch meinen ganzen Körper.

»W... was?«, stammelte ich unbeholfen. Mein Hirn war zu gelähmt, sodass ich ihn nur anstarren konnte.

»Sie können ja doch sprechen.« Er wühlte in seiner Manteltasche und holte ein blaues Smartphone hervor. »Das hier haben Sie gestern verloren und die letzte Nachricht auf Ihrem Sperrbildschirm ließ mich vermuten, dass Sie hier sind. Wie praktisch, dass ich Sie persönlich erwische.«

Er hielt mir mein Smartphone entgegen. Ein herber Geruch nach Zimt und Sandelholz stieg mir in die Nase. Dieser Mann sah nicht nur verboten gut aus, er roch auch noch so. Mit zittrigen Fingern nahm ich es ihm ab.

»Oh, vielen Dank.« Meine Stimme bebte.

»Und was ist mit meinem Finderlohn?« Sein Grinsen wurde breiter. Ich war zu perplex, um dieses Wiedersehen zu begreifen.

»Finderlohn?« Automatisch dachte ich an Geld. Das gab man doch üblicherweise, wenn jemand etwas Wertvolles für einen wiederfand, oder? Unbeholfen deutete ich auf den Platz, wo ich mit Tamara saß und wo sich mein Portemonnaie befand.

»Sie wollen mich auf einen Kaffee einladen?«

Endlich schien etwas in meinem Gehirn einzurasten und die Puzzleteile fügten sich. Ein Lächeln zauberte sich jetzt auch auf mein Gesicht. »Ja, das ist wohl das Mindeste.«

Er zwinkerte mir zu. Ich ging voran und deutete Tamara hinter vorgehaltener Hand zu, dass sie verschwinden solle. Sie grinste und sprang sofort von ihrem Platz auf.

»Ach Süße, ich hab total vergessen, dass ich noch fix zur Reinigung muss. Wir sehen uns nachher, ja?«

Ich nickte und wir verabschiedeten uns mit einer kurzen Umarmung, während Tamara mir ein »der sieht aber gut aus« zuflüsterte.

Der Rauhnachtmann entledigte sich seines Mantels und nahm Tamaras Platz ein. Ich setzte mich wieder auf meinen Stuhl. Mein Blick glitt über ihn. Unter dem Mantel trug er einen engen Pullover mit V-Ausschnitt, der seine breiten Schultern betonte. Sein Haar, das gestern im diffusen Licht der Straßenlaternen dunkel gewirkt hatte, zeigte sich im warmen Schein der Cafélampen dunkelblond mit hellen Sprenkeln. Doch am meisten nahmen mich seine sturmgrauen Augen gefangen, die mich ebenso neugierig musterten wie ich ihn.

»Erklären Sie mir jetzt, warum Sie gestern davongestürmt sind, als hätten Sie einen Geist gesehen?« Seine Stimme klang unbefangen, als würde er einfach einen Gesprächseinstieg suchen. Aber dieses Thema gehörte sicherlich nicht in ein erstes Spontandate.

Ich grinste zurück. »Vielleicht dachte ich ja, Sie wären ein Geist? Schließlich sahen Sie vom Schnee wie gepudert aus.«

Er lachte. Und gleichzeitig hörte ich das ganz leise Flüstern. »Gern geschehen.«

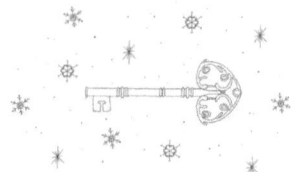

11. Die Ersatzfamilie
von Nadine Schwartz

Viktor

»Ben, pass auf!« Lisas aufgebrachtes Rufen lässt meinen Kopf nach oben schnellen, der bis eben auf den Bildschirm des Handys fixiert war. Aus dem Fenster sehe ich keinen Grund, warum meine beste Freundin ihren Mann so angeschrien hat. Doch selbst vom Rücksitz aus erkenne ich, dass Ben seine Schultern total anspannt. Die Arme sind durchgedrückt, als er versucht, die Rutschbewegung des Autos, die soeben einsetzt, mit einer leichten Gegensteuerung des Lenkrads unter Kontrolle zu bekommen. Das plötzliche Rattern verrät mir, dass das ABS-System einspringt. Von hier hinten kann ich nur zusehen, wie Ben es schafft, das Fahrzeug zum Stillstand zu bringen. Mein Herz pocht wie wild und treibt das Blut so rasend schnell durch meinen Körper, dass es in mir in den Ohren rauscht. Ich sehe mich um und erkenne das Haus von Lisas Eltern. Und Ben hat perfekt davor geparkt. Der Gedanke erzeugt ein Lachen, das sich den Weg aus mir herausbahnt. Nur einen winzigen Augenblick später spüre ich Lisas Blick auf mir.

Doch bevor sie den Mund aufmachen kann, um mich zurechtzuweisen, sage ich, was mir gerade im Kopf herumschwirrt: »Mann, heute hast du mal perfekt vor dem Haus deiner Schwiegereltern eingeparkt.« Dann klopfe ich meinem Freund aus der Studienzeit auf die Schulter und schnalle mich endlich ab.

***

»Hey Vik, hilfst du mir mit den tausend Koffern, die meine Frau gepackt hat, um eine Woche bei ihren Eltern zu überleben?« Bens Stimme ist wieder ausgelassen und von der etwas heiklen Bremssituation merke ich ihm nichts mehr an. Auch Lisa stolziert grinsend mit ihrer riesigen Handtasche den kurzen Weg entlang auf die Tür zu, dreht sich zu uns um und streckt ihrem Mann die Zunge raus.

Kaum an den Stufen zur Veranda angekommen, öffnet sich die Tür und Mrs. Tallis schließt ihre Tochter mit einem strahlenden Lächeln in die Arme. Dann drückt mir Ben einen Koffer in die Hand und ich sehe mich wieder zu ihm um. Meine Augenbrauen ziehen sich wie von selbst nach oben.

»Du hast nicht übertrieben, als du von tausend Koffern gesprochen hast. Zieht ihr dieses Jahr hier ein?«

Auf diese Frage ernte ich von Ben nur ein Grunzen.

»Darum habt ihr euch also diese Familienkutsche geholt. Ihr wolltet unbedingt mit eurem halben Haus bei eurer Familie einfallen. Und ich hatte schon befürchtet, dass ihr euch jetzt Kinder zulegen wollt.« Dabei ist die Idee gar nicht so abwegig. Ben und Lisa sind seit zwei Jahren verheiratet, haben gutbezahlte Jobs, wohnen in einer typischen Familiensiedlung in einem Vorort von Portland. Früher oder später werden sie Kinder bekommen.

Der Gedanke daran hinterlässt in meinem Mund einen bitteren Geschmack. Die beiden sind nicht nur meine Freunde. Sie sind wie eine Familie. Lisas Elternhaus fühlt sich an wie Heimat, seit sie mich vor fünf Jahren das erste Mal mit zu ihren Eltern geschleift hat. Das Weihnachtsfest hat seitdem wieder eine Bedeutung für mich. Ist nicht mehr die Zeit im Jahr, in der ich mich am verlassensten fühle.

Das Gepäck stelle ich vor den beiden Stufen ab und gehe zurück, um meine eigene Tasche zu holen. Ben drückt mir den Autoschlüssel in die Hand, als er mir mit den letzten Taschen seiner Frau entgegenkommt.

»Machst du das Auto dann zu?«

Ich nicke nur.

Jessi

»Jesssiiii!«, kreischt meine große Schwester, als ich die Treppe herunterkomme. Und als ich sie höre und unten neben unserer

Mutter stehen sehe, hüpfe ich geradezu die letzten paar Stufen hinab und werfe mich in ihre Arme.

»Gott, tut das gut, dich zu sehen.« Mein Geständnis ist so leise, dass ich nicht weiß, ob Lisa es gehört hat. Doch sie drückt mich fester an sich und antwortet: »Es tut auch gut, dich zu sehen, Kleines.«

Ich vergrabe mein Gesicht an ihrem Hals, denn gerade fällt es mir wieder schwer, nicht mit dem Weinen anzufangen. Zu sehr habe ich meine große Schwester in den letzten Wochen vermisst. Lisa streicht mir mit ihren Händen über den Rücken. Es hilft dabei, mich zusammenzureißen, bevor die erste Träne mein Auge verlässt.

Mit einem gehauchten »Okay« ziehe ich mich vorsichtig aus der Umarmung zurück und sehe ihr ins Gesicht. Ohne es zu wollen, wandern meine Mundwinkel nach oben. Lisa hat mich zur Geheimhaltung verdonnert und ich werde keinen Mucks sagen. Aber Grinsen ist erlaubt.

Ein Krachen von der Tür kündigt einen weiteren Gast in unsrem Hause an. Allerdings steht statt meines Schwagers nur Viktor in der Tür und schiebt einen Koffer nach dem anderen durch den Eingang. Die Freude über das Wiedersehen mit Lisa verfliegt. Denn auch in Bezug auf Vik habe ich Geheimhaltung geschworen. Nicht meiner Schwester gegenüber, sondern mir selbst.

Nach der Demütigung vor fünf Jahren will ich ihn nicht mehr sehen. Doch Lisa schleppt ihn trotzdem jedes Jahr wieder an. Und jedes Jahr zerbricht ein weiterer Teil in mir, wenn er mit Ben und ihr verschwindet. Obwohl ich mir geschworen habe, mein Herz nicht mehr an ihn zu hängen. Das blöde Ding ignoriert mich und macht es trotzdem.

Und als er die schweren Koffer meiner Schwester über die Schwelle hievt, erkenne ich wieder, warum. Die muskulösen Arme sind sogar unter der dicken Winterjacke zu erkennen, genauso wie der knackige Po in seinen Jeans. Seine Haare trägt er nicht mehr bis über die Schultern, wie früher, sondern kurz geschnitten und gestylt. Die harten Kanten in seinem Gesicht verleihen ihm einen Hauch von schroffem Hollywood-Star. Er erinnert mich manchmal an den jungen Clint Eastwood.

Bevor es peinlich wird und ich anfange zu sabbern, drehe ich mich lieber weg und gehe in die Küche.

»Was soll denn das schon wieder?«, höre ich meine Schwester leise hinter mir. Sie folgt mir, also wird sie mich meinen. Ich sehe sie fragend über meine Schulter hinweg an.

»Keine Ahnung, was du meinst.«

»Na dieser Seufzer gerade. Als hättest du ein extra saftiges Steak gesehen und dich gerade noch erinnert, dass du auf Diät bist.«

Ich runzele die Stirn. »Ich habe nicht geseufzt.«

Viktor

»Na kommt schon rein, Jungs.« Lisas Mutter winkt uns mit den Armen regelrecht ins Haus. Nacheinander hieven Ben und ich die Koffer von der Veranda in den Flur, bis wir endlich selbst hineingehen.

»Keine Ahnung, was du meinst«, höre ich die etwas raue Stimme von Jessi und meine Augen finden sie sofort. Mit ihren engen, dunkelblauen Jeans bewegt sie sich grazil in Richtung Küche. Für einen kurzen Moment sehe ich ihre Hüften hin und her schwingen, bevor Lisa ihrer Schwester folgt und so den Anblick verdeckt.

Ich schnaufe und konzentriere mich wieder auf die ... Wie viele Koffer haben die beiden Turteltauben dabei? Ich drehe mich einmal im Halbkreis und zähle fünf dieser verdammten Dinger. Mein Blick wandert zurück zu Ben. Doch der bemerkt es nicht, weil er gerade in den Armen von Mrs. Tallis verschwindet, die ihren Schwiegersohn aufs Herzlichste begrüßt.

Ich spüre meinen rechten Mundwinkel nach oben wandern. Denn dieselbe Behandlung wird mir gleich zuteilwerden. Wie in jedem Jahr. Innerlich bereite ich mich schon darauf vor, als Mrs. Tallis Ben langsam aus ihrer Umarmung entlässt, ein wenig von sich schiebt, aber beide Arme weiterhin umklammert. Ihre Mundwinkel spannen sich vom linken bis zum rechten Ohr und legen dabei zwei fast makellose Zahnreihen frei. Nur die kleine Spalte zwischen den oberen Schneidezähnen verleiht ihrem Grinsen einen unverwechselbaren Charakter. Ihr Blick wandert zu mir.

»Oh, Viktor. Wie schön, dass du auch wieder mit uns feierst!« Mrs. Tallis streckt die Arme nach mir aus und kommt zwei Schritte auf mich zu. Dann packt sie meine Oberarme und zieht mich in ihre Umarmung, wie sie es eben bei Ben getan hat.

Anders als beim ersten Mal vor fünf Jahren kann ich diese Geste inzwischen erwidern und schlinge meine Arme um Mrs. Tallis' etwas breitere Schultern. Versinke in der Wärme ihrer Herzlichkeit.

»Ach Veronica, lass den armen Jungen doch mal zu Atem kommen«, mahnt Ralph Tallis seine Frau.

»Ich werde meine beiden Jungs ja wohl noch anständig begrüßen dürfen!« In ihrem empörten Ausruf mischt sich sofort ein Lachen. Doch mein Gehirn hängt noch immer an *meine Jungs* und ich muss schlucken. Mrs. Tallis nennt uns *ihre Jungs*. Sie schließt mich mit ein, obwohl ich doch nur Lisas Anhängsel bin. Oder, besser gesagt, das Anhängsel von Lisa und Ben.

Ich bin nicht Teil dieser Familie. Und doch fühlt es sich hier immer so an, als gehöre ich dazu. Gerne wäre ich wirklich einer von Mrs. Tallis' Jungs. Doch wie soll das gehen, wenn ich mich nie traue, mit Jessi mehr als nur ein paar Halbsätze zu reden? Ihr zu sagen, dass ich sie mag. Sogar mehr als mag. Ich wünschte, ich hätte damals nicht einfach gekniffen und sie doch unter diesem Mistelzweig geküsst. Nicht aus falschem Ehrgefühl den Rückzug angetreten, weil sie die Schwester meiner besten Freundin ist.

»Lisa! Hör jetzt auf.« Jessi faucht ihre Schwester über die Schulter hinweg an, trägt aber souverän die Schüssel mit den dampfenden Kartoffeln vor sich her. Ihr Gang gleicht dem eines Models auf dem Laufsteg. Elegant und zielgerichtet steuert sie auf den Durchgang zum Esszimmer zu. Lisa, die eine weitere Schale voller Bohnen in den Händen hat, verdreht nur die Augen, während sie ihrer Schwester folgt.

Und wieder verschwindet Jessi hinter Lisa aus meinem Blickfeld.

Jessi

»Okay, okay, okay.« Lisa hält ein kleines Päckchen in die Luft, das mit dem cremefarbenen Geschenkpapier und der goldglänzenden Schleife die typische Handschrift meiner Schwester trägt.

»Jetzt bist du dran, Jessi.« Damit überreicht sie mir das Geschenk und als ich es nehme, legt sich meine Stirn automatisch in Falten. Unter dem edlen Papier ist nur eine weiche Masse zu ertasten. Kriege ich etwa Socken?

Hinter mir raschelt es. Ich schiebe das Geschenkband beiseite und reiße vorsichtig das Papier auf. Und noch einmal, denn Lisa hat – was auch immer es ist – doppelt eingepackt.

Meine Mutter keucht leise auf. »Nein.« Und als ich mich zu ihr drehe, hält sie sich die Hand vor den Mund. Sie starrt auf das, was sich in dem dünnen Umschlag versteckt hat. Streicht mit dem Daumen der anderen Hand darüber und ... Weint sie etwa?

Irritiert sehe ich mich zu meiner Schwester um, doch die grinst, als wäre es das Allergrößte, dass unsere Mom Tränen vergießt. Innerlich verdrehe ich die Augen, denn es kann sich nur noch um Millisekunden handeln, bis meine Mutter ihre Freude kundtun wird. Ich beschäftige mich weiter mit dem Papier und habe auf einmal ein schwarzes T-Shirt in meinen Fingern. Ich falte es auf und sehe die Schrift. Lese die Worte. Immer und immer wieder, bis sie vor meinen Augen verschwimmen. Mit meiner rechten Hand wische ich mir über das Gesicht, bis ich den besorgten Blick meiner Schwester wieder erkenne. Ich bin mir nicht sicher, warum ich gerade so emotional wurde. Dass Lisa schwanger ist, weiß ich doch schon seit Wochen. Nur war es bis eben irgendwie nicht real. Aber dieses Shirt mit der Aufschrift »Beste Tante der Welt« lässt mich begreifen. Begreifen, dass ich in nicht einmal mehr sieben Monaten Tante werde. Ich halte das Shirt noch einmal mit beiden Händen vor mich und betrachte es. Dann drehe ich es um und halte es mir vor den Körper.

Genau diesen Moment sucht sich unsere Mutter aus, um von der Couch aufzuspringen und mit einem tiefen Schluchzer die Hände vor die Brust zu halten. Etwas unsicher bewegt sie sich um den kleinen Tisch herum und steuert direkt auf Lisa zu.

Als Mom vor ihr steht, schüttelt sie nur mit dem Kopf. Ihr Gesicht kann ich von hinten nicht erkennen. Doch ich ahne, dass ihr die Tränen über die Wangen laufen, so wie mir gerade.

Lisa erhebt sich und Mom greift nach den Oberarmen meiner Schwester. Zieht sie in eine Umarmung und sagt etwas, das ich unter all dem Schluchzen nicht verstehe. Jep, ungefähr so habe ich mir ihre Reaktion auf die Neuigkeiten vorgestellt und fange bei dem Gedanken automatisch an zu grinsen.

Mit einem Räuspern steht auch Vik auf und sieht sich mit leicht betretener Miene um.

»Entschuldigt mich kurz.« Mit diesen knappen Worten verlässt er hastig den Raum.

Viktor

Ach du Scheiße. Ich halte mich am Waschbecken fest, um nicht unkontrolliert zu fluchen. Zumindest nicht laut. In meinem Kopf hingegen finde ich derbe Worte. Insbesondere für mich selbst.

Habe ich noch vor wenigen Stunden den Gedanken beiseitegeschoben, um nicht darüber nachdenken zu müssen, bekomme ich jetzt die Quittung dafür. Mit voller Breitseite.

Lisa und Ben werden tatsächlich Eltern. Und der Minivan *ist* eine Familienkutsche. Verdammt. Hätte ich das in den letzten Wochen vielleicht ahnen sollen?

Ich denke kurz über meine eigene Frage nach. Ben behandelt Lisa genauso fürsorglich wie immer. Nichts davon ist ungewöhnlich. Nichts hat mich stutzig werden lassen. Und das Auto haben sie schon seit ein paar Monaten.

Langsam beruhigt sich mein Atem und ich löse vorsichtig meine Hände vom Beckenrand. Atme tief ein und wieder aus. Und wieder ein und noch einmal aus.

Warum bringt mich diese Nachricht eigentlich so aus der Fassung? Schon seit ihrer Heirat habe ich geahnt, dass die zwei

Kinder haben werden. Daran bestand nie ein Zweifel. Doch für mich waren sie immer die Familie, die ich nicht mehr habe. Ich kann an einem schlechten Tag einfach bei ihnen aufkreuzen und mich in ihrer Gesellschaft nicht mehr so allein fühlen. Die Nähe zu meinen Freunden genießen, die mir mehr Halt geben, als ihnen vielleicht klar ist.

Ob das mit dem neuen kleinen Menschen auch noch so sein wird, wage ich zu bezweifeln. Und was soll ich denn dem Würmchen schon beibringen, wenn ich als *Bester Paten-Onkel der Welt!* – so wie es auf dem T-Shirt aus Lisas Geschenk steht – doch keine Ahnung habe von Kindern. Mich mit meinen neunundzwanzig oft selbst noch wie ein Kind fühle. Mich in Jessis Gegenwart kaum traue, mehr als ein paar Floskeln mit ihr zu wechseln oder ihr zu sagen, wie sehr ich sie mag. Stattdessen benehme ich mich bei ihr wie ein verschüchterter Schuljunge.

Woher sollte ich es auch besser wissen? Nach dem Unfall, bei dem meine Eltern starben, kam ich zwar bei Tante Eloise unter, doch die war damals schon mehr mit sich selbst beschäftigt und verlor sich immer tiefer in ihrer Depression. Doch statt ihrer Mutter zu helfen, nutzten meine Cousinen die Situation schamlos aus, gaben oft genug mir die Schuld, wenn irgendetwas fehlte und ein Sündenbock gebraucht wurde. Allein die Erinnerung an den letzten Geburtstag vor vier Jahren jagt mir auch heute noch einen Schauer über den gesamten Körper. Über diese furchtbare Zurschaustellung menschlicher Abgründe will ich einfach nicht nachdenken.

Ich werfe mir ein paar Tropfen Wasser ins Gesicht, streiche mit der Linken durch meine kurzen Haare und richte mich wieder auf. Schaue meinem Spiegelbild in die Augen und sage mir, dass ich das schon irgendwie hinbekomme. Verspreche mir hier und jetzt selbst, dass ich ein guter Paten-Onkel werde. Schließlich habe ich noch ein paar Monate Zeit, bis es soweit ist. Und vielleicht schaffe ich es doch noch, Jessi zu gestehen, dass ich mich in sie verliebt habe.

Jessi

»Wo ist denn Vik geblieben?« Bens leise Worte lassen mich den Kopf heben und vorsichtig einen Blick durch unser Wohnzimmer wagen. Lisa hat mir in der Küche schon genügend Fragen gestellt, die viel zu dicht an der Wahrheit lagen. Auf eine weitere Inquisition durch meine Mutter oder Grandma habe ich wirklich keine Lust.

Doch ich entdecke Vik nirgendwo. Nach der anrührenden Umarmung, in die meine Mutter Lisa gezogen hat, ist er ziemlich schnell verschwunden. Und ich erinnere mich nicht, ihn danach wieder gesehen zu haben. Mit einem Blick auf die Uhr an meinem Handgelenk stelle ich fest, dass das beinahe eine halbe Stunde her ist.

»Jessi?« Lisas Hand berührt sanft meinen Arm und ich sehe zu ihr. Hebe die Augenbrauen in einer stummen Frage.

»Kannst du mal nachsehen, wo Vik ist? Ich mache mir langsam Sorgen.«

Ich nicke nur und stehe auf. Versuche auf meinem Weg, um den kleinen Tisch herum, die ausgepackten Geschenke nicht zu zertreten, die über den Fußboden verteilt liegen. Als wäre eine Horde Kinder beschenkt worden, die alles herumliegen lassen, statt ein paar Erwachsener, die es eigentlich besser wissen sollten.

Der Gedanke, dass Lisas Kinder bald genauso mit ihren Geschenken umgehen werden, zaubert mir ein Lächeln ins Gesicht.

Doch das verfliegt, als ich gegen etwas Hartes stoße, das mir den Durchgang zum Esszimmer versperrt. Abrupt hebe ich den Kopf und sehe in Viks kantiges Gesicht. Gleichzeitig fühle ich die Wärme seines Körpers und spüre, wie sich seine Hände um meine Oberarme legen. Mich sicher halten, sodass ich nicht auf meine Beine angewiesen bin, die sich wie Wackelpudding anfühlen.

»Hey, ihr beide steht unter dem Mistelzweig!« Die Stimme meines Vaters lenkt meinen Blick zur Decke und tatsächlich stehen Vik und ich direkt unter dem einzigen Mistelzweig in diesem Haus. Super. Eine Wiederholung der peinlichen Situation von vor fünf Jahren.

»Los, küsst euch«, fordert meine Schwester und ich schließe die Augen, weil ich genau weiß, was gleich passieren wird.

Doch kaum sind meine Lider geschlossen, spüre ich seinen Atem an meiner Nasenspitze und sanft legen sich Viks Lippen auf meine. Zaghaft bewegt er seine Unterlippe und ich kralle mich an seinem T-Shirt fest. Versuche, Halt zu finden, denn mein Herz schlägt auf einmal wie wild und lässt das Blut durch meine Adern rasen.

Seine linke Hand streicht hinauf zu meinem Hals, umschließt meinen Nacken und Viks Daumen streichelt sanft über meine Wange. Und mit der anderen Hand hält er mich nun an der Taille und zieht mich näher an sich heran. Seine Zunge gleitet über meine Lippen und wie von selbst öffne ich meinen Mund. Lasse unsre Zungen miteinander spielen, bis ich ein Geräusch über das Rauschen in meinen Ohren höre. Je mehr ich mich darauf konzentriere, erkenne ich, dass jemand hinter uns pfeift. Mehr und mehr nehme ich wieder von allem um mich herum wahr. Auch Vik lässt den Kuss zwischen uns immer sanfter und ruhiger werden und löst dann sein Gesicht von meinem. Erst jetzt schaffe ich es, meine Lider wieder zu öffnen. Viks Augen sehen intensiv auf mich herab und er hat genauso schwer mit der Atmung zu kämpfen wie ich. Alles, was ich sagen kann, ist: »Wow.«

Und dann kommt von der Couch eine Art Glucksen und Lisa flüstert laut genug, um es auch hier zu hören: »Da wird wohl jemand nicht nur ein Paten-Onkel werden, sondern auch noch ein richtiger.«

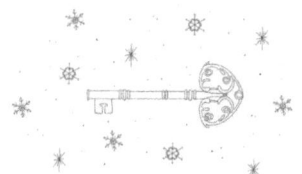

12. Der weihnachtliche Erstkontakt
von Jonathan Engert

Das Jahr neigt sich dem Ende zu und es herrscht an manchen Orten Weihnachtsstimmung im Jahr 2222. Selbst auf Mond und Mars wird Weihnachten gefeiert von den Kolonien, wenn nicht gerade die Weltraumschlacht es versaut. Verfeindete Nationen, die um die Vormachtstellung seit Jahrzehnten kämpfen. Mit Elektrowaffen, Projektilen und Raketen.

Georg Water arbeitet in der europäischen Galaxiszentrale. Abteilung für Marktkommunikation. Ein eintöniger Beruf. Eine Art Hotline für in Not geratene Handelsschiffe oder Beschwerden über falsch ausgestellte oder abgelaufene Lizenzen.

Er hockt an einem Tisch und nutzt das Gehirnchip-Implantat, um zu arbeiten. Die Zeit der Finger, die auf Hardware-Tastaturen und Bildschirmen herumtippen, ist vorbei.

»Guten Morgen«, sagt sein Kollege Stephan.

Anfang dreißig. Dürr wie eine Bohnenstange, aber kann rennen, was das Zeug hält. Er macht regelmäßig bei Sprintwettbewerben mit. Braunes kurzes Haar, brauner Hautton und grüne Augen.

Mit schwarzen kurzen Haaren und sehr heller Haut wirkt Georg wie ein entgegengesetzter Doppelgänger. Die Augen sind blau. Von der Körpergröße her sind sie gleich. Bloß Stephan ist deutlich schlanker.

»Wie findest du den Weihnachtsbaum?«

Sein Kollege schaut ihn verwirrt an. »Keine Ahnung. Ich beachte irrelevante Dinge nicht.«

Georg seufzt und weiß nicht, ob er ein Alt-Modell ist, das zu alte Traditionen pflegt, die immer weniger Bedeutung haben. Wahrscheinlich feiern mit ihm zusammen nur noch wenige Millionen Menschen die Feste.

»Es gibt wieder Gefechte heute«, raunt Stephan.

»Verdammt!«, zischt Georg. »Es ist der 6. Dezember heute. An Nikolaus sollte kein Krieg stattfinden.«

»Du nimmst dieses Fest sehr persönlich«, sagt sein Kollege monoton. »Von welchem Hersteller ist dein Chip?«

Der Klassiker, sobald jemand zu emotional wird, kommt die Frage nach dem Chip.

»Es liegt nicht an der Hardware und ebenso nicht an der Software«, knurrt Georg. »Mich nervt es, dass zu keinem Monat im Jahr Frieden herrschen kann. Immer diese ständigen Kämpfe, Zerstörung und Machtansprüche.«

»Oh. Ein pazifistischer Chip also.«

Georg hebt resigniert die Hände. Es macht keinen Sinn, weiter darüber zu diskutieren.

Er konzentriert sich auf seine Arbeit, prüft den Kommunikationsverkehr und hilft gereizten bis hin zu aggressiven Kunden weiter.

»Komme ich noch zur Erde?«, fragt eine Händlerin. »Es stehen wieder Zerstörer zwischen Mond und Erde. Es sieht so aus, als würden sie sich gleich abknallen.«

»Besser umfahren«, antwortet Georg über den Chip. Es kommt kein Wort über seine Lippen.

»Ist nicht nötig. Die Kriegsschiffe drehen ab. Ein komisches Objekt ist aufgetaucht und hat die Lage verändert.«

Georg schmunzelt. »Wie verändert?«

Es kann spontane Entspannungen geben, aber was ist ein ›komisches Objekt‹?

»Ein Schiff in der Form eines Würfels.«

Jetzt wird es suspekt. Unbekannte Sichtungen kommen vor. Schließlich gibt es Leben außerhalb, aber bisher ist es in unerreichbarer Ferne. Ab und zu tauchen Objekte auf und verschwinden wieder. Selbst 200 Jahre später sind unbekannte Kontakte ein Rätsel. Als wollte fremdes Leben daran erinnern, trotzdem weiter zu sein als die Menschen.

»Hast du gerade auch Meldungen von komischer Sichtung?«, fragt Stephan.

Georg nickt. »Ja, aber wird nichts sein.«

»Vielleicht schon, denn die Kriegsschiffe der verfeindeten Nationen haben sich friedlich zusammengekoppelt und scheinen eine Party zu schmeißen.«

»Soll das ein Scherz sein?«, fragt Georg.

»Mein Chip und meine Persönlichkeit beinhalten keine Witze.«

Ein trauriger Fakt, der keinen Raum für Ironie lässt.

Georg ist froh, einen emotionalen Chip zu haben, der viel Freiheit lässt und Persönlichkeit. Ebenso seine Frau und sein Sohn. Viele Menschen bevorzugen den kalten Leistungschip und meinen, somit glücklicher zu sein. Es ist schwer geworden, mit Gefühlen angenehm zu leben.

Plötzlich kribbelt es in seinem Kopf. Ein direkter Anruf von der Direktorin höchstpersönlich. Marna Cold.

»Guten Tag, meine Bossin«, meldet sich George in der korrekten Höflichkeitssprache.

Er lässt sich die Unsicherheit nicht anmerken.

»Guten Tag, Herr Water. Wie Sie schon mitbekommen haben, gibt es einen Kontakt mit einer unbekannten Spezies in der Galaxis.«

»Das habe ich mitbekommen.«

Er muss sich beherrschen, nicht laut zu sagen: »*Wird schon nichts sein!*« Das kommt meistens schlecht an, es im Voraus herabzustufen.

Das Knifflige ist, seine Gedanken so zu trainieren, dass die, die niemand hören sollte, nicht in den Anruf hineingeraten.

»Sie werden den Erstkontakt aufnehmen.«

Georg schluckt und kann nicht glauben, was er gehört hat. »Wieso ich?«

Stephan schaut auf. Georg merkt, dass er sich in das Gespräch eingeklinkt hat. *Dieser Mistkerl kann es nicht sein lassen. Keine Emotionen zulassen, aber neugieriger sein als eine Schmeißfliege.* Er achtet darauf, dass die Gedanken nicht übertragen werden. Das wäre genau das, was sein Kollege will.

»Sie haben eine Ausbildung für den Einsatz in der Galaxis«, sagt Cold. »Außerdem als einer der wenigsten hier einen emotionalen Chip. Dadurch haben Sie ein vertretbares Risiko.«

»Das klingt zu freundlich«, sagt Georg ironisch und weiß, dass die Direktorin es gar nicht versteht.

»Perfekt. Dann gehen Sie mal los.«

Die Reise im Raumschiff verläuft gut. Er ist es wie viele andere Menschen gewohnt. Mal Urlaub auf dem Mars zu machen, ist völlig normal.

Georg befindet sich im First-Class-Sichtbereich des Schiffes. Ein Abteil, das freie Sicht nach hinten, vorne und den Seiten bietet und somit die beste unverfälschte Aussicht auf das Weltall. Hinter ihm ist die Erde zu sehen, die immer kleiner wird.

Kriegsschiffe stehen funktionslos im All herum. Hier sollte eigentlich ein Krieg stattfinden, aber nichts dergleichen passiert.

»Was ist mit den Besatzungen auf den Kriegsschiffen passiert?«, fragt Georg.

»Denen geht es unserem Wissen nach gut. Sie feiern Nikolaus und vergessen gerade ihre Aufgabenpflicht«, antwortet die Direktorin über den Lautsprecher.

Georg seufzt. Er hätte es ahnen können, dass sie ihn nicht unbeobachtet lässt.

»Das ist ein fürchterlicher Erstkontakt«, murmelt er und versucht, nicht zu lachen. Bisher kann er nichts Gefährliches darin sehen.

»Ist es in der Tat nicht. Und bitte lassen Sie das schockierte Schauspiel! Wir wissen, dass Sie sich freuen!«, raunt Cold. »Es könnte eine Taktik sein, um uns gefügig zu machen!«

Natürlich muss etwas Böses dahinterstecken, denkt sich Georg sarkastisch. Wenn ein für die Nationen wichtiger Krieg einfach so aufgelöst wurde, weil eine fremde Spezies stört. Das geht gar nicht!

Nach einer Stunde kommt etwas in Sichtweite. Es ist ein Raumschiff ungewöhnlicher Konstruktion. Ein schwebender Würfel! Die Außenfassade ist bunt mit Weihnachtsdeko bedeckt. Es wirkt surreal.

»Warum Weihnachtsdeko?«

»Gute Frage«, sagt Cold. »Es könnte eine Falle sein.«

»Sie können damit auch signalisieren, in Frieden zu kommen.«

»Mag sein. Wir wissen es nicht. Erstatten Sie umgehend Bericht über die Lage und was sie wollen!«

Das Raumschiff nähert sich und sogleich öffnet sich eine Klappe am Würfel. Es sieht aus wie eine Andockstation. Georgs Schiff hält den Kurs darauf.

Ob menschliches Personal fährt, bezweifelt er. So misstrauisch wie Cold und die Führung sind, werden sie alles daransetzen, nicht noch mehr Menschen aus ihrer Kontrolle zu verlieren.

Das Andocken ist nicht zu spüren – was ungewöhnlich ist.

Der Bordcomputer piepst und vermeldet, dass ein Ausstieg möglich ist. Ein Display zeigt an, dass Sauerstoffgehalt wie auf der Erde herrscht. Es ist kein Raumanzug nötig.

Mit einem leicht mulmigen Gefühl tippt Georg auf die Anzeige und die Tür öffnet sich.

Vor ihm steht ein seltsames Wesen auf einer blauen Brücke.

Es wirkt menschlich, aber hat vier Arme und zwei Beine. Ansonsten sind die weiteren äußerlichen körperlichen Merkmale gleich. Braunes, kurzes Haar und ein Stoppelbart.

»Willkommen, Besucher«, sagt das Wesen. »Mein Name ist Thalaru. Du musst keine Angst haben. Wir wollen nichts außer Weihnachten feiern und vielleicht ergibt sich ein freundlicher Kontakt.«

Georg schaut sich um, aber sieht nichts Bedrohliches. Keine Wesen mit Waffen und keine Geschütze.

Er tritt aus dem Raumschiff heraus und befindet sich wenige Augenblicke später vor dem Gastgeber. Er hält ihm in einer seiner rechten Hände ein braunes Säckchen entgegen. Es hat die Form eines Stiefels und ist weihnachtlich verziert. Erinnerungen an vergangene Zeiten werden in Georg geweckt. So viel Detailliebe kennt er nur aus alten Aufnahmen vom letzten Jahrhundert.

»Eine Kleinigkeit zum Nikolaus«, sagt der Gastgeber und lächelt.

»Danke«, sagt Georg und nimmt es entgegen. Er öffnet es und findet Schokolade und Nüsse darin. Er kann es nicht fassen, dass das hier real ist. Aliens, die Nikolaus feiern. Vielleicht gar bis zum 24. Dezember.

»Sind Sie hier der Chef? Woher können Sie meine Sprache?«

»Sag du zu mir und die Sprache habe ich in meinem intergalaktischen Studium gelernt. Darum bin ich für dich zuständig, da du jemand bist, der die deutsche Sprache benutzt.«

»Ich kann auch Englisch«, sagt Georg.

»Das ist egal. Ich kann es auf jeden Fall. Ich habe sogar eine Masterarbeit in schwäbischen Gerichten absolviert. Ich fand die Konsistenz und Benennung der Gerichte lustig.«

»Darüber werden Prüfungen geschrieben?«

Thalaru lächelt und die Bedrohungsangst verschwindet schlagartig. Er macht einen herzlichen Eindruck.

»Ja. Wir konzentrieren uns auf die verschiedenen Kulturen von Rassen im Weltraum. Wir lieben es, mit ihnen gemeinsam zu feiern.«

»Was ist euer Ziel?«, fragt Georg.

»Zeigen wir dir«, antwortet er und gibt mit einer Handbewegung zu verstehen, ihm zu folgen.

Die Docks sind schlicht gehalten. Kein übertriebenes, prachtvolles Design. Keine Sicherheitskräfte sind zu erkennen. Alles Illusion?

Eine schwere Schleuse taucht auf, mit einem Schlüsselloch. Thalaru nimmt einen altmodischen goldenen Schlüssel aus seinem Anzug. Er steckt ihn hinein und mit einem Klack-Geräusch öffnet sich der schwere Mechanismus.

»Warum ein Schlüssel?«, fragt Georg. »Das ist nicht zeitgemäß.«

»Im All kann es Störungen geben für moderne Technik und darum bevorzugen wir den altmodischen Schlüssel. Außerdem lieben wir altmodische Dekorierungen.«

Sie gelangen in das Innere. Es soll die Zentrale sein. Doch es sieht alles andere als so aus. Es sind zwar Bildschirme zu sehen, aber dazwischen wird gefeiert, gegessen und geredet. Mitten im Raum steht ein Weihnachtsbaum mit bunten Kugeln.

Die Sprache ist keiner menschlichen zuzuordnen.

»Ihr seid nicht auf Krieg aus?«

Thalaru schüttelt den Kopf. »Nein. Wir wollen nur Harmonie. Wir verfügen nicht mal über zerstörerische Waffen.«

»Das klingt schön«, sagt Georg und möchte sich wohler fühlen, aber so ganz will es nicht gelingen.

»Wie stellt ihr euch die Zukunft vor mit der Erde?«

»Kompliziert, gewiss, aber von uns geht keine Gewalt aus. Wir haben keine Waffen. Unser einziges Arsenal ist die Verbreitung von Informationen und Gefühlen.«

»Wow und damit kann man überleben?«, fragt Georg.

»Sehr gut. Wir haben schon ein paar imperialistische Rassen in die Steinzeit degradiert, weil sie noch nicht so weit waren.«

Georg schluckt schwer. »Gut. Das ist nicht so ... nett. Oder?«

»Bevor sie uns oder anderen schaden, müssen wir es tun. Es ist nicht mal direkt schmerzvoll. Es ist wie ein Neustart. Wir bauen innerhalb von fünf Jahren die moderne Infrastruktur ab und setzen die Einwohner zurück.«

»Das kann als ernste Bedrohung angesehen werden.«

Thalaru nickt und hält ihm ein Glas entgegen. »Das mag sein, aber irgendwas müssen wir tun, wenn es nicht anders geht. Trinken wir auf eine hoffentlich gute Zukunft oder Vergangenheit. Je nachdem.«

Georg zögert kurz.

»Keine Sorge. Das ist Alkohol. Wir haben ihn original in dem Betäubungszustand hergestellt, wie ihr es gewohnt seid.«

Georg nickt und trinkt das Glas leer. Es brennt gefühlt stärker als Alkohol.

»Was soll ich der Erdenführung sagen?«

»Wir kommen in Frieden klingt zu abgedroschen, oder?«, fragt Thalaru und mustert seinen Gast neugierig.

»Ähm ... ja. Gewiss klingt es zu alt. Wie wäre es mit ...«

Er muss selbst nachdenken: Was soll er sagen? Was verstehen rationale Chips einigermaßen, ohne in Aggression zu verfallen?

Die Gastgeber schauen ihn mit großen Augen an, aber in einer Ruhe, die keine Angst verbreitet. Es ist pure Neugier.

»Wir wollen irrational und rational mit euch feiern.«

Thalaru grinst. »Das klingt gut.«

Georg kratzt sich am Kinn. »Aber es wird nicht leicht, die Führung mit ihren rationalen Chips wird es nicht so hinnehmen.«

»Für den Fall haben wir unsere bewährten Mittel parat.«

Georg weiß nicht, wie er das Treffen bewerten soll. »Welche Mittel sind das?«

»Aggression aus dem Geist zu nehmen. Das sind unsere einzigen Waffen – wenn man es überhaupt so nennen kann. Wir sind eine reine Informationsrasse. Wir haben damit auch aggressive imperialistische Völker friedlich gemacht.«

»Das funktioniert ohne Unterdrückung?«, fragt Georg.

»Ja. Wir verändern nur destruktive neuronale Verbindungen in einer konstruktiven Konstellation mit unserer Technik. Ihr bleibt weiterhin Menschen und seid frei, aber könnt eventuell besser mit euch umgehen und mit anderen.«

»Viele haben Chips in sich.«

Der Gastgeber nickt. »Das ist trotzdem kein Problem. So etwas hatten wir auch schon oft im Universum.«

Das Treffen verläuft entspannt. Georg werden weitere Gastgeber vorgestellt, bis er wieder zurück kann. Er vermittelt die Botschaft wie abgesprochen. Die nächsten Jahre zeigen eine große Veränderung, als hätten sich sämtliche Chips auf einmal verändert. Krieg gibt es nicht mehr, weil es keinen Sinn mehr macht, und die Kommunikation untereinander ist einfühlsamer. George fühlt sich nicht mehr ausgestoßen. Die Aliens haben wohl die Wahrheit gesagt. Dass es trotzdem Menschen gibt, die eine Bedrohung darin sehen wollen, lässt sich nie vermeiden. Georg kann nur hoffen, dass sich die Ängste seiner Zeitgenossen mit der Zeit ohne Eskalationen abbauen.

13. Der goldene Schlüssel

von Corinna Stremme

Es war bitterkalt. Schneekalt! Echt und wirklich verdammt kalt! Ne, mal ehrlich, es war noch nie im Winter so eisig gewesen seit ihrer Geburt. Und es hatte schon sieben Mal gefroren, sieben Mal war es Weihnachten gewesen. Sie war siebenmal übers Eis geschlittert. Als Baby vor dem Bauch der Mama, heute mit dicken Handschuhen und Schal und Mütze und knallroten von der Kälte gezauberten Backen.

»Wangen heißt das!«, krähte ihr kleiner Bruder. Boah, das war so doof! Seit vier Wintern hatte sie Marek mit im Schlepptau.

Mama sagte immer: »Nimm deinen Bruder mit! Wir haben früher auch alle zusammen gespielt.«

Ja, aber ihr Onkel war ja auch echt cool und wahnsinnsschnell! Nicht wie dieses Exemplar eines schniefenden, immer zu langsam vor sich hinträumenden Bruders.

Außerdem hatte er den Schlüssel im Schnee verloren, zu ihrer absoluten Lieblingswunderkiste. Konnte sich das einer vorstellen? Sie trug ihn seit drei Wintern um den Hals unter ihrem dicken kratzigen Pullover. Und vorhin, als sie mit dem Schlitten den Berg runter waren, überschlugen sie sich und waren gemeinsam in einer tiefen Wehe steckengeblieben. Marek hatte sich nicht alleine aufrappeln können, seine speckigen Hände um ihren Hals gelegt und ihr die schmierige Schnute an die Backe gedrückt.

Er roch immer ein wenig ranzig oder klebte vom all-morgendlichen Honigbrot. Es schauderte sie. Dabei musste der Schlüssel jedenfalls weggekommen sein. Sie hatte nicht bemerkt, dass die feine Kette riss. Als sie den Verlust letztendlich bemerkte, hatte sie sich mitten im Schnee ausgezogen. Marek suchte mit und weinte dieselben heißen Tränen, als nicht mal in der Unterhose der goldene Schlüssel zu finden gewesen war. Einen kleinen Moment fühlte sie tiefe Verbundenheit mit ihrem kleinen Bruder, bis ihr einfiel, dass ja *er* der *Übeltäter* war. *Er* hatte nicht stillsitzen können. *Er* hatte den Unfall provoziert. *Er* war nicht von alleine aus der Schneewehe herausgekommen. Sie hatte *nie* einen kleinen Bruder gewollt. Und nun war die Kette entzweigerissen und er fand den wertvollen Schlüssel nicht mehr. Er war weg. Für immer!

Wäre doch lieber Marek verschwunden!, dachte sie mit all ihrer wütenden Kraft.

Jahre später noch machte sich Jule bitterliche Vorwürfe, denn zwei Winter später war Marek verschwunden. Gestorben an einem seltenen Gendefekt! Sie wusste jedoch, wer eigentlich schuld war. *Sie!* *Sie* hatte ihn verwunschen, ihn verflucht und ihn weggewünscht. Der Schlüssel war wichtiger gewesen als der eigene Bruder. Jeden Tag hatte sie ihn an den Verlust erinnert. Mal wütend, mal anklagend, nie versöhnlich.

Jule verstummte mit neun Jahren und vergrub ihre Lieblingswunderkiste ganz tief hinten in ihrem Kleiderschrank. Sie sprach nie wieder öffentlich von Marek, sagte »Wange« statt »Backe« und aß von dort an keine Honigbrote mehr.

Der Mensch kann gut verdrängen und bis sie selbst Mutter eines Sohnes wurde, konnte sie so tun, als wäre sie nie Schwester gewesen. Ein zweites Kind traute sie sich nicht zu gebären, auch wenn ihr Mann Olaf bettelte und sie zu einem Psychiater schleppen wollte. Basta! Sie diskutierte nicht und zu einem Klappsdoktor würde sie nicht gehen. Keine Schwester für Tom! Dabei blieb sie. Dann konnte die Schwester, die nie geboren wurde, ihren Bruder auch nicht verlieren. So war Jules Denkmuster. Wer nicht streitet, der nicht verflucht, der nicht schuldig wird! Damit lebte es sich ganz gut. Im Frühling, im Sommer, im Herbst. Nicht im Winter! Aber der verging. Jedes Jahr ein bisschen schneller, so wie die Zeit nun mal verrinnt und es gut mit uns meint.

Es waren viele, viele Winter vergangen. Vielleicht siebzig an der Zahl? Wo waren die Jahre nur geblieben? Jule wohnte noch immer in ihrem Elternhaus. Es hatte sie nie weggezogen. Ihre Freundinnen wollten sie oft zum Fortziehen animieren. Das brachte sie nicht übers Herz, den Ort zu verlassen, an dem die Winter kalt und schneeverhangen waren und ihr und anderen knallrote Wangen zauberten. Sie erlaubte sich nicht, den Ort zu verlassen, an dem sie den Tod ihres eigenen kleinen Bruders verschuldet hatte. *»Ach, Marek!«*

Ihre Mutter war vor rund zwanzig Jahren verstorben, der Vater bereits vor dreiundzwanzig. Beide hatten zu Lebzeiten nicht im Geringsten geahnt, warum Jule gar nicht über Marek sprach. Jede und jeder trauerte für sich und das Leben nahm seinen Lauf, nur halt, ohne die Spuren Mareks zu verzeichnen. Er blieb ein Kleinkind in ihren Gedanken und wurde nie erwachsen. Das war sein Schicksal. Das war Jules Schicksal!

Jule liebte noch immer den Winter, heimlich jedoch und nicht mehr mit der Inbrunst der damals Siebenjährigen.

Jules Gicht war heute besonders schlimm und so ging sie nicht in den ersten Schnee des Jahres 2022. Sie saß jeden Tag bis zum Frühling am Fenster und schaute auf die Schneepiste, auf der sich kleine und große Winterliebhaber tummelten. *Winterliebhaber:innen hätte man heute gesagt*, kicherte sie innerlich und freute sich diebisch über die Wortklauberei. Die Enkelin ihrer besten Freundin bestand immer darauf, beide Geschlechter zu nennen. Doch sie genderte nicht. Dazu war sie schon zu alt, wie sie selber fand.

Der Todestag von Marek kam erneut, viele Jahre nach ihrer Kindheit – am 21. März. Ein furchtbarer, ungeliebter, sehr gehasster Tag. Sie hatte viele Jahre lang am 15. März die Seiten im Kalender rausgerissen und erst am 22. wieder zu zählen angefangen. Heute hatte sie ihn das erste Mal nicht teilzerstört. Sie schaute von ihrem Platz am Fenster auf den Kinder-Literaturkalender und betrachtete tieftraurig die Zahl 21. Die Tränen liefen ihr die Backen herab. »Wangen heißt das!«, krähte Marek in ihr Ohr, als stünde er neben ihr. Die Stimme war vielleicht nicht mehr dieselbe, aber nerven konnte er immer noch! Sie lächelte. Das erste Mal seit vielen Jahren konnte sie an Marek denken und verspürte sogar so etwas wie Fröhlichkeit.

Der Schnee draußen war die letzten Tage schon geschmolzen, das ein oder andere Schneeglöckchen guckte keck hervor. Sie schenkte sich einen Tee ein und verbrannte sich die Lippen. Immer passierte ihr das! Autsch, tat das weh.

»Was ist das dort? Schau mal, Jule-Oma«, sagte Finn, ihr kleiner Enkel, der übers Wochenende mit seinem Vater, ihrem Sohn Tom, zu Besuch war.

»Ist das ein goldener Schlüssel?«, krähte die Miniaturausgabe ihres Bruders, juchzte laut und riss die Tür auf, ohne sich Jacke oder Mütze zu holen. Er raste im Affentempo zum glitzernden Etwas.

Jule schrie: »Du holst dir noch den Tod!« und erschrak gewaltig über ihre Wortwahl. Der Satz schien bedeutungsvoll im Raum zu schweben.

»Quatsch«, frohlockte Finn und ignorierte den panischen Blick der Großmutter, die wie versteinert dastand.

»Jule-Oma, schau, das ist ein goldener Schlüssel! Ist das der, den du damals verloren hast?«

Jule hatte vor Schreck die Teetasse fallen lassen und ließ das Malheur auf der Erde zurück.

»Was tust du da, Jule-Oma?«, wunderte sich ihr Enkel lautstark. Sie kroch auf ihren arthritischen Knien bis in den hintersten Winkel ihres Schrankes und jubelte wie eine Siebenjährige, als sich ihre alten Finger um die Lieblingswunderkiste schlossen.

Finn, Jule-Oma und die gesegnete Kiste saßen nun am warmen Ofen, das Feuer prasselte und wärmte wohlig. Finn schaute seine Oma um Zustimmung bittend an, und sie nickte ihm zärtlich lächelnd zu.

Er betrachtete den zugegebenermaßen vergoldeten Schlüssel ein letztes Mal, aus Gold war er wohl nie gewesen. Er war in die Jahre gekommen. Finn schloss die Kiste mit zitternden Fingern auf. Sie knarzte, der Schlüssel ächzte. Jule seufzte, griff nach einem Stück Papier, das die Handschrift ihrer Mutter trug:

»Jule, mein liebes Mädchen. Vergiss nicht zu atmen! Immer, wenn du aufgeregt bist, hältst du den Atem an. Solange, dass ich manchmal glaubte, du würdest gleich in Ohnmacht sinken. Marek ist bei uns, sei dir dessen sicher. Und wenn du beschließt, deinen Schlüssel zu finden, wird er auftauchen. Und damit verzeihst du dir und deinem Schicksal. Ich weiß, das wird passieren! Dann, wenn du es erlaubst.«

Gute, liebe Mutter, dachte Jule voller Liebe und schaute auf den 21. März 2022. Den Tag, an dem sie den »goldenen« Schlüssel fand! Finn strich seiner Jule-Oma zärtlich über die Backe und schlief in ihren Armen ein, während Marek draußen seine Honigschnute ans Fenster presste. Doch das konnte Jule nicht sehen. Sie verschloss die Kiste selbstvergessen, legte ihren Enkel vor den Ofen und machte sich daran, die Scherben ihres Lebens aufzusammeln und zusammenzukehren. Sie würde die Tasse kleben und zu Marek ans Grab bringen. Das hätte ihm gefallen!

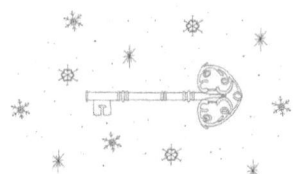

14. Ein Dorf aus der Vergangenheit
von Mathilda Louise

Der Schnee knirscht unter meinen Stiefeln. Mit jedem Ausatmen erscheinen kleine Wölkchen vor mir. Ich ziehe meinen Mantel enger um mich, in der leichten Hoffnung, dass er ein bisschen mehr Wärme an mich abgibt. Mit einem Finger berühre ich eins der Blätter. Eine dünne Eisschicht hat sich darüber gebildet. Fast magisch.

Etwas mehr Licht strahlt durch Bäume ein paar Meter vor mir. Fast so als sei der Wald gleich vorbei. Merkwürdig. War an dieser Stelle nicht letzten Winter eine Lichtung, die ich jetzt sehen müsste?

Langsam stapfe ich einen kleinen Hügel hinauf, auf die Bäume zu. Letztes Jahr war er, soweit ich mich erinnere, nicht hier. Aber vielleicht vertausche ich Orte, an denen ich im Urlaub war.

Ein Fachwerkhaus taucht vor mir auf. Nein, nicht nur eins. Bestimmt zwanzig Stück. Langsam biege ich in eine kleine Gasse zwischen den Gebäuden ein.

Tuscheln ertönt hinter mir. Ich wirbele herum. Niemand zu sehen.

Ich trete auf einen Platz. Der Boden unter meinen Füßen erbebt, sodass ich auf dem vereisten Boden ausrutsche. In dieser Gegend gibt es doch keine Erdbeben, oder? Langsam, um nicht sofort wieder hinzufallen, richte ich mich auf. Der Boden unter meinen Füßen bebt noch immer, aber es fühlt sich nicht nach einem Erdbeben an oder zumindest nicht so, wie ich mir eins vorstelle. Es ist ein leichtes Auf und Ab. Fast in Zeitlupe mache ich einen Schritt nach dem anderen, zurück durch die engen Häusergassen. Meine Lust, hier begraben zu werden, hält sich in Grenzen. Die Bäume, die mich zurück in den Wald führen, sind nur noch ein paar Meter entfernt.

Eine junge, rothaarige Frau tritt hinter einigen Fichten hervor. Sie muss ungefähr in meinem Alter sein … »Es ist eine zu große Gefahr für dich, hier weiterzugehen.«

Ich verdrehe die Augen. »Lass mich durch. Ich muss wieder zurück ins Hotel.«

»Es ist dir nicht möglich, in dieses *Hotel*«, bei dem Wort zieht sie eine Augenbraue hoch, »zu gehen. Wir werden für die nächsten fünfzig Jahre nicht mehr auf die Erde zurückkehren.«

»Was soll das heißen?« Meine Stimme klingt selbst in meinen Ohren schrill.

Sie verdreht die Augen. »Folge mir, bitte. Wahrscheinlich ist es besser, dir im Warmen zu erklären, wo du dich befindest.«

»Wie, wo ich mich befinde? Ich bin in der Nähe von Brensbach. Meine Eltern warten mit meinem Freund im Hotel auf mich.«

Seufzend legt sie mir eine Hand auf die Schulter. »Du solltest dich von dem Gedanken verabschieden, deine Eltern und deinen Freund wiederzusehen.«

Ich schlage ihre Hand weg. »Was soll das bedeuten? Bin ich in ein Ufo gestiegen und werde entführt? Was habe ich dir getan?« Tränen befeuchten meine Wangen. Mit einer Hand streiche ich über mein Gesicht.

»Uuufooo.« Sie schüttelt den Kopf. »Von so etwas habe ich noch nie gehört. Nein, du bist selbst hierhergekommen. Niemand von uns hatte vor, dich zu entführen. Wir sind … Wie beschreibe ich es am besten? Wir beobachten die Erde aus der Ferne. Quasi von oben. Beobachten, wie sie sich mit der Zeit verändert.«

Ich runzele die Stirn. »Kannst du bitte aufhören, in Rätseln zu sprechen?«

Sie öffnet eine Tür. »Möchtest du einen Tee?« Wir treten in einen kleinen Raum. In der Mitte steht ein Tisch mit vier Stühlen. Die Wände sind mit einer gemusterten Tapete, die aussieht wie aus dem vorletzten Jahrhundert, bedeckt.

»Nein, danke.« Es ist wahrscheinlich besser, wenn ich erst einmal nichts von ihr annehme. Wer weiß, was sie mir ins Getränk mischt.

»Früher oder später wirst du trinken müssen oder hast du gelernt, wie du fünfzig Jahre ohne jede Flüssigkeit auskommst?«

Mit zusammengepressten Lippen schüttele ich den Kopf.

»Also gut.« Die junge Frau kippt Wasser aus einer Art Kanister in einen Topf. Obwohl ich verneint habe, holt sie zwei Becher aus dem Schrank unter dem Herd. In beide kippt sie eine grüne Mischung. Ich lasse sie nicht aus den Augen, bis sie einen vor mich auf den Tisch stellt. Sie hat beide Getränke auf dieselbe Art hergestellt, da ist definitiv kein Gift drin. Sie scheint tatsächlich den Wunsch zu haben mir zu helfen.

Auf dem Stuhl mir gegenüber nimmt sie Platz. »Ich heiße übrigens Felizitas.« Sie schluckt. »In diesem Haus lebe ich mit meinen Eltern …«

»Warum hat der Boden vorhin gebebt? Warum habe ich das Gefühl, dass er immer noch wackelt?«, frage ich, ohne auf ihre Worte einzugehen.

»Du weißt es wirklich nicht? Ich dachte, du wärst absichtlich hierhergekommen. Das passiert ab und zu. Manche Menschen möchten nicht mehr auf der Erde leben …« Sie schluckt. »Schon seit Jahrhunderten ist niemand mehr unwissend hier aufgetaucht.«

Die Tür öffnet sich. »Felizitas! Du weißt, dass du die junge Frau nicht mit hierher nehmen konntest! Das verstößt gegen unsere Regeln.«

Felizitas seufzt. »Mutter! Sie hat keine Ahnung, wo sie sich befindet, und war ziemlich verwirrt über diesen Ort hier. Ich konnte sie nicht den anderen ausliefern.«

»Du kannst nicht gegen unsere Regeln verstoßen, die seit Jahrhunderten stehen. Sie muss das Ritual erleben, um Teil unserer Gemeinschaft zu werden.«

Ich springe auf. »Ich will nicht Teil dieser Gemeinschaft werden. Irgendjemand soll mir endlich sagen, was hier verdammt noch mal los ist, damit ich endlich wieder zurück ins Hotel gehen kann.«

Felizitas' Mutter starrt mich mit offenem Mund an. Sie streckt eine Hand nach mir aus, während sie auf mich zugeht. »Es tut mir leid, mein Kind, aber ich sehe keine Möglichkeit für dich, wie du dich dem Ritual entziehen kannst. Du kannst nicht mehr nach Hause zurückkehren.«

»Vielleicht gibt es doch eine Möglichkeit, Mutter.« An mich gewandt fährt Felizitas fort: »Wir leben auf einem riesigen geflügelten Wesen. Unsere Vorfahren haben, wie du, auf der Erde gelebt und sich irgendwann dagegen entschieden. Sie haben mit dem Wesen, das halb Pferd und halb Adler ist, kommuniziert und die Erlaubnis erhalten, von da an bis in alle Ewigkeit hier zu leben. Sie haben Häuser gebaut, Felder angelegt und ein zufriedenes Leben geführt. Alle fünfzig Sommer landeten sie auf der Erde, so konnten sie aus der Ferne beobachten, wie sich diese veränderte. Sie beschlossen, eine Bibliothek zu erbauen, in der sie die Veränderung dokumentieren konnten. Ein paar hundert Jahre, nachdem sie sich auf den Weg gemacht hatten, kam ein Mensch, genau wie du, unfreiwillig hierher. Wie die Geschichte damals ausgegangen ist, weiß niemand. Manche sagen, er konnte vor der Zeit zurückkehren, andere sagen, nach fünfzig Jahren sei er als alter Mann auf die Erde zurückgekehrt, und wieder andere sagen, dass er hier gestorben ist.«

»Aber was immer es ist, mein Kind, ihr werdet es herausfinden. Felizitas, bitte stell sie dem Ältestenrat vor. Er wird wissen, was zu tun ist.«

Felizitas nickt. »Natürlich, Mutter.« Sie schaut zu mir. »Bitte folge mir.«

Die Gassen, durch die wir stiefeln, sind noch enger als die, die ich beim ersten Mal entlanggelaufen bin. Die Häuser sind so eng nebeneinander gebaut, dass wir manchmal ein paar Schritte seitwärts machen müssen. In einem Kurs, der mir wie ein Slalom vorkommt, führt Felizitas mich auf den Platz, den ich vorhin allein schon betreten habe.

»Hier ist unser Platz für Feiern jeder Art«, erklärt Felizitas. »Und dahinten«, sie deutet auf ein Gebäude, das ein bisschen größer ist als alle anderen, »ist der Hauptsitz des Ältestenrates.« Auf die Außenwand ist ein Bild gemalt, das eine Krönung zeigt. Ich verdrehe die Augen. Etwas Kreativeres ist den Leuten hier wohl nicht eingefallen.

»In unserem Dorf gab es nie einen König. Das Bild wurde inspiriert von Büchern, die wir von der Erde mitgenommen haben.«

Immer schneller und schneller scheint der Hauptsitz des Ältestenrats näher zu kommen. Ob sie mir helfen können? Ich schlucke. Oder werden sie sich etwas einfallen lassen, wie sie mich hier festhalten können? Als ob das schwer wäre, hier, hoch oben in der Luft. Es gibt bestimmt Arbeiten hier, die die Einwohner ungern erledigen und gerne an Fremde weitergeben würden.

Der Boden unter unseren Füßen erbebt – hätte Felizitas nicht nach meinem Arm gegriffen, wäre ich wieder hingefallen.

»Danke«, murmele ich leise.

Ein bisschen langsamer als vorher gehen wir auf das Gebäude zu. Auf einer Matte, die wie ein Handtuch aussieht, klopfe ich meine Schuhe ab. Felizitas verteilt den Schneematsch an ihren Schuhen bereits auf der Treppe. So schnell es mir möglich ist, ohne auf dem feuchten Boden auszurutschen, eile ich hinter ihr her. Oben angekommen, führt sie mich einen kurzen Flur entlang in einen Raum mit einem runden Tisch. Er besitzt keine Tür. An dem Tisch sitzen zwei Menschen, ein Mann, der einen veralteten Anzug trägt, und eine Frau, die in einem Kleid, das Marie Antoinette in jungen Jahren getragen hätte. Die Beiden starren uns oder eher mich an.

»Felizitas, wen hast du uns mitgebracht?«

»Sie ist durch ein Versehen hierhergekommen. Gibt es eine Lösung, wie sie zurück nach Hause gehen kann?«

Die Frau seufzt. »So einen Fall gab es erst einmal in unserer gesamten Geschichte. Wir können euch nicht helfen. Es ist zu lange her, als dass wir uns daran erinnern könnten.«

»Doch seit wir denken können, befinden sich in unserer Bibliothek Chroniken unserer Stadt«, fügt der Mann hinzu. »Falls es eine Möglichkeit gibt, wie unsere Besucherin unsere Stadt verlassen kann, findet ihr sie dort.«

Die Frau erhebt sich. Sie trägt ein bodenlanges Kleid, das wahrscheinlich im letzten Jahrhundert mal modern war, heute aber definitiv nicht mehr. Ohne ein Wort zu uns zu sagen, schreitet sie an uns vorbei aus dem Raum.

Felizitas bedeutet mir mit einer Handbewegung, ihr zu folgen.

»Was machen wir hier?«, flüstere ich ihr zu. Felizitas legt eine Hand auf ihre Lippen.

Ein paar Schritte später betritt die Dame einen Raum, eine Art Büro mit einem riesengroßen Schreibtisch. Sie setzt sich auf den, mit kunstvoll eingeschnitzten Blüten verzierten, Stuhl. Nacheinander zieht sie Schubladen auf. »Endlich.« In ihrer Hand liegt ein goldener Schlüssel. »Kaspar wird euch bei der Suche helfen.« Die Frau legt den Schlüssel in Felizitas' Hand, an mich gewandt fährt sie fort: »Bitte sei nicht enttäuscht, falls es keinen Weg für dich gibt, zurückzukehren.«

Mit zusammengepressten Lippen nicke ich. Am liebsten würde ich losheulen.

»Kommst du?«, ertönt Felizitas' Stimme an meinem Ohr. »Oder hast du dich doch dazu entschieden, hierzubleiben?«

Ich schüttele den Kopf. »Nein, nein, habe ich nicht.«

Die Fremde lächelt mich an. »Falls wir uns nicht mehr sehen: Es hat mich gefreut, dich kennenzulernen.«

»Mich ebenfalls. Ich danke Ihnen von ganzem Herzen.«

Mit schnellen Schritten folge ich Felizitas aus dem Gebäude, wieder geht es durch enge Gassen, in ein unscheinbares Haus, das sich von den anderen nicht im Geringsten unterscheidet. Nur das Schloss sieht anders aus als die anderen. Irgendwie schicker, prunkvoller und natürlich ist es golden. Felizitas dreht den Schlüssel und schiebt die Tür auf.

Vor uns, neben uns, selbst an den Wänden neben dem Eingang, sind vollgestopfte Bücherregale. Ein Poltern ertönt, Sekunden später taucht ein junger Mann zwischen den Regalreihen auf.

»Mein Name ist Kaspar.« Sein Blick ruht einige Sekunden lang auf mir. »Wie kann ich euch helfen?«

»Ich möchte zurück nach Hause«, komme ich Felizitas, die bereits den Mund geöffnet hat, zuvor.

»Ah, du bist unfreiwillig hier. So etwas gab …«

»In Ihrer Geschichte erst einmal«, unterbreche ich ihn.

Er nickt. »Wie ich sehe, wurdest du bereits informiert. Bitte folgt mir.« Auf dem Weg durch die Regalreihen hindurch müssen wir hintereinander hergehen. Kaspar zieht immer wieder neue Bücher heraus. Die Regale lichten sich. Ein großer Tisch taucht vor uns auf. »Hier können sich alle zurückziehen, um zu lesen.« Er seufzt. »Leider kommen viel zu wenige hierher.« Vorsichtig stellt er den Bücherstapel auf dem Tisch ab. »In jedem dieser Bücher könnte was stehen, was uns hilft. Ich würde sagen, wir haben eine lange Nacht vor uns.«

»Ich danke dir, Kaspar.«

»Das hier«, er macht eine Handbewegung, die vermutlich die gesamte Bibliothek einbeziehen soll, »ist meine Berufung. Mein Onkel hat mich immer mit hierher genommen, als ich klein war.«

»Klingt nach einer schönen Kindheit«, murmele ich, schnappe mir das oberste Buch vom Stapel und schlage es auf. Die Seiten sind bereits leicht vergilbt, die Schrift klein und in einer schnörkeligen Handschrift.

Felizitas und Kaspar greifen ebenfalls ein Buch, wobei Kaspar am schnellsten ist, eine Millisekunde sieht er auf jede Seite, bevor er weiterblättert.

»So finden wir nie etwas.« Felizitas seufzt. »Diese Schrift ist viel zu schwer zu entziffern.«

Kaspar lacht. »Wahrscheinlich habe ich mich zu sehr daran gewöhnt, sie jeden Tag zu lesen. Wie wäre es, wenn ihr uns Trinken holt? Vielleicht werde ich in der Zwischenzeit fündig.«

»Fabelhafte Idee«, stimme ich zu.

Immer wieder streiche ich über Bücher. Wie findet sich Felizitas hier bloß zurecht? Durch dieses endlose Bücherlabyrinth folge ich ihr bis in eine kleine Küche. Selbst hier liegen überall, wo Platz ist, Bücherstapel. Auf dem Boden, auf dem Tisch, selbst auf zwei Stühlen.

»Kaspar sollte mal aussortieren«, murmele ich.

»Oh, ja, aber er weigert sich. Er ist der festen Überzeugung, jedes dieser Bücher wird irgendwann wieder gebraucht. Vielleicht nicht von uns, aber auf jeden Fall von nachfolgenden Generationen.« Sie holt Tassen aus einem Schrank und füllt Wasser in einen Kessel, den sie über ein Feuer hängt. Wie kommt es, dass das Feuer die ganze Zeit über brennt? Hat Kaspar keine Angst um seine Bücher?

Einige Minuten später hören wir es brodeln, mit etwas, das eine große Ähnlichkeit mit Backhandschuhen hat, nimmt sie den Kessel und füllt die heiße Flüssigkeit in die Tassen.

Ich nehme mir zwei und folge ihr durch das endlose Labyrinth zurück zu Kaspar. Der sitzt an dem Tisch und grinst uns an. »Ihr glaubt nicht, was ich gefunden habe!«

»Was hast du denn gefunden?«, frage ich so gefasst wie möglich, während ich eine der Tassen vor ihm abstelle.

»Um zur Erde zurückzukehren, musst du dich auf deine Magie besinnen.«

»Und das soll was genau heißen?«

»Jeder Mensch hat Magie in sich, die er im Einklang mit der Natur hervorholen kann«, erklärt Felizitas mir. »Was soll sie mit ihrer Magie machen?«

»Sie muss Kontakt zu dem Wesen aufnehmen, das uns trägt und beschützt. Es wird entscheiden, ob sie würdig ist.«

Ich schlucke.

»Das ist leichter als du denkst. Wir sind dir zu Dank verpflichtet, Kaspar.«

Aus einem Impuls heraus umarme ich ihn. »Das werde ich dir nie vergessen.«

Kaspar errötet. »Das ist meine Berufung. Ich habe das gerne gemacht.«

Felizitas klatscht in die Hände. »Wir haben nicht ewig Zeit oder hast du dich jetzt doch dazu entschieden, hierzubleiben?«

Ich schüttele den Kopf. »Nein, natürlich nicht.«

»Kann ich euch bei eurem Vorhaben noch behilflich sein?«

»Wenn du weißt, wie ich meine innere Magie finde.«

Er nickt. »Folgt mir.«

Hintereinander gehen wir drei aus der Bibliothek. Ich ziehe den Reißverschluss zu, während ich Kaspar und Felizitas durch die Gassen folge, bis wir an den Bäumen ankommen. Die beiden lassen sich im Schneidersitz auf dem Boden nieder.

»Setz dich zu uns.«

Ich seufze und lasse mich langsam zwischen sie sinken.

»Schließ deine Augen. Berühr den Schnee, fühle den Boden unter dir und spüre die Natur.«

Der Schnee schmilzt unter meiner Hand. Mein Bauch kribbelt wohlig warm und plötzlich werden meine Hände heiß. Ich fahre zusammen.

»Was ... möchtest ... du?« Die Stimme in meinem Kopf ist rau.

»Ich will nach Hause zurück.« Bilder von der Erde tauchen in meinen Gedanken auf.

»Was ... kannst ... du ... uns ... bieten?«

»Ich ... Ich weiß nicht. Was verlangt ihr?«

»Nun ... am ... besten ... ist ... Wissen.«

»Was möchtet ihr wissen?«

»Wie ... die ... Menschen ... heute ... leben ...«

»Ich kann es euch zeigen.«

»Nein ... damit ... könnten ... die ... Menschen ... nichts ... anfangen ... Du ... hast ... einen ... Mondzyklus ... um ... es aufzuschreiben ...«

Meine Hände sind eiskalt. Ich zittere am gesamten Körper.

»Was hat sie gesagt?«

Ich spüre Tränen aufsteigen. »Sie hat gesagt, dass ich einen Mondzyklus Zeit habe, aufzuschreiben, wie das Leben auf der Erde ist, bevor ich zurückkehren darf.« Was soll ich meinen Eltern erzählen? Und meinem Freund? Werden sie denken, dass ich tot bin, wenn keine Leiche da ist?

»Du schaffst das!« Felizitas streicht über meinen Rücken. »Bald bist du wieder zurück.«

»Ja«, murmele ich.

Von da an verbringe ich die Nächte in Felizitas' Haus, und die Tage meistens in der Bibliothek. Den goldenen Schlüssel darf ich mir selbst holen. Manchmal begegne ich dort Menschen, die ich nicht kenne, manchmal sind nur Kaspar und ich dort. Ein paar wenige Male werde ich von Felizitas begleitet. Ich schreibe und schreibe. Alles über das Leben auf der Erde, was ich weiß. Bis der Tag, den ich die ganze Zeit sehnsüchtig erwarte, endlich kommt. Mit Kaspar und Felizitas stehe ich zwischen den Bäumen. Zu

Beginn können wir nur Weiß unter uns und um uns herum erkennen. Irgendwann tauchen die bunten Farben der Erde wieder auf, Bäume sind zu sehen und Autos. Ein Rucken, und wir sind auf der Erde. Ich schaue erst zu Felizitas, dann zu Kaspar. »Ich werde euch vermissen. Und danke für eure Hilfe.«

Felizitas macht einen Schritt vor und zieht mich in eine feste Umarmung. »Es hat uns gefreut, dich kennenzulernen.«

Kaspar ergreift meine Hand. »Du wirst uns als treue Freundin in Erinnerung bleiben.«

»Und jetzt geh dorthin, wo du hinmusst.«

»Danke.«

Langsam tapse ich den Hügel hinunter, der mein Leben vor einem Monat verändert hat. Ich befinde mich wieder im selben Wald, jedenfalls soweit ich das erkennen kann. Ob meine Familie noch im Hotel ist? Je näher ich dem Hotel komme, desto schneller werden meine Schritte. Ich atme aus, als es endlich vor mir auftaucht. Ein paar Menschen schlendern hinein und ein paar kommen hinaus.

»Mein Name ist Isabella Strohtal. Ist meine Familie noch da?«, frage ich mit lauter Stimme, noch während ich auf die Rezeption zueile.

»Isabella?« Mein Freund eilt auf mich zu. »Wo zum Teufel warst du?«

Ich falle ihm um den Hals. »Ich bin so froh, dich wiederzusehen!«

»Wo warst du, Isabella?«

»Das ist eine lange Geschichte. Die erzähle ich dir ein anderes Mal. Sollen wir nach Hause fahren?«

Er schüttelt den Kopf. »Nein, den Weihnachtsabend heute verbringen wir hier, mit deinen Eltern.« Er nimmt meine Hand. »Himmel ich bin so froh, dich wiederzusehen.«

»Sie sind noch hier?«

»Natürlich«, erwidert er lächelnd. »Es hat sich falsch angefühlt, ohne dich nach Hause zu fahren. Wir hatten Angst, dort nie zu erfahren, ob eine Leiche von dir gefunden wurde, oder nicht.

Naja, nach zwei Wochen, sind wir nach Hause gefahren, aber wir wollten hier sein. Ich habe es dort nur ein paar Tage ausgehalten, bevor ich wieder hergekommen bin, um dich zu suchen.«

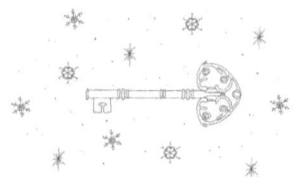

15. Eine Adventsgeschichte
von Tino Breitenbach

Der Hauch des Winterwinds zerzaust dem Jungen mit dem blauen Pyjama das Haar. Hier und da wirbeln kleine Kristalle auf. Die Nadelbäume lassen den Luftstrom nur widerwillig durch die Äste. Runes nackte Füße stecken im Schnee. Steif und mit glasigen Augen schaut das Kind in den Wald. Ab und zu zittert es kurz vor Kälte.

Rune ist sich sicher. Er kann nichts dafür. Silas ist es gewesen. Er hat ihn dazu gezwungen. Von allein hätte er so etwas niemals gemacht. Nicht einmal auf die Idee wäre er gekommen.

Wären sie doch nie hier rausgefahren! Er mag die Holzhütte nicht, hat sie noch nie gemocht und jetzt wird sich das auch nicht mehr ändern. Nie wieder will er hierher. Indianerehrenwort, geschworen, in die Hände gespuckt und die Hand darauf gegeben.

Er sinkt im Weiß auf die Knie. Die nasse Kälte kriecht in den Stoff seiner Schlafanzughose und greift mit eisigen Fingern nach seiner Haut. Apathisch schaut er auf den Schlüssel in seiner steifen Hand. Den braucht er nun nicht mehr. Geräuschlos fällt er in den Schnee und wird davon verschluckt.

Alles ist eine Lüge. Alles. Der Junge zittert noch ein letztes Mal ungehalten und kippt mit dem Gesicht nach vorn in die eisige Schneedecke.

Er will sterben.

Und vielleicht tut er das auch.

Rune hüpft in den Schnee und versinkt darin etwas mehr als knöcheltief. Er wirft die Autotür hinter sich zu und lässt sich rückwärts fallen. Mit Armen und Beinen rudert er herum und schaut in den eisblauen, wolkenlosen Himmel. *Mein erster Schneeengel*, denkt er und lacht.

Er springt auf und rennt los.

»Hey!«, ruft sein Vater. »Hiergeblieben! Nimm deinen Rucksack mit!« Er lächelt ihn über das Dach des Autos an und schlägt mehrmals mit der flachen Hand auf das Blech. Das kann er, weil das Auto alt ist. Sie können sich nicht so einen SUV leisten wie die Eltern seiner Mitschüler und Freunde. Überall rostet die Karre, hat seine Mutter mal gesagt. Aber sein Vater hat nur darüber gelacht und gemeint, solange die Kiste sie noch von A nach B bringen würde, sei der Wagen ein vollwertiges Familienmitglied.

Schlurfend und mit den Händen in den Hosentaschen stapft Silas an ihm vorbei. Sein blondes, etwas zu langes Haar fällt ihm ins Gesicht. *Fehlt bloß noch*, denkt Rune, *die stinkende Zigarette im Mund. War klar, dass der nicht helfen braucht.* Das ist er aber gewohnt.

Schnell watet er wieder zurück, schultert seine Siebensachen und entwendet seinem Vater die Schlüssel zur Hütte. »Ich mach auf.«

»Pass auf den Nagel im Flur auf, nicht, dass du dir das Auge ausstichst.«

»Ja, Papa.«

»Steckt das Ding noch immer in der Wand?«, fragt seine Mutter.

»Ich werde ihn heute noch herausziehen.« Er gibt ihr einen Kuss. »Versprochen.«

Angeekelt dreht sich Rune um. »Igitt!«

Sie lachen.

»Mach schon auf«, grummelt Silas. »Ich will rein.«

»Locker bleiben«, sagt Rune und schließt die Tür auf.

Drinnen riecht es ein wenig muffig. Zwar ist vor kurzem die alte Luise dagewesen und hat saubergemacht und gelüftet, aber ein Haus nimmt Gerüche auf, die es selten wieder loswird. Der Nagel lugt auf Kopfhöhe beinahe zehn Zentimeter aus dem Holzständer, und obwohl er weiß, dass er da ist, wäre er beinahe hineingelaufen. »Papa hat gesagt, er hat einen Haufen Geld dafür bezahlt und er hat keine Ahnung, warum sie den *Scheißnagel* nicht herausgezogen haben.«

Silas grunzt. Gelangweilt schaut er aus dem Fenster. »Ist richtig viel los hier.«

»Ja«, stimmt Rune ihm zu. »Aber darum geht es nicht. Weihnachten soll besinnlich sein.«

»Sagt wer?«

»Sagt Mama, wer sonst?«

»Wer sonst.«

»Das schaffen wir schon. Die paar Tage sind im Nullkommanichts vorbei.«

Silas dreht sich um und lehnt sein Hinterteil an den Fenstersims. »Was soll hier schon anders werden? Bloß weil Weihnachten in einer mit Schnee umgebenen Berghütte *gefeiert* wird, soll es anders werden? Nur ein Idiot glaubt das.«

»Mama und Papa glauben das.«

»Hm.«

Rune springt aufs Bett und starrt an die Decke. »Zumindest ist das Bett weich.«

»Vier beschissene Tage.«

»Vielleicht«, sagt der Kleine, »wird es nicht ganz so schlimm.«

Mit rollenden Augen fläzt sich Silas in den einzigen Stuhl im Raum. »Ich hasse es jetzt schon.«

Mitten auf dem Tisch steht eine halbvolle Flasche Wein, umringt von Fleisch, Kartoffeln, Gemüse und Soße. Es riecht richtig gut. Der Duft von Alkohol kriecht in Runes Nase. Die beiden Jungs wissen, was das bedeutet. Es wird Ärger geben. Wenn noch nicht jetzt, dann irgendwann während des Essens. Wenn sie ganz viel Glück haben, sogar erst später. Aber das ist halt immer so eine Sache.

»Ich hab es doch gesagt.« Silas rempelt Rune an. »Sie können es nicht lassen.«

»Nicht so laut.«

»Als wenn es die beiden interessiert, was ich zu sagen habe.«

Sein Vater räuspert sich. »Iss«, sagt er knapp. Seine Augen haben den gewissen Glanz. Rune sollte nun genau das machen, was ihm ab jetzt aufgetragen werden wird. Ganz ohne Widerworte. Widerworte beschleunigen alles nur und machen es auch noch schlimmer. Na, das wird ein supertolles Fest werden.

Rune macht sich den Teller voll. Mama hat sich richtig Mühe gegeben. Sie kann echt gut kochen, findet er. Nicht immer. Leider meist erst dann, wenn sie schon eine halbe Flasche Rotwein getrunken hat. Aber auch so hat sie ein Händchen dafür.

»Schmeckt super«, sagt er.

»Natürlich«, brummt sein Vater. »Kochen kann sie, nur nicht die Beine breitmachen.«

Was das nun bedeutet, kann sich Rune nicht wirklich vorstellen. Warum sollte Mama das tun? Er übergeht das Gesagte, wie immer in solchen Situationen. Es ist besser so.

»Wenn du mit dem Essen fertig bist, gehst du für heute in dein Zimmer, hörst du? Ich muss mit deiner Mutter etwas *besprechen*.« Er grinst süffisant.

»Aber ich will draußen mit Silas spielen!«

Bevor Rune reagieren kann, knallt es. Sein Kopf fliegt zur Seite. Kartoffelstückchen und etwas vom Gemüse fliegen durch die Luft. Seine Wange brennt. Er hätte es wissen müssen. Die Augen werden feucht. Jetzt bloß nicht noch heulen. Bloß nicht heulen.

Als er sich wieder zum Tisch dreht, sieht er einen wütenden Vater vor sich. Rot angelaufen ist er, der Mund böse verzogen. Der Zeigefinger auf Runes Nase gerichtet. »Tu, was ich dir sage, Freundchen.«

Er sucht nach Hilfe und schaut seine Mutter an. Aber sie blickt hinunter auf ihren Teller, stochert im Essen herum und schiebt sich ein paar Erbsen in den Mund.

»Und verschone mich mit deinem *Silas*, hörst du? Es gibt keinen Silas!«

Jetzt lenkt seine Mutter doch ein. »Sag das nicht. Du weißt, was der Psychologe gesagt hat. Und Dr. Wieland hat dem zugestimmt.«

»Halt deine Klappe, sonst fängst du dir auch noch eine ein.«

Sie steht auf. *Was macht sie da?*, denkt Rune. *Sie will doch nicht widersprechen? Das passt nämlich gar nicht zu ihr.*

»Mir reichts! Wir sind hier rausgefahren, um von allem mal Abstand zu nehmen. Es sollten ein paar besinnliche Weihnachtstage werden. So wie das jetzt aussieht, ist das wohl ein Reinfall, bevor die Feiertage überhaupt begonnen haben.« Sie schmeißt das Besteck auf den Teller, der kläglich in zwei Hälften zerspringt, und geht. Soße läuft zwischen die guten Porzellanhälften, rinnt über die Tischdecke und kleckert auf den Holzboden.

»Wird mal Zeit, dass sie was sagt.«

Rune nickt. »Ja. Hätte schlimm enden können.«

»Wie geht es deinem Gesicht?«

»Geht schon.« Die Wange brennt noch unangenehm. Er drückt den Schnee zwischen den Händen zusammen und wirft den Ball Silas zu. Der versucht erst gar nicht zu fangen und lässt die Hände in den Hosentaschen vergraben.

Von drinnen hören sie Geschirr klappern. Rune schätzt, dass Mama sich wieder zusammengerissen hat und nun den Abwasch macht.

»Du solltest was unternehmen.«

Resigniert lässt er die Schultern hängen. »Was soll ich schon machen?«

Silas schaut nach oben. Die Sonne steht niedrig und der Himmel ist wolkenlos. »Du musst etwas tun, da wirst du nicht drum herumkommen. Ich jedenfalls würde mich wehren.«

»Natürlich würdest du das.«

»Hier!« Silas wirft ihm etwas zu, das er auffängt.

»Was soll ich damit?«

»Das ist ein Schlüssel.«

»Ja, das sehe ich. Aber was kann ich damit aufmachen?«

Silas lächelt verschmitzt und vergräbt die Hände wieder in den Hosentaschen. »Alles.«

»Was meinst du damit?«

»Na, alles eben. Der öffnet die Dinge, die normalerweise nicht zu öffnen sind. Der schließt alles auf. Sogar dich selbst.«

»Mich selbst?«

»Klar. Wenn du ihn festhältst und damit die Tür in deinem Kopf und in deinem Herzen aufmachen willst, dann macht der das.«

Rune lacht. »Natürlich.«

Silas nickt ernst.

»Blödsinn.«

»Behalte ihn einfach.« Dann wendet er sich der Hütte zu und schlägt diese Richtung ein. »Wenn du ihn brauchst, dann wird er dir nützen. Spätestens dann, wenn du dich zur Wehr setzen willst. Und im Fall, dass du das tust, weil dir der Schlüssel die richtige Tür öffnet, wirst du mir danken.«

»Wohin gehst du?«

Silas antwortet ihm nicht.

»Ich will noch nicht zurück!«

Silas scheint das nicht zu interessieren, er stiefelt weiter durch den Schnee.

Was soll er jetzt tun? Gedankenverloren dreht Rune den Schlüssel zwischen seinen Fingern, die schon beinahe taub vor Kälte sind. »Es ist ein stinknormaler Schlüssel«, grummelt er. Hier und da glänzt ein wenig Messing. Vielleicht ist das auch Gold, aber das glaubt Rune nicht. Warum sollte Silas ihm einen Schlüssel aus Gold geben, der angeblich alles öffnet, was er will und einiges, was man wahrscheinlich gar nicht öffnen *kann*? Den Kopf und sein Herz. Wie albern! Möglicherweise ist das einfach nur eine Metapher, auch wenn er nicht wirklich weiß, was dieses Wort bedeutet.

Ein Stück Käsekuchen befindet sich auf seinem Teller. Er liebt Käsekuchen. Aber statt ihn zu essen, stochert er mit der Gabel in ihm herum.

Diesmal sitzen sie nur zu dritt am Tisch. Wo Silas jetzt ist, weiß Rune nicht. Er macht sich Sorgen, das ist nämlich so gar nicht sein Stil. Wo ist er hingegangen? Hat er die Dinge für sich selbst in die Hand genommen und sich aus dem Staub gemacht? Er könnte es ihm nicht verdenken, auch wenn das gemein wäre, wenn er nun für immer alleine sein muss.

Er solle etwas unternehmen, hat er gesagt.

Rune erschreckt sich, als sein Vater das Glas neben seinem Teller auf die Tischplatte knallt. Roter Wein schwappt über und besudelt seinen Käsekuchen. »Trink mal was, damit du locker wirst«, krächzt er.

Schüchtern schaut er zu seiner Mutter rüber.

»Die hat nix zu sagen, Junge.« Er schiebt das Glas weiter zur Kante. »Wenigstens mal ein Glas, bist ja kein kleines Kind mehr. Und eine Memme willst du doch auch nicht werden, stimmts?«

Rune wird es heiß. Zorn und Wut steigen in ihm auf. Aber er *ist* ein Kind! Eine Hand wandert zu dem Schlüssel in seiner Hosentasche, zu dem Schlüssel, den Silas ihm gegeben hat. Der ist für alles, hat er gesagt, und dass er sogar die Tür in seinem Kopf und die in seinem Herzen aufschließen kann. Es sei nur ein stinknormaler Schlüssel, hat er geantwortet.

Doch jetzt fühlt er, dass dem nicht so ist. Von ihm geht eine Macht aus, die ihn durchströmt. Er umklammert ihn fest.

»Hey, ich rede mit dir!«

»Der Schlüssel öffnet alles«, sagt Rune.

Silas steht nun in der Tür und nickt ihm zu.

»Was redest du da für eine Scheiße? Was für ein Schlüssel?«

Anstatt zu antworten, stemmt sich Rune auf. Der Stuhl kippt nach hinten über. Gläser klirren und zerspringen. Die Angst in Rune ist verschwunden, zum ersten Mal so richtig. Mit der Linken hält er den Schlüssel fest im Griff, mit seiner rechten Hand greift er blitzschnell nach dem Kuchenmesser.

Sein Vater weicht zurück. Mama springt leichenblass vom Stuhl und rennt aus dem Zimmer, stolpert und fällt in den Flur. Ein kurzes, ersticktes Geräusch, dann ist dort alles ruhig.

Vor Runes Augen wird es schwarz. Er hört seinen Vater zum ersten und letzten Mal in seinem Leben panisch schreien. Sirrend zerschneidet das Messer nicht nur die angenehme Weihnachtsluft. Irgendetwas spritzt in sein Gesicht. Es ist Rune total egal. Er weiß, dass der Schlüssel seinen geheimsten Wunsch geöffnet hat, denn der Schlüssel öffnet alles.

Er will sterben.

Und vielleicht tut er das auch.

Alles ist eine Lüge. Wirklich alles. Sein blutverschmiertes Gesicht liegt vornüber in der eisigen Schneedecke.

»Ist nicht meine Schuld«, sagt Silas.

Rune sagt nichts, er will sterben. Hat das alles der Schlüssel gemacht? Oder ist es einfach er selbst gewesen? Oder Silas?

»Los, steh auf«, sagt Silas. Rune weiß, dass er die Hände in den Hosentaschen vergraben hält. Das macht er immer. »Lass uns weg hier. Ich hasse diesen Ort.«

Der Wind haucht leise über Runes Kopf. Die Bäume raunen ein wenig und lassen hier und da ein paar Äste knarzen.

Er hat es nicht gewollt. Und außerdem ist er doch gar nicht in der Lage, so etwas zu tun, oder? Nein, ist er nicht, aber Silas traut er solche Taten schon zu.

Doch das ist alles nicht mehr wichtig. Er will nämlich sterben. Genau hier und am besten auch jetzt.

Und vielleicht tut er das auch.

16. #Hexenweihnacht – die Wahrheit
von Jenny Schnickers

Talvy stöhnte und fluchte vor sich hin. Obwohl sie magisch nachgeholfen hatte, war der Sack unglaublich schwer. Ächzend zerrte sie an dem Ding. Dort drinnen tönte Musik, es klapperte, vibrierte und klingelte. Außerdem hätte sie schwören können, Gelächter gehört zu haben. Bestimmt wieder so ein beschissener Clown. Die verdammten Geschenke wurden auch jedes Jahr größer und schwerer. Drohnen und Mini-Quads wogen eben mehr als Holzklötzchen. Talvy verdrehte die Augen, atmete tief ein und aus.

»So 'ne Scheiße!«, brüllte sie und zog mit geröteten Wangen den Sack zum Auto. Er hinterließ tiefe Furchen im Schnee. Endlich hatte sie ihn dort, wo er sein sollte. Fehlten noch 2067. Wo blieben die anderen?

Typisch, mit ihr konnte man es ja machen. Andere hatten die Kacke ein klein wenig mit verzapft, aber sie sollte die Suppe ganz allein auslöffeln. Die Sünde, die sie nie würde loswerden können. Same procedure as last year. Same procedure as every year.

Endlich erklang das vertraute Sirren, auf das Talvy gewartet hatte. Besen am Nachthimmel.

»Schön, dass die Damen auch mal endlich eintrudeln!«, begrüßte sie die Frauen spöttisch, die elegant ihre Besen im Schnee landeten. »Ist ja nicht so, als wäre hier nicht genug zu tun …«, ätzte sie und machte eine ausladende Geste.

»Entschuldige Talvy, ich musste Robin erst bei meinem Ex abladen«, antwortete Kella, als sie ihren Besen an die Hauswand lehnte. Enkla schwieg und zuckte die Achseln. Selina hingegen würdigte sie keines Blickes, kramte ihr Handy aus der schicken Designertasche hervor, vermutlich mal wieder ein unverwechselbares Einzelstück, und drückte routiniert darauf herum, bis die Videoaufzeichnung startete. »Hey Leute, wie jedes Jahr beteilige ich mich an einer geheimen Charity-Aktion. Geheim, weil sonst leider die Sache in den Hintergrund gerät«, sprach sie in einem Singsang hinein. Selina ließ einen goldenen, verschnörkelten Schlüssel in ihrer Hand aufblitzen und hielt ihn in die Kamera. »Der Schlüssel zum Erfolg ist Liebe. Verteilt Liebe in der Welt! Seid der Schlüssel!«, säuselte sie und beendete die Aufzeichnung mit einem bezaubernden Lächeln. Sie war wirklich eine wahre Social-Media-Meisterin.

Talvy glotzte sie fassungslos an.

»Dein Ernst?!«, fragte sie entgeistert.

»Ich muss meine Follower auf dem Laufenden halten. Regelmäßigkeit und Qualität sind das A und O des Postens«, sagte sie hochmütig und bedachte Talvy mit einem zerstörenden Blick.

Diese bekloppte Influencer-Kacke. Egal. Sie beschloss, es gut sein zu lassen. Jeder musste irgendwie seine Brötchen verdienen. Selina war eben aktuell Influencerin, egal wie bescheuert Talvy das fand. Sie selbst arbeitete in der Verwaltung einer Kläranlage, Kella war Partnerin in einer Rechtsanwaltskanzlei, Enkla schlug sich als Stuntfrau durch und die Oberste war Inhaberin einer PR-Agentur.

»Dann mal ran, die Damen, wir liegen nicht gerade im Zeitplan«, scheuchte sie die anderen weiter. Die Hexen murrten, machten sich aber an die Arbeit. Selinas Handy gab ungefähr alle fünf Sekunden Bescheid, dass ein Follower ihren Beitrag geliked, kommentiert oder sogar geteilt hatte. Talvys Smartwatch blinkte auf. Noch eine halbe Stunde, bis die Oberste eintraf.

Selina schimpfte vor sich hin. Wie jedes Jahr war sie in High Heels und schickem Kostüm erschienen. Unpassender ging es gar nicht! Diese Diskussion hatte Talvy längst aufgegeben. Nichts war Selina verhasster als das Klischee einer hässlichen Hexe in Lumpen, Spitzhut, Buckel und Warze im Gesicht. Wenn Style Selina nun mal über Funktion ging, wer war Talvy, das in Frage zu stellen?

Auch wenn Selina eine mächtige Hexe war, war das hier körperliche Schwerstarbeit. Mit einem Gesichtsausdruck, als zöge sie einen riesigen Beutel voller Regenwürmer, Krähenkot und Krötenschleim hinter sich her, bugsierte sie, penibel darauf bedacht, ihre perfekt manikürten Nägel nicht zu ruinieren, einen Sack voller Geschenke knirschend durch den Schnee zum Auto.

Enkla war ein echter Lichtblick. Obwohl die Spielzeugsäcke bis zum Bersten gefüllt waren, schleppte sie jeweils gleich zwei von ihnen bis zum Auto und verstaute sie. Mit ihrer kräftigen Statur, hochgewachsen und muskulös bis unters Kinn, war sie allerdings im Vorteil. Talvy hingegen musste sich mit ihrem zierlichen Körper, der nicht mal 1,60 Meter maß, gelinde gesagt völlig abrackern.

Die Spielsachen waren von der Obersten magisch verkleinert worden, damit sie alle in den Wagen passten. Leider bezog sich der Zauber nur auf die Größe, nicht auf das Gewicht.

Um die gesamte Arbeit magisch zu erledigen, reichten ihre Kräfte nicht. Dazu wären tausende von ihnen nötig gewesen. Sie waren nur zu fünft.

Pünktlich, als sie die letzten Säcke in dem Transporter verstaut hatten, gab die Oberste sich die Ehre. Wie jedes Jahr inspizierte sie die Fracht.

Ihre Lippen bildeten eine schmale Linie. Sie hätte ihre Stirn in Falten gelegt, wenn sie das gekonnt hätte. Dies wurde allerdings von mindestens zwei Tonnen Botox erfolgreich verhindert. PR-Arbeit in LA brachte wohl gewisse Berufsrisiken mit sich. Sie sah keinen Tag älter aus als 28, obwohl sie mindestens 4000 Jahre alt war. Circa. Talvy war sich nicht mal sicher, ob die Oberste selbst ihr genaues Alter kannte.

»Das sieht mir wie immer ein wenig chaotisch aus. Talvy, hast du dich vergewissert, dass alles korrekt ist? Beim letzten Mal ... Nun, ich denke, ich muss dich nicht an diesen Fauxpas erinnern? Ein gewisser Jemand mit blonder Föhnwelle und oranger Haut hatte fälschlicherweise ein Buch mit dem Titel: ›Twittern für Dummies‹ unterm Weihnachtsbaum. Sei froh, dass der Spinner nicht noch versehentlich den dritten Weltkrieg angezettelt hat!«

Ihre Worte schnitten wie scharfe Messer tief ins Fleisch, in ihre Seele. Sie würde nie vergessen, was und vor allem wie es passierte. Mit hochrotem Kopf nickte Talvy beflissen. »Nein, alles korrekt beschriftet und verstaut. Hab es drei Mal kontrolliert.« Noch einen verrückten Präsidenten wollte sie nicht zu verantworten wissen.

»Bereit?«, fragte die Oberste und blickte in die Runde.

Selina, Enkla, Kella und Talvy nickten. Obwohl sie längst glaubten, dass der Pakt aufgelöst werden konnte, ohne dass es Folgen haben würde, bestand die Oberste auf der Fortführung eben jener Vereinbarung.

»Dann los!«, herrschte sie die Frauen an und begann den komplizierten Zeitzauber aufzubauen. Die anderen Hexen eilten zum Transporter, nahmen ihre angestammten Plätze ein.

»Boah, die hört sich vielleicht gerne selbst reden!«, maulte Kella und drehte den Zündschlüssel. Enkla pflichtete ihr grunzend bei, während sie sich bereits den ersten Energydrink in den Rachen kippte. Keine fünf Sekunden nach Abfahrt. Talvy schüttelte innerlich den Kopf. Enklas Sucht war zwar kein Geheimnis, aber dass sie sich so wenig unter Kontrolle hatte und schon von Beginn an das Zeug becherte, war schon seit Jahren nicht vorgekommen.

»Ich bin dafür, dass wir bei der nächsten Walpurgisnacht vorsprechen und um Abschaffung dieses lästigen Pakts bitten. Wir haben schließlich alle unser eigenes Leben«, ereiferte sich Kella.

»So gerne ich das tun würde, wissen wir alle, dass das nichts bringt. Wir haben sie gewählt und so lange sie lebt, wird sie unser Oberhaupt bleiben. Und genauso lange wird sie auch bei ihrer Meinung bleiben. Außerdem schützt die Aufrechterhaltung des Glaubens alle vor den Folgen ungewollter Magiesichtungen jeglicher Art«, schloss Talvy.

»Wer kann denn bitte voraussehen, dass sie sooo lange leben würde?! Auch wenn uns kein natürliches Ende beschieden ist, hätte ich schon gedacht, dass man ihr spätestens bei der Hexenverfolgung im Mittelalter dann doch mal ein Ende bereiten würde«, spöttelte sie. »Außerdem ist mir der Schutz anderer herzlich egal!«

»Ist halt praktisch, wenn man sich in ein männliches Trugbild verwandeln kann. Erst recht, wenn man vom Vatikan aus regiert und die Hexenverfolgung sukzessive wieder abschaffen kann«, fügte Talvy grinsend hinzu. Enkla nickte nur, stopfte sich eine

Waffel in den Mund und spülte sie mit einer dritten Dose des Energydrinks herunter.

Kella beschleunigte den Wagen auf eine unnatürliche Geschwindigkeit. Das Lenkrad leuchtete in einem sanften Grün und die Schneemassen, Tannenbäume, Lichterketten und Weihnachtssterne zogen rasend schnell an ihnen vorbei. In der nächsten Kurve polterte es verdächtig. Auch wenn die Säcke beim Verstauen auf Murmelgröße geschrumpft worden waren, machte das Spielzeug einen Heidenlärm im Laderaum.

Immer wieder schoss der ein oder andere »Weihnachtsmann« an ihnen vorbei. Damals hatte die Oberste bei einem Getränkehersteller gearbeitet und die absolut bescheuertste Idee der Welt gehabt. Ein dicker Mann mit weißem Rauschebart und rotem Anzug soll den Kindern Geschenke bringen, als Gegenbewegung zu den immer weniger werdenden Gläubigen. Wie sonst sollte man gelegentliche Wunder erklären? Marketingtechnisch top, aber noch mehr Aufwand für den Zirkel, wenn es auf Weihnachten zuging … Ein paar Jahre hatten sie die Geschenke sogar in roten Anzügen verteilt. Talvys einziger Trost war Selinas Gesichtsausdruck dabei gewesen. Göttlich!

»Wenn du das damals nicht verkackt hättest, säßen wir nicht hier«, maulte Selina Talvy an. Alle Jahre wieder.

»Selina, ich war sicherlich nicht ganz alleine schuld?!«, konterte Talvy, sich wohl bewusst, was das auslösen würde. Es war ihr langsam egal. Jedes Jahr die alte Leier. Die anderen waren damals nicht viel besser gewesen.

»Ja, ich hab öffentlich gezaubert, um einen gewissen Jemand zu beeindrucken und ja, es war dumm. Komm drüber weg!«, ranzte Talvy zurück.

»Mädels!«, ermahnte Kella die beiden. Enkla hielt sich wie immer raus.

»Ist doch so!«, stichelte Selina weiter. »Ohne sie müssten wir nicht jedes Jahr wieder Christkind, Weihnachtsmann, Väterchen Frost oder was auch immer spielen!«

»Und wie schon die letzten 2000 Jahre – dickes Sorry dafür. Sieh es mal als Charity. Wie viele Menschen, besonders Kids, wohl ohne uns kein Geschenk unterm Weihnachtsbaum hätten? Sei der Schlüssel«, mimte Talvy theatralisch.

Wenn Augen töten könnten. Einen Moment lang brauchte sogar Selina Zeit, sich zu sammeln.

»Könnt ihr das jetzt lassen? Es geht gleich los!«, motzte Kella.

»Sag mal, hast du nicht gehört, was sie gerade von sich gegeben hat?!«, kochte Selina vor sich hin.

Kella drehte den Kopf halb und setzte zu einer ihrer berüchtigten Standpauken an, als Enkla sich aus ihrer Fress- und Trinkstarre rührte und völlig unvermittelt das Lenkrad herumriss. In letzter Sekunde konnten sie einem Baum ausweichen, den Kella übersehen hatte, allerdings nicht ohne Folgen. Der Wagen geriet ins Schleudern, ebenso wie die Mission. Beim Aufprall knallte es fürchterlich laut. Metall barst, die Säcke flogen durch die Gegend und die Airbags ploppten auf.

Talvys Ohren klingelten. Ihr Schädel brummte, als sie sich aus dem Wagen kämpfte. Der Transporter war gegen eine baufällige Schule geknallt. Einzelteile lagen im Schnee und der Motor rauchte. Ihren Unfall schien keiner mitbekommen zu haben. Glück im Unglück.

Bestandsaufnahme: Selina hatte sich lediglich einen Nagel abgebrochen, was für sie natürlich ein Weltuntergang war. Kella hingegen hatte es schlimmer erwischt. Ihr lief Blut aus der Nase, der rechte Arm stand in einem unnatürlichen Winkel ab. Enkla konnte nichts erschüttern. Sie barg lediglich ihren Vorrat an Energyplörre aus dem Wrack. Talvy atmete tief durch.

»Alles ok, Kella?«

Ein schmerzverzerrtes Gesicht nickte ihr zu.

»Ok, du bist außer Gefecht. Ruf deinen Besen und dann ab ins Krankenhaus mit dir. Wir kommen klar«, behauptete Talvy. Sicher war sie sich nicht. Kella tat wie geheißen und machte sich auf den Weg. In diesem Zustand war sie keine Hilfe.

»Enkla, Selina, wir müssen das alleine rocken!«, spornte sie die beiden Hexen an. Mehr als ein Nicken konnte sie Enkla nicht entlocken. Selina hingegen war da anderer Meinung.

»Spinnst du?!«, zischte sie. »Es ist jedes Jahr schon ein Kraftakt, wenn wir alle losziehen. Ohne Kella schaffen wir es nie! Außerdem ist der Wagen ebenfalls im Arsch. Ist dir das entfallen?!«, giftete sie.

Talvy rollte mit den Augen, atmete tief durch und zählte innerlich bis zehn. Als ob sie die alte Geschichte nicht schon hunderte Male durchgekaut hätten.

»Nein, natürlich nicht. Rumzicken bringt auch nichts. Auch wenn ich unsere Hexenschaft offenbart habe, haben wir uns damals gemeinsam entschieden, diese Jesuslüge zu erfinden. Wir wären alle gejagt, gefoltert und verbrannt worden, wenn er nicht mitgespielt hätte!«

»Was den Jungen letztendlich das Leben gekostet hat«, giftete Selina.

Das saß. Eisige Kälte flutete Talvys Adern, ihre Brust wurde eng. Jesus hatte sich verantwortlich gefühlt, weil er seinen Freunden von einigen seltsamen Dingen berichtet hatte, die Talvy gezaubert hatte. Die anderen hatten sich ebenfalls nicht zurückgehalten, ihr Können zu demonstrieren. Allerdings hatten sie wohl bei der Wahl der Eingeweihten ein glücklicheres Händchen bewiesen als Talvy. Das Geschwätz über angebliche Wunder hatte die Hexenjäger auf den Plan gerufen. Die rettende Idee: Jesus gab sich als Sohn Gottes aus, der dies selbst mit seiner göttlichen Macht bewirkt hatte. Den Rest konnte man in der Bibel nachlesen.

»Klappe! Fokussiert euch mal!«, herrschte Enkla die beiden an. So viele Worte hatte sie das letzte Mal während des Zweiten Weltkriegs gesprochen. Beide nickten und blickten sich um.

»Ich suche nach einem fahrbaren Untersatz, ihr kümmert euch um die Ladung!«, bestimmte Talvy. Selinas Kiefer malmten, doch sie sagte kein Wort und machte sich an die Arbeit. Früher hatten sie den fliegenden Schlitten gehabt, der war super praktisch gewesen. Leider hatte die Unsichtbarkeitsfunktion häufiger ausgesetzt und magisch gab es in der Weihnachtsnacht dafür keine weiteren Kapazitäten. Das hatte zu zahlreichen Unfällen, Massenaufläufen und Einweisungen in psychiatrische Einrichtungen geführt. Daher hatten sie vor zwei Jahrzehnten beschlossen, ihn nicht mehr zu verwenden und auf unauffällige Transporter umzusteigen.

Talvy streifte die Straße entlang. In diesem gottverlassenen Kaff war wirklich niemand. Keine Autos in entsprechender Größe standen herum, Häuser und Wohnungen lagen im Dunkel. Ein paar waren schon vor langer Zeit verlassen worden. Sie schlüpfte hinter ein altes Bauernhaus und inspizierte die Scheune. Vielleicht konnte sie dort etwas Nützliches finden. Sie drückte das Tor auf und lugte hinein, erschuf eine kleine Lichtkugel, ließ sie den Inhalt der Scheune erkunden. Ein breites Grinsen legte sich über ihr Gesicht.

»DAS! IST! NICHT! DEIN! ERNST!«, brüllte Selina zum tausendsten Mal. Talvy grinste und zuckte bloß die Achseln, während sie die letzten Säcke auf den Wagen warf.

»Stell dich nicht so an. Ist doch mal was Neues und außerdem haben wir wohl kaum eine Wahl.«

Selina stampfte vor Wut mit dem Fuß auf und brach sich dabei glatt ihren Designerpump ab. Ihr Gezeter würde sie die ganze Nacht begleiten. Innerlich fühlte Talvy Genugtuung.

Enkla startete den Motor des Traktors mit sichtlicher Freude, ließ ihn langsam ein paar Meter rollen und checkte mit einem Blick nach hinten, ob die Anhängerkupplung des Karnevalswagens auch hielt, was sie versprach. Sie stoppte zufrieden neben der Straßenlaterne und ließ Selina und Talvy hinten einsteigen. Die zahlreichen Energydrinks hatten sie aufgepusht und würden ihr helfen, Kellas fehlende Hexkraft auszugleichen.

Die Seite des Wagens zierten drei alte Hexen mit Buckel und reichlich Warzen, die an einem Kessel standen. Eine von ihnen machte ein Selfie mit einem Filter, der sie wie ein Supermodel aussehen ließ.

Darunter prangte der Spruch: »Spieglein, Spieglein an der Wand, wer nutzt den schönsten Filter im ganzen Land?«

17. Liebe 2.0

von Fenja van York

»Ist der Bademantel flauschig? Dann bring ihn mit.«

Meine beste Freundin ist unverbesserlich … und ein kleiner Hoteldieb.

»Nein, bei deinen Verbrecheraktionen mache ich nicht mit«, sage ich lachend. Wobei ich das gar nicht so witzig finde. Insbesondere wenn wir unseren Mädelsurlaub machen. Immer lässt sie etwas aus dem Zimmer mitgehen. Meist jedoch nur unauffälligere Sachen wie die kleinen Shampoo Flaschen oder was einem noch als Bad-Utensilien zur Verfügung gestellt wird.

»Stell dich nicht so an«, kichert Dina mir durch das Headset ins Ohr, während ich weiter meinen Koffer auspacke und alles fein säuberlich in dem großen Wandschrank verstaue.

»Ist klar, du stiehlst die einfachen Sachen und ich soll dir den noblen Pelz besorgen«, beschwere ich mich mit amüsiertem Unterton. Laut lachend bestätigt sie noch einmal ihre Idee, wechselt aber endlich das Thema. Wobei mir das auch nicht so recht ist, da mein Magen schon nervös genug ist. Mit jedem Kilometer näher am Hotel wurde ich kribbeliger.

»Hast du ihn schon gesehen?«

»Nein, ich habe eingecheckt und bin sofort auf mein Zimmer gegangen, wo ich erst mal pflichtbewusst meine beste Freundin über meine Ankunft unterrichte.« Und heimlich überlege, wie ich *ihm* so lange wie möglich aus dem Weg gehen kann. Ein Blick auf meine Uhr verrät mir, dass ich dafür nur noch maximal drei Stunden habe. Denn bei dem vorgegebenen Rahmenprogramm habe ich gar keine andere Wahl. Ich muss mich der Vergangenheit stellen.

Dina lässt nicht locker. »Wann wirst du ihn treffen? Glaubst du, er sieht noch genauso heiß aus wie früher? Bist du auf einer

Skala von eins bis zehn schon wieder auf dem Level einhundert an Nervosität?«

»Beim Abendessen. Ja … Nein … Doch bestimmt tut er das. Er gehört zu der Spezies, denen die Schönheit in die Wiege gelegt wurde. Bei meinem Glück ist er nicht fett und hässlich geworden.« Ein Seufzen entfährt mir.

Nach drei Jahren stehe ich heute meiner ersten großen Liebe das erste Mal wieder gegenüber. Und das alles habe ich meiner Studienfreundin – ihresgleichen seine Schwester – zu verdanken, die mich unbedingt zu ihrer Winterhochzeit einladen musste. Klar, freue ich mich sehr darüber, doch die Begegnung mit Ethan würde ich mir gern ersparen.

»Und die Antwort auf deine letzte Frage kennst du nur zu gut.«

Als ich den leeren Koffer ebenfalls in einem der großen Fächer des Schranks untergebracht habe, laufe ich zu dem riesigen Fenster meines Zimmers und verliere mich in dem Anblick, der sich mir bietet. Über die nächsten Worte meiner Freundin höre ich hinweg und schwärme ihr von dieser magischen Schönheit vor. »Hier ist es so wunderschön. Alles ist weiß und glitzert. Es liegen bestimmt zwanzig Zentimeter Schnee. Ein Traum.«

Ich liebe es, wenn der Schnee sich in seiner vollen Pracht entfalten kann, ohne dass ihm der Dreck einer Großstadt Schaden zufügt.

»Du Schneehase«, zieht mich Dina einmal mehr für meine Leidenschaft für diese Jahreszeit auf. Sie kann überhaupt nichts mit dem Winter anfangen.

»Dann mach einen kleinen Spaziergang, vielleicht beruhigt das deine Nerven«, schlägt sie in dem Moment vor, als es an der Tür klopft.

Mit der Frage im Hinterkopf, wer das wohl sein könnte, laufe ich zur Zimmertür, um sie zu öffnen. Mein erster Blick fällt auf einen muskulösen Oberkörper, der in einem enganliegenden grauen Pullover steckt. Ich muss den Kopf ein wenig in den Nacken legen, um meinem Gegenüber in die Augen schauen zu können.

Shit, denke ich.

»Lexi, ist alles okay?«

Ihre Frage vernehme ich zwar, bin jedoch außerstande zu antworten. Himmelherrgott, ist dieser Mann noch attraktiver geworden als ich ihn in Erinnerung hatte?

»Lexi?«, wiederholt Dina fragend meinen Namen zeitgleich zu dem Lächeln, das mir Ethan nun schenkt. Um noch einen Moment rauszuschlagen, in dem ich mich irgendwie sammeln kann, räuspere ich mich verlegen.

»Ja, alles gut. Bleib mal kurz dran. Da ist jemand an der Tür«, bitte ich sie und richte mich an Ethan.

»Hi, was machst du denn hier?«, frage ich ihn, wobei ich meine Worte selbst kaum verstehe, so sehr werden sie von meiner krächzenden Stimme verschluckt.

»Madison schickt mich, um dich zu fragen, ob alles zu deiner Zufriedenheit ist. Und wenn du etwas Zeit hast, soll ich dich vor dem Abendessen ein wenig rumführen.«

Ach, sagt sie das?

»Ähm …«, stottere ich, als sich Dina aus der Ferne wieder meldet.

»Zu wem gehört denn diese sexy Stimme? Warte …«, wie immer zählt sie Eins und Eins schnell zusammen, »eine sexy Männerstimme, eine kratzige Lexie-Stimme. Sag mir nicht, dass da der heiße Ethan vor dir steht.« Sie quiekt beinahe. In einer Lautstärke, die mich zu einer Tomate reifen lässt und meinem Ex-Freund ein schelmisches Grinsen entlockt. Na toll, ich dachte, extreme Verlegenheit in peinlichen Momenten habe ich hinter mir gelassen.

Mit erhobenem Zeigefinger entschuldige ich mich kurz bei Ethan und gehe ein paar Schritte zurück, um mich von meiner besten Freundin zu verabschieden. Dabei umgehe ich jedes weitere Gespräch und lege schnell auf.

Als ich mich zu Ethan umdrehe, steht er unmittelbar hinter mir. *Reiß dich zusammen*, ermahnt mich die imaginäre Stimme und ich versuche mir einzureden, dass mich dieser Mensch nicht mehr aus dem Konzept bringt.

»Du musst mir die Anlage nicht zeigen. Ich kann mich auch allein umschauen, wollte ich eh gleich machen.«

»Du weißt, dass Maddy mir den Kopf abreißt, wenn ich ihren Auftrag nicht ausführe.«

Eine Antwort bleibe ich ihm schuldig, alles was ich tue, ist ihn anzusehen. Vielleicht starre ich ihn sogar an, ich hoffe nicht. Doch seine Erscheinung und seine Stimme sprechen jede Faser meines Körpers an.

»Wenn du dich natürlich unwohl dabei fühlst, gehe ich selbstverständlich wieder. Nicht, dass du wieder vor mir flüchtest.«

»Ich bin nicht geflüchtet«, verteidige ich mich leise, obwohl ich wie er weiß, dass es nicht der Wahrheit entspricht. Nun schaut er mich mit durchdringendem Blick an, doch er bleibt still und noch einmal wiederhole ich flüsternd: »Ich bin nicht geflüchtet.«

Immer noch sagt er nichts, nur die Intensität seines Blickes nimmt zu.

Mein Herz rast, als er seine Hand hebt und seine Fingerspitzen zärtlich über meine Wangen streicheln.

»Okay, lassen wir die Vergangenheit einfach ruhen«, meint er nun bestimmend, aber nicht unfreundlich. »Wir sind dieses Wochenende hier, um die Hochzeit von Madison und Seth zu feiern. Und wir beide sind für die nächsten Tage einfach Freunde. Einverstanden?«

Er nimmt seine Hand von meiner Wange und ich nicke ihm wortlos zu.

»Okay, dann schnapp dir deine Jacke, wir schauen uns etwas um.«

Nachdem wir uns im Hotel umgesehen haben, schlendern wir durch den großen Garten. Obwohl wir kaum ein Wort miteinander wechseln, fühlt es sich nicht unangenehm an. Wahrscheinlich liegt es daran, dass mich der Schnee und die luxuriöse Anlage in seinen Bann ziehen. Das fünfstöckige Hotel, dessen Fassade in der Wintersonne golden glänzt, und der Garten, dessen Bäume alle mit Lichterketten verziert sind und jeder Weg mit Fackeln eingezäunt ist, laden regelrecht zu so einem Fest ein. Am Abend, wenn all die Lichter erstrahlen, muss die winterliche Atmosphäre traumhaft sein.

Meine Bewunderungstour wird durch einen harten Schlag an meinem Oberarm abgebrochen. Reflexartig springe ich nach rechts zur Seite, während mein Kopf nach links zu Ethan schnellt. Als mich der nächste Schneeball trifft. An sein schelmisches Grinsen kann ich mich nur allzu gut erinnern, doch bevor meine Knie einmal mehr wegen dieses Mannes weich werden, gehe ich in die Hocke und forme mir ebenfalls eine weiße Kugel.

Die nächsten Minuten liefern wir uns eine erbitterte Schlacht, wobei ich häufiger einstecken muss, als dass ich austeile. Das ärgert mich so sehr, dass ich sämtliche Berührungsängste über Bord werfe und mich auf ihn stürze, in der Hoffnung, ihn irgendwie in den hohen Schnee zu tauchen. Natürlich gelingt auch das nicht. Zumindest nicht wie geplant. Als ich Ethan ein Bein stelle, packt er mich um die Hüfte. Mit den Händen stemme ich mich gegen seine Brust, um mir wenigstens noch eine Möglichkeit zu wahren, und er meint es gut mit mir. Er lässt sich nach hinten fallen … und zieht mich mit sich.

»Au«, entfährt es mir, da wir etwas unsanft aufkommen.

»Tut mir leid«, entschuldigt sich Ethan sofort. »Hast du dir wehgetan?«

»Nein, alles gut. Außerdem habe ich es ja herausgefordert.«

Erneut treffen sich unsere Blicke, seine Arme sind um mich geschlungen und das nutzt er aus, um mich auf den Rücken zu drehen und sich über mich zu beugen.

»Du bist immer noch wunderschön. Ich hätte dich nie gehen lassen dürfen, auch wenn ich nicht mal weiß, warum du mir das Herz gebrochen hast.«

Dahin ist die Stimmung. *Er* hat *mir* das Herz gebrochen.

»Wie bitte?«, frage ich mit ernster Miene. Meinen schockierten Unterton habe ich selbst deutlich genug rausgehört. Der Versuch, Ethan von mir wegzustoßen, misslingt. Er hat viel mehr Kraft, da bin ich chancenlos.

»Wie bitte was? Erklär es mir, dann lasse ich dich gehen.«

»Wie gnädig von dir. Mit welchem Recht verlangst du von mir, mich zu erklären? Nicht ich habe dir das Herz gebrochen, sondern du mir!«

Jetzt verdunkeln sich auch seine Gesichtszüge, ehe er meine Worte nutzt: »Wie bitte was? Was habe ich getan?«

»Du bist zweigleisig gefahren und hast mich belogen.«

»Ich bin was?« So habe ich ihn noch nie zuvor erlebt, sein Blick wird immer finsterer, sodass seine wunderschönen braunen Augen beinahe ein Mitternachtsschwarz annehmen. »Ich glaube, ich höre nicht richtig. Wie kommst du auf so einen Scheiß?«

Mein Körper beginnt zu zittern und ich weiß nicht, ob es an dem kalten, nassen Schnee unter mir oder an der verlorenen Liebe über mir liegt. Ethan bemerkt meinen Zustand, steht auf und zieht mich mit sich nach oben. Doch sein Griff bleibt mit etwas Druck an mir liegen. Er wird mich definitiv nicht einfach so gehen lassen.

»Weil ich euch gesehen habe. Und Marc ...«

»Sprich weiter«, fordert er.

»Und Marc es mir bestätigt hat. Während wir zusammen waren, lief was zwischen dir und deiner Ex.«

Nun löst er sich doch im Bruchteil einer Sekunde von mir, dreht sich zweimal im Kreis und rauft sich durch die Haare.

»Ich glaube das einfach nicht.« Sein Blick brennt sich in meine Haut ein. »Bist du echt so? Deswegen bist du abgehauen? Du wusstest doch, dass Betty es ständig versucht hat. Ich habe dir versichert, dass ich nichts mehr von ihr wollte. Ich dachte, du hast mir vertraut.«

»Ihr habt euch geküsst«, ist das Einzige, was ich ihm zu meiner Verteidigung entgegensetze.

»Nein, verdammt noch mal!«, antwortet er vehement. »Sie hat mich geküsst und ich habe sie abgewiesen. Da hättest du eben mal drei Sekunden länger zuschauen müssen. Außerdem wollte ich es dir sagen, als wir am Tag darauf verabredet waren. Aber da warst du ja schon über alle sieben Berge.«

Seine Wut steigt ins Unermessliche, was ich ihm nicht verdenken kann – gerade fühle ich mich so erbärmlich. Ich war naiv. Jetzt, mit neunundzwanzig, komme ich mir noch dümmer vor, dass ich nie mit Ethan darüber gesprochen habe. Nein, ich bin am nächsten Tag klammheimlich zu meinem ersten Job aufgebrochen.

»Und was soll der Bockmist mit Marc? Du hast mit ihm darüber gesprochen?«

»Er hat die Szene auch gesehen und mich vom Campus geführt. Auf dem Nachhauseweg meinte er, ihr beide wollt es noch einmal versuchen.«

Wieder dreht er sich um die eigene Achse und fährt sich mit beiden Händen durch sein dichtes, mittlerweile zerzaustes Haar.

»Ich bin so enttäuscht von dir. Wären wir nur sechs Tage zusammen gewesen, okay. Aber unsere Beziehung ging damals bereits ein halbes Jahr ... und dann hast du so wenig Vertrauen in mich. Ja, gut, so ein Kuss lässt ebensolche Schlussfolgerungen natürlich zu. Aber einfach abzuhauen, das hätte ich von dir nicht erwartet. Wir hatten Pläne.«

Auch wenn ich nicht weiß, was ich darauf Plausibles antworten soll, setze ich an. Doch Ethan lässt mich nicht aussprechen.

»Und diesem Lackaffen haue ich eine aufs Maul. Ich fasse es nicht, dass er mir noch den Kumpel mimt, nachdem er so eine Scheiße abgezogen hat. Dass er auf dich stand, war mir bewusst, doch dass er mir so in den Rücken fällt ...«

Ethan wendet sich von mir ab und setzt zum Gehen an. Blitzschnell packe ich ihn am Arm. »Tu das nicht«, bitte ich ihn. Er bleibt stehen, doch rührt sich nicht und schaut in die Ferne.

»Wenn du das tust, ruinierst du deiner Schwester die Hochzeit. Wir beide wissen, dass du das nicht willst und es ewig bereuen würdest. Und ich war es doch, die das mit uns kaputt gemacht hat«, füge ich kleinlaut hinzu.

Keines Blickes oder eines Wortes würdigt er mich und lässt mich allein mit der bitteren Wahrheit zurück. Mein Herz rutscht mir in die Hose und wie ein Häufchen Elend gehe auch ich zurück ins Hotel.

Nach dem Essen teilen sich alle Freunde für die bevorstehenden Junggesellen- und Junggesellinnen-Partys auf. Wir Frauen kehren in einer Bar ein, die Männer haben sich für einen Discobesuch entschieden.

So nimmt der Abend seinen Lauf und wird mit zunehmender Stunde feucht-fröhlich. Und ich muss darauf achten, dass ich mir nicht den ganzen Frust und meinen Selbsthass zu sehr betäube. Als auch noch Maddys *Ethan-hat-dich-wirklich-geliebt-und-er-tut-es-immer-noch* an meine Ohren dringt, lasse ich jede Vernunft fallen und tausche das Nebenbei-Wasser durch den nächsten Gin-Tonic. Schließlich habe ich morgen den ganzen Tag Zeit, um meinen Rausch auszukurieren. Die Hochzeit findet erst am Samstag statt, bis dahin bin ich wieder auf dem Damm.

Gegen zwei Uhr nachts werden wir von einem Taxi abgeholt. Der kurze Weg an der frischen Luft von der Bar zum Wagen hat es in sich. Zum Glück dauert die Fahrt nur zehn Minuten. Wenn ich langsam mache, schaffe ich es womöglich ohne peinlichen Zwischenfall auf mein Zimmer.

Kurz vor dem Eingang beginnen meine Mitstreiterinnen laut zu grölen. Die Männer halten sich noch vor dem Hotel auf. Madison fällt ihrem Seth freudestrahlend um den Hals. Auch sie ist im Zauberwald, nur bei Weitem nicht so tief drin wie ich. Dennoch freue ich mich aus tiefstem Herzen für die beiden und vernehme deutlich genug die Worte meiner Freundin, die sie an ihren Bruder richtet: »Ethan, bring Lexie doch auf ihr Zimmer. Wir haben heute ein wenig zu doll gefeiert.«

Noch bevor ich mich wehren kann, greift er nach meiner Hand und begleitet mich zu meinem Zimmer. Dort öffnet er mir die Tür und postwendend sprinte ich ins Bad. Den letzten Gin-Tonic hätte ich wohl besser nicht getrunken. Wenig später hockt Ethan sich hinter mich, streicht mir die Haare aus dem Gesicht und hält sie wie zu einem Zopf gebunden fest. Es dauert ein paar Minuten bis mein Magen so weit leer ist, dann stütze ich die Unterarme auf der Toilette ab und weine all den Schmerz aus mir heraus. Vorsichtig zieht mich Ethan mit sich in eine sitzende Position. Er lehnt an der Wand und ich an seiner starken Brust.

»Pssst«, versucht er mich zu beruhigen, doch kann ich die Tränen nicht aufhalten.

»Es tut mir so leid«, schluchze ich. »Ich habe alles kaputt gemacht. Das weiß ich, dabei warst du meine große Liebe.«

»Bringen wir dich erst mal ins Bett«, sagt er, steht mit mir in seinen Armen auf und legt mich auf das kuschlige Kingsize-Bett.

»Bitte, bitte, lass mich nicht allein«, flehe ich ihn an, ehe mich die Müdigkeit mit sich zieht.

Es ist bereits elf Uhr, als ich die Augen wieder öffne.

»Guten Morgen«, ertönt eine wohlvertraute Stimme, zu der ich mich mit einem stechenden Kopfschmerz umdrehe.

»Was machst du hier?«, frage ich Ethan und kann ein Lächeln nicht unterdrücken.

»Du hast mich gebeten zu bleiben. Also bin ich geblieben.«

Mein Herz macht Tausende von Saltos. Dann schiebt er mir ein schwarzes Kästchen zu.

»Das wollte ich dir damals geben, mit meiner Offenbarung über den Kuss, den ich bekommen und nie erwidert habe.«

Sofort fühle ich mich wieder schuldig und schlecht.

»Mach es einfach auf«, sagt er mit engelsgleicher Stimme.

Ich richte mich auf und öffne die Schachtel. Darin ist eine Kette mit einem kleinen silbernen Schlüsselanhänger. Und in dem kleinen Schlüsselloch befindet sich ein goldenes Herz.

»Die Kette ist wunderschön.« Sofort treibt es mir wieder Tränen in die Augen.

»Dieses Geschenk sollte ein Symbol meiner Liebe sein. Ein Zeichen, dass mein Herz für dich schlägt und das Tor zu meinem Leben niemand anderes außer du mehr betreten sollte.«

»Warum gibst du mir die Kette heute? Warum bist du so nett? Gestern warst du sauer, was ich natürlich verstehen kann.«

Er kommt mir ein Stück näher.

»Weil ich mich entschieden habe. Ich kann noch eine Weile sauer auf dich sein. Oder ich verzeihe dir. Ich habe mich für Letzteres entschieden, weil ich nicht noch mehr Zeit ohne dich verbringen will. Denn ich liebe dich.«

»Ich liebe dich auch. So sehr. Und wenn du mir diese zweite Chance gibst, dann beweise ich es dir, solang du mich lässt.«

»Dann begleitest du mich also auf die Hochzeit meiner Schwester?«

»Als deine Freundin.«

Ethan nimmt mein Gesicht in seine Hände und seine Lippen treffen auf meine. Wir verlieren uns in dem Kuss, der nichts als Leidenschaft spricht und der jede Zeit unserer Trennung vergessen macht.

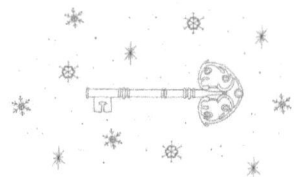

18. Das Glück von der Straße

von Antje Grube

Schnee.

In dicken, flauschigen Flocken legt er sich lautlos auf ihr kleines Dachfenster. Nach und nach verwandelt sich das Licht im Raum in ein diffuses Watteweiß.

Fasziniert und fröstelnd zugleich zieht sich Samantha ihre Bettdecke bis zur Nasenspitze. *Schnee am 1. Advent*, denkt sie. *Irgendwie kitschig.* Nichtsdestotrotz zaubert ihr der Anblick unweigerlich ein Lächeln ins Gesicht.

Doch dann erinnert sie sich wieder, dass sie keinen Grund hat, sich zu freuen. Mit einem tiefen Seufzen dreht sie sich zur Seite, wendet den Blick ab von dem winterlichen Schauspiel und rutscht etwas tiefer in die weichen Daunen. Am liebsten würde sie einfach den ganzen Tag im Bett bleiben. Oder besser – gleich den ganzen Monat!

Vor einem Jahr wäre sie überglücklich gewesen. Die Vorweihnachtszeit war immer die schönste in ihrem kleinen Laden, auch wenn sie beim Dekorieren jedes Mal stundenlang geflucht hat, warum sie sich das eigentlich antut. Doch sobald die Knäuel aus verhedderten Lichterketten entwirrt, abgebrochene Engelsflügelchen geklebt und Sterne, Kugeln sowie Kerzen verteilt waren, hat sich stets ein Gefühl von Glückseligkeit in ihr ausgebreitet.

Geschneit hat es in den letzten Jahren so gut wie nie und wenn, dann meistens nur einige, kaum ernstzunehmende Flöckchen … eher Regen als Schnee, aus dem innerhalb weniger Stunden schmutzig grauer Matsch wurde.

Aber heute, ausgerechnet heute, muss sich die Welt da draußen natürlich in ein Winterwunderland verwandeln. Als wolle das Wetter sie verhöhnen. Knurrend rollt sich Sam auf die andere Seite, aber so langsam kann sie dem Drängen ihrer Blase nicht länger standhalten. Nicht nur das Wetter, auch ihre Körperfunktionen scheinen sich gegen sie verschworen zu haben.

Es ist Sonntag, verdammt, denkt sie mürrisch. *Da wird man doch wohl mal faulenzen dürfen.*

Allerdings ist Faulenzen überhaupt nicht ihr Ding, daher schlüpft sie schließlich unter der warmen Decke hervor, wirft sich ihren Bademantel über und eilt bibbernd ins Bad, wo sie erst mal die Heizung aufdreht. Wohlige Wärme breitet sich aus. Samantha steigt in die Dusche, stellt das Wasser so heiß, dass sie es gerade noch aushalten kann, und schließt für einen Moment die Augen, um das Gefühl zu genießen.

Kurz darauf sitzt sie mit einem frischen Kaffee in ihrer kleinen Küche und überlegt, was sie mit diesem Tag anfangen soll. Vor dem Fenster tanzen nach wie vor die dicken, weißen Flocken. Die Dächer der benachbarten Häuser sind bereits komplett eingeschneit. Kopfschüttelnd und mit einem leisen Schnaufen wendet sie sich ab. Es gibt Wichtigeres zu tun, als die Winterlandschaft zu bewundern. Sie muss dringend mit der Inventur anfangen, anschließend schon mal die ersten Kisten packen und vor allem: sich weiterhin sowohl nach einem neuen Job als auch einer neuen Wohnung umschauen.

Tränen drängen sich vehement in ihre Augen. Nicht schon wieder! Sie will nicht mehr weinen. Das ganze Geheule der letzten Wochen und Monate geht ihr langsam auf die Nerven. Es ändert ja alles nichts. Viel lieber will sie tapfer und zuversichtlich in die Zukunft blicken. Den Tatsachen in die Augen schauen kann sie mittlerweile ganz gut, doch weiter reicht ihr Blick bisher nicht. Es war schwer genug zu akzeptieren, dass sie ihre kleine Papeterie – ihren absoluten Lebenstraum – aufgeben muss.

Energisch wischt sie sich über die feuchten Augen, erhebt sich und beschließt, das Unausweichliche in Angriff zu nehmen. Mit der Kaffeetasse bewaffnet, an der sie sich festklammert, als wäre sie ein rettender Anker, steigt sie die Stufen hinab, die von ihrer Wohnung in das darunterliegende Geschäft führen. Sie atmet ganz bewusst tief und gleichmäßig, streckt die Schultern durch und ist fest entschlossen, sich nicht wieder von Trauer und Verzweiflung überrollen zu lassen. Doch kaum hat sie den Verkaufsraum betreten, schwappt die Welle der Schwermut über sie hinweg und sie sackt mutlos in sich zusammen.

Drei Jahre. Länger hat sie nicht durchgehalten. Drei Jahre, in denen sie fast jeden Tag hier verbracht hat, zwischen Stiften, Notizbüchern und Briefpapier.

Briefpapier, denkt sie bitter. *Als würde heutzutage noch irgendjemand Briefe schreiben.* Wie naiv war sie zu glauben, eine Chance im Zeitalter von E-Mails, Apps und Social Media zu haben? Die Menschen schicken sich ja selbst an Weihnachten lieber haufenweise unpersönliche GIFs und TikTok-Videos anstatt handgeschriebener Karten. Samantha weiß nicht mal, wovon sie enttäuschter ist – vom Verhalten der Leute oder von ihrer eigenen Dummheit. Schließlich hatte es genug Stimmen gegeben, die sie gewarnt haben, dass eine Papeterie heutzutage nicht lange überleben würde. Der einzige Erfolg, den sie für sich verbuchen kann, ist die Tatsache, dass sie es immerhin drei Jahre geschafft hat. Sie weiß, dass ihr selbst ihre engsten Freunde insgeheim nicht mal drei Monate zugetraut haben.

Abermals seufzend stellt sie ihre Kaffeetasse ab, als ihr Blick auf das Schaufenster fällt. Dieses ist ebenfalls schon einige Zentimeter hoch eingeschneit, bis auf eine Stelle von ungefähr 20 cm Breite, an der auf wundersame Weise nichts von der weißen Pracht liegengeblieben ist. Stirnrunzelnd nähert sich Samantha diesem Phänomen und schon bald hegt sie einen Verdacht. Da wird doch nicht etwa jemand …

Eilig schließt sie die Ladentür auf und öffnet sie. Ein eisiger Wind schlägt ihr entgegen. Vielleicht hätte sie sich lieber erst eine Jacke holen sollen. Doch angesichts des Malheurs, welches sich hier unmissverständlich präsentiert, verblasst die Kälte zur Nebensächlichkeit. Ungläubig starrt Samantha auf die besagte Stelle des Schaufensters, ihr Blick folgt der nassen Bahn über den darunter befindlichen Steinsims und endet schließlich bei der

Pfütze am Boden, welche zwar schon im Schnee versickert, dabei jedoch ein verräterisches Gelb hinterlässt. Da hat ihr doch tatsächlich jemand an den Laden gepinkelt! Und angesichts der Höhe war das definitiv kein Hund.

Wutschnaubend schaut sich Sam um und entdeckt einige Meter entfernt auf der gegenüberliegenden Straßenseite ... den Weihnachtsmann. Sie blinzelt verwirrt. Nein, es ist nur ein recht beleibter Mann mit langen, grauweißen Haaren und einem ebensolchen Bart, gekleidet in einen schmutzig-roten Mantel. Er kauert im Hauseingang des dort befindlichen Blumenladens und kurz huscht der gemeine Gedanke durch Samanthas Kopf, warum er sich nicht dort am Schaufenster erleichtert hat. Denn dass er es war, daran hegt sie keinen Zweifel!

Verärgert kehrt sie in ihren kleinen Laden zurück. Sie wird die Polizei informieren, denn offensichtlich ist der Mann obdachlos und mit Sicherheit ist das Urinieren gegen Hauswände eine Straftat. *Er wird wohl deswegen nicht gleich ins Gefängnis müssen*, denkt sie, *obwohl das vielleicht sogar besser für ihn wäre, als bei diesem Wetter auf der Straße zu sitzen. Eventuell bringen sie ihn in irgendeine Unterkunft.*

Hauptsache, weit weg von ihr und ihrem Geschäft. Noch gehört es ihr und niemand hat das Recht, ihr gegen das Fenster zu pinkeln, obwohl die Symbolik irgendwie bezeichnend ist für ihre momentane Situation.

Samantha nimmt das Telefon von der Ladestation, drückt 1-1- und zögert ...

Was ist nur los mit ihr? Alle, die sie kennen, schätzen ihr stets freundliches, liebenswertes und hilfsbereites Wesen, und jetzt will sie diesen armen Mann anzeigen, dessen einziges Verbrechen darin besteht, kein Zuhause zu haben?

Möglicherweise teilt sie demnächst sogar sein Schicksal, denn sie hat bereits gemerkt, dass es als Frau ohne Job gar nicht so einfach ist, eine Wohnung zu finden! Sie hat sich inzwischen abgewöhnt, über ihre Lage zu sprechen, wenn sie einen Besichtigungstermin vereinbart, da dieser dann jedes Mal aus fadenscheinigen Gründen kurz vorher abgesagt wurde. Aber spätestens, wenn sie ihre Einkommensverhältnisse nachweisen soll, hebt erfahrungsgemäß jeder Vermieter zweifelnd die Augenbrauen. Noch weigert sie sich, irgendeinen x-beliebigen Job anzunehmen oder Unterstützung beim Amt zu beantragen, aber spätestens in zwei Wochen wird sie sich wohl oder übel für die eine oder andere Variante entscheiden müssen, wenn sie nicht demnächst neben dem Weihnachtsmann auf der Straße sitzen will.

Nachdenklich legt sie das Telefon zurück. Dann geht sie hoch in ihre Wohnung, kocht einen weiteren Kaffee, den sie in einen Thermobecher füllt, greift sich ihre Winterjacke sowie ein Paar Stiefel und macht sich wieder auf den Weg nach draußen. *Vielleicht ist er längst weg,* geht es ihr durch den Kopf. Insgeheim wünscht sie es sich, denn ein bisschen Bedenken hat sie durchaus. Was, wenn er betrunken ist und sie anpöbelt? Oder über sie herfällt?

Mach dich nicht lächerlich, Sam!, redet sie sich selbst ermutigend zu. *Er ist nur ein armer alter Mann, der deine Hilfe sicher zu schätzen weiß.*

Wesentlich langsamer als beim ersten Mal schließt sie ihre Ladentür wieder auf und tritt hinaus. Natürlich ist er noch da, auch wenn sie ihn kaum erkennen kann, da sich das Schneegestöber inzwischen weiter verdichtet hat. Doch sein roter Mantel sticht hervor wie ein Farbklecks auf einer weißen Leinwand.

Samantha setzt ihre Kapuze auf, atmet mit Blick auf den Kaffee in ihrer Hand tief durch und eilt alsdann über die Straße.

Etwa anderthalb Meter vor dem Mann bleibt sie stehen. Zusammengekauert sitzt er auf dem steinernen Boden, das bärtige Kinn auf die Brust gesunken, und scheint zu schlafen. Aus der Nähe sieht man ihm deutlich an, dass er wohl schon längere Zeit auf der Straße lebt. Sein Gesicht, die Haare und der Bart sind ebenso verschmutzt wie sein Mantel, und doch strahlt er eine Art Frieden aus, wie Sam verwundert feststellt.

Unsicher, ob und wie sie ihn ansprechen soll, räuspert sie sich. Nichts geschieht. Sie wartet einen Moment, dann nimmt sie allen Mut zusammen und ruft: »Entschuldigung?«

Ihr Gegenüber reagiert nicht, doch sein Mantel knurrt. Erschrocken weicht Samantha einen Schritt zurück. Auf Brusthöhe des Schlafenden bewegt sich etwas unter dem roten Stoff und schließlich schlägt der Mann irritiert die Augen auf.

»Hmmmm?«, knurrt er und schaut sich um, als wisse er nicht, wo er sich gerade befindet und wie er hierhergekommen ist. Dann fixiert er misstrauisch die junge Frau vor sich.

Sam schlägt das Herz bis zum Hals, doch es gibt kein Zurück mehr. »Entschuldigung, ich wollte Sie nicht wecken. Aber … ich … möchten Sie Kaffee?« Unsicher hält sie ihm den Thermobecher mit lang ausgestrecktem Arm entgegen, als wäre es gefährlich, ihm zu nah zu kommen. Innerlich ärgert sie sich über sich selbst. Er hat es nicht verdient, wie ein Aussätziger behandelt zu werden, und doch benimmt sie sich gerade so.

Nun ist es an ihm, sich zu räuspern. Mühsam rappelt er sich ein wenig auf und greift behutsam nach dem dargebotenen Getränk, wobei er darauf achtet, ihre Finger nicht zu berühren. »Danke«, murmelt er mit tiefer, überraschend warmer Stimme. Statt zu trinken, blickt er sie reglos an, als warte er auf irgendetwas.

Samantha schaut genauso unschlüssig zurück. Irgendwie hat sie das Ganze nicht zu Ende durchdacht. Soll sie hier jetzt stehenbleiben und warten, bis er seinen Kaffee ausgetrunken hat, oder in ihre Wohnung zurückkehren und sich innerlich schon mal von ihrem Thermobecher verabschieden? Stattdessen fragt sie: »Kann ich sonst noch etwas für Sie tun?«

Seine Augen blicken sie forschend an, als versuche er, herauszufinden, ob die Sache einen Haken hat. Nach einer Weile kommt er offensichtlich zu dem Schluss, dass es diese Frau tatsächlich gut mit ihm meint, und fragt: »Kannste mir ne Schüssel Wasser bringen? Für mein' Hund?«

Als hätte dieser verstanden, dass von ihm gesprochen wird, schiebt sich plötzlich eine braune Schnauze aus dem Mantelkragen des Mannes und schaut seitlich an seinem buschigen Bart vorbei. Sam blickt in zwei kleine schwarze Knopfaugen und all ihre Bedenken lösen sich in Luft auf. »Kommen Sie mit in meinen Laden«, hört sie sich sagen, bevor sie groß darüber nachdenken kann. »Dort können Sie sich beide ein wenig aufwärmen und etwas essen. Für den Kleinen da finde ich bestimmt eine Scheibe Wurst oder sowas.«

Eine Stunde später sitzen Sam und der Mann noch immer in der Leseecke, die sie letztes Jahr in ihrem Geschäft eingerichtet hat, nachdem sie ihr Sortiment um Bücher erweitert hatte. Der Hund hat sich satt und glücklich neben ihr eingerollt und schnarcht leise beim Schlafen. Währenddessen lauscht sie der Lebensgeschichte ihres ungewöhnlichen Gastes.

Er ist natürlich nicht der Weihnachtsmann, gleichwohl er zugibt, dass er sich vor einigen Jahren als solcher etwas Geld verdient und anschließend den roten Mantel gestohlen hat. »Der is erstaunlich warm«, erklärt er zu seiner Verteidigung. Für den Vorfall an ihrem Schaufenster hat er sich ebenfalls sofort entschuldigt, als ihm klar wurde, welche Tür sie mit ihm ansteuerte. Er hat sogar kurz gezögert, ihr weiter zu folgen, doch Samantha konnte ihm versichern, dass sie nicht vorhabe, ihn zu überfallen und auszurauben, was ihm ein verlegenes Grinsen entlockt hat.

Mittlerweile fühlt sie sich regelrecht wohl in seiner Gesellschaft. Klaus, wie er passend zum Weihnachtsmannmantel heißt, ist Anfang fünfzig und hat sich irgendwann vor circa 15 Jahren aufgegeben. »Zu viel Alkohol, falsche Freunde und keen Plan vom Leben. Dit Übliche eben und irgendwann is eh allet egal«, fasst er schulterzuckend zusammen, weshalb er letztendlich auf der Straße gelandet ist.

»Aber, es gibt doch Möglichkeiten, Unterstützung zu bekommen«, entgegnet Samantha. »Unterkünfte für Obdachlose, Sozialhilfe und so weiter.«

»Es is'n Teufelskreis«, erklärt ihr Klaus. »Ohne Wohnung kriegste keen Job, ohne Job keene Wohnung. Und wenn de erstmal uff der Straße bist, haste keenen Bock mehr uff den janzen bürokratischen Scheiß. Außerdem brauchste den Suff, um nich zu frieren und den janzen Mist och mal zu verjessen. Besoffen fliegste aber aus'm Obdachlosenheim raus. Außerdem kannste da nich mit Hund rein und ohne Artus jeh ick nirgends hin.«

»Das versteh ich vollkommen!« Liebevoll streichelt Sam das kurze, braun-beige Fell des neben ihr liegenden Tieres. Artus seufzt im Schlaf und rückt mit einem wohligen Knurren etwas näher an ihr Bein.

Wie gerne würde sie den beiden helfen, doch momentan hat sie genug eigene Sorgen. Darüber hinaus hat sie den Eindruck, dass es Klaus allen Umständen zum Trotz relativ gut geht. Zumindest strahlt er eine innere Zufriedenheit aus, die sie bisher nur bei äußerst wenigen Menschen erlebt hat. Menschen, denen es weitaus besser geht als ihm!

Als sie ihn darauf anspricht, schmunzelt er. »Dit kannste dir nich vorstell'n, wa? Wie jemand wie icke glücklich sein kann … Aber eins kannste wissen, Glück jibt's für keen Geld der Welt zu kaufen.«

»Ich weiß«, entgegnet Sam. »Aber trotzdem könnte ich mir nicht vorstellen, ohne ein Zuhause zu leben. Immer draußen, bei Regen und Kälte. Nicht zu wissen, woher ich was zu essen bekomme. Und was ist, wenn du mal krank wirst? Oder Artus?«

Klaus lacht. Es klingt liebevoll, fast schon gütig. »Ach Kleene, wenn du erstmal jelernt hast, dem Leben zu vertrauen, dann is allet janz einfach. Dann passier'n Wunder, immer jenau dann, wenn du's brauchst! Und plötzlich jibt's am ersten Advent nich nur Schnee, sondern da taucht ne Frau uff, die dir n Kaffee hinhält und dit, obwohl du ihr vorher an ne Scheibe jepinkelt hast.«

Nun muss Samantha ebenfalls lachen. Und gleichzeitig schämt sie sich ein wenig, als sie daran denkt, dass sie kurz davor war, die Polizei zu rufen.

»Wat is mit dir?«, fragt Klaus und holt sie aus ihren Gedanken. »Hast so nen schmucken kleinen Laden hier, aber glücklich siehste nich aus.«

Und Samantha erzählt. Davon, dass die Leute einfach kein Interesse mehr daran haben, Briefe zu schreiben, Tagebuch zu führen oder Stifte und Farben zu kaufen. »Und wenn, dann bestellen sie es im Internet«, sagt sie niedergeschlagen. »Da hat man viel mehr Auswahl und billiger ist es natürlich auch, das ganze Zeug aus China. Wer weiß denn heutzutage noch handgeschöpftes Papier zu schätzen oder Notizbücher, die richtig gebunden werden und nicht nach dreimal umblättern auseinanderfallen? Nicht mal zu Weihnachten schreiben sich die Menschen echte Karten. Alles nur noch digital.«

»Dit is echt traurig«, stimmt ihr Klaus zu.

Eine Weile schweigen beide, während er seine Augen aufmerksam über die Regale und Aufsteller um sich herum schweifen lässt. »Wat machste mit dit janze Zeugs?«

Sam zuckt mit den Schultern. »Alles verkaufen, was ich verkaufen kann. Am Ende wohl zum Ramschpreis. Da rennen sie mir dann wahrscheinlich die Bude ein.«

Erneut gleitet sein Blick nachdenklich durch die kleine Papeterie, bis plötzlich ein Strahlen sein Gesicht erhellt. »Ick hab ne Idee! Wenn sich die Leute schon nich mehr schreiben, dann schreib du ihnen doch.«

»Ich?« Verständnislos schaut Sam ihn an.

»Ja. Papier haste ja jenug. Und wenn dit eh weg muss ... Schreibste allen nen Weihnachtsgruß.«

»Wie – allen?«

»Na, allen Leuten inne Stadt. Artus und ick jehn dann die Post verteil'n. Wir haben ja eh nüscht zu tun und n bisschen Bewegung kann nich schaden.« Zur Bekräftigung seiner Worte schlägt er sich lachend auf seinen dicken Bauch. Anschließend sieht er Samantha mit erwartungsvoll leuchtenden Augen an, sodass sie gar nicht anders kann, als auf seinen Vorschlag einzugehen.

Einen Einwand hat sie allerdings noch. »Was soll ich den Leuten denn schreiben?«

»Na, ick bin sicher, da fällt dir wat ein.« Verschmitzt zwinkert er ihr zu und zum ersten Mal seit Wochen breitet sich ein kleiner Hoffnungsschimmer in Samanthas Herz aus, dass es das Leben vielleicht doch gut mit ihr meint.

***

Liebe Nachbarn,

wie oft warten wir unser Leben lang auf das Glück. Auf den Lottogewinn ... die große Liebe ... den Karrieresprung ... den Traumurlaub oder was auch immer. Und wir verfluchen das Schicksal für all die kleinen und großen Sorgen, die es uns bereitet.

Doch dann kommt dieser Tag, an dem uns der Schnee am Morgen ein Lächeln ins Gesicht zaubert. An dem wir lernen, für die heiße Dusche und den Kaffee dankbar zu sein und eine unverhoffte Begegnung wichtiger ist als saubere Fensterscheiben.

Denn das Glück ist bereits da. Jeden Tag, in tausend kleinen Momenten … wenn du erkennst, dass der Schlüssel dazu in deinem Herzen steckt.

Eine frohe Adventszeit wünschen euch Samantha, Klaus und Artus

19. Ein Wintermärchen für Sóley
von Cindy Jegge

»Was für eine scheiß Kälte!« Ich zog mir die Mütze vom Kopf und schüttelte die nassen Locken aus. Auch wenn der Weg von meiner Wohnung bis ins Café nur etwa 500 Meter betrug, fühlte es sich an, als hätte ich einen Marathon während eines Schneesturms absolviert.

»Was ist denn mit dir passiert?« Gerrit trat in mein Blickfeld und musterte mich skeptisch. »Du hast auch schon besser ausgesehen.«

»Naturgewalt«, murmelte ich mürrisch und schälte mich mühsam aus meinem Mantel. »Kann es hier denn irgendwann mal nicht schneien?«

»Dir ist schon bewusst, dass wir in Kanada und nicht in der Karibik sind, oder?«

Als er nur ein Augenrollen von mir bekam, nahm er mir die Tupperdose aus der Hand und zeigte etwas irritiert auf meine Haare.

»Ich kümmere mich um die Kekse und du dich um … um … Keine Ahnung, wie ich das nennen soll, was du da auf dem Kopf hast.«

»Haare?«

»Also so würde ich sie nicht bezeichnen, aber okay, wie du meinst.«

Im großen Fenster zur Straße hin war mein Spiegelbild zwar nicht mehr deutlich zu erkennen. Es reichte jedoch trotzdem, um zu wissen, dass meine Haare scheiße aussahen.

Mit einem strengen Dutt und der grünen Schürze trat ich neben Gerrit an die Kaffeemaschine. »Wie war deine Schicht bis jetzt?«

»Na ja, du weißt schon, hier in Cochrane ereignet sich nicht unbedingt viel. Mrs. Thompson hat sich wieder einmal über den

Milchschaum ihres Latte Macchiatos beschwert und Larry hat nur etwa die Hälfte unserer Getränkelieferung gebracht. Ich weiß echt nicht, wo er sein Hirn in letzter Zeit hat.« Gerrit schüttelte den Kopf, während er ein ansehnliches Kunstwerk mithilfe von Schokopulver auf einem Cappuccino erschuf. »Ah und Henry war bereits sehr früh am Morgen hier und hat sich seinen schwarzen Kaffee geholt.«

»Henry war schon hier?« Die Worte verließen ungewöhnlich laut meinen Mund, sodass es im ganzen Café auf einen Schlag mucksmäuschenstill wurde und gefühlt zehn Augenpaare zu mir schnellten. Ich lächelte entschuldigend in die Runde, ehe ich mich wieder zu Gerrit wandte. Meine Laune war schon im Keller, als ich hier ankam, aber nun war sie mindestens noch zwei Stockwerke tiefer gesunken.

Mein Arbeitskollege zuckte entschuldigend mit den Schultern. »Ich glaube, er hat vergessen, dass du heute nicht den Laden aufschließt.«

»Ja klar.« Ich stöhnte resigniert und ließ meinen Kopf auf die Tischplatte segeln.

»Sóley, bitte reiß dich zusammen. Wir haben Kundschaft«, zischte Gerrit und stieß mich unsanft mit dem Ellbogen in die Rippen. Ich zwang mich, wieder eine aufrechte Position einzunehmen und verzog das Gesicht. In den letzten Monaten war der Besuch von Henry zu meinem täglichen Highlight geworden. Der junge Farmer, welcher etwas außerhalb von Cochrane den Hof seiner Familie führte, war einer der ersten, den ich hier kennengelernt hatte, als ich vor sechs Monaten in die kleine Ortschaft in der Nähe von Calgary gezogen war. Ich war joggen gewesen und irgendwann auf der Strecke falsch abgebogen. Auf jeden Fall hatte ich plötzlich so gar keinen Plan mehr gehabt, wo ich mich befand. Der einzige Mensch weit und breit war ein Farmer mitten auf einem riesigen Ackerfeld. Ich wartete, bis er mit dem Traktor möglichst nahe am Feldrand war, ehe ich wild zu winken begann. Er stieg aus und kam mit einem missmutigen Blick auf mich zu. Ich machte mich schon darauf gefasst, mich etwa eintausend Mal für meine Störung zu entschuldigen. Doch als ich ihm in die Augen blickte, waren meine Gedanken wie weggeblasen. Ich hatte noch nie so etwas Schönes gesehen. Seine Iris war von einem tiefen Blau und erinnerte mich an den Ozean in der Karibik. Er brummte ein »Kann ich Ihnen irgendwie helfen?« und seine tiefe Stimme riss mich wieder ins Hier und Jetzt. Ich fragte ihn nach dem Weg, entschuldigte mich tatsächlich an die tausend Mal und setzte mein süßestes Lächeln auf. Der missmutige Blick verschwand fast augenblicklich und er bot mir sogar an, mich nach Hause zu fahren. Auch wenn ich es gern angenommen hätte, nur um noch ein klein wenig länger mit ihm reden zu können, lehnte ich ab und bot ihm dafür als kleines Dankeschön ein Gratisgetränk im Café, in welchem ich arbeitete, an. Seit diesem Moment kam er täglich für einen schwarzen Kaffee. Leider sind wir nie über dieses Stadium hinausgekommen.

»Sóley … SÓLEY!« Gerrit schnippte ungeduldig mit seinen Fingern vor meinem Gesicht herum. »Geht es dir gut oder hast du gerade einen Schlaganfall?«

Ich schüttelte kurz den Kopf und zwang mich, mich nicht länger den Gedanken an Henry hinzugeben. »Sorry, was hast du gesagt?«

»Dass Tisch zwei gerne bezahlen möchte.«

»Wird gemacht.« Ich schluckte einmal hart und vertröstete mich damit, Gerrit nachher dafür doppelt so lange über Henry und seinen Besuch von heute auszufragen.

»Was hat er gesagt? Hat er nach mir gefragt?« Nachdem sich der Mittagsansturm gelegt hatte, saß nur noch Mr. Harper an seinem Stammtisch und las zufrieden seine Zeitung. Deshalb wagte ich einen erneuten Versuch, das Gespräch mit Gerrit wieder auf Henry zu lenken. Die Enttäuschung darüber, dass ich ihn verpasst hatte, hatte sich in der Zwischenzeit leider nur wenig gelegt.

»Eigentlich hat er nur seinen schwarzen Kaffee bestellt und ist wieder gegangen.«

Ich ließ meine Schultern augenblicklich sinken und stieß einen resignierten Pfiff aus. »Vielleicht sollte ich mich auch endlich damit abfinden, dass er kein Interesse hat.«

Nun hielt Gerrit abrupt in seiner Bewegung inne und sah mich fest an. »Dir ist bewusst, dass wir dieses Gespräch schon mindestens zehn Mal geführt haben, oder?«

»Ja, aber …«

»Und du weißt genau, dass du es danach keine zwei Tage ausgehalten hast, nicht für ihn zu schwärmen, oder?«

»Ich weiß, aber da hatte ich auch noch die Hoffnung, dass er mich zum Winterball einladen würde. Dies wäre perfekt gewesen. Aber vielleicht muss ich es einfach akzeptieren, dass sich unser Leben in kein Märchen mit Happy End verwandelt. Dann werde ich eben alleine sterben. Mit meinen zehn Katzen und …«

»Sóley!«, unterbrach mich Gerrit erneut. »Es reicht. Ich kann mir das nicht länger anhören.« Er schlug die Hände über dem Kopf zusammen und lief dann schnellen Schrittes zu einem der Hängeschränke. Mit einer gezielten Bewegung angelte er etwas vom obersten Regalbrett und hielt es mir danach mit einem leisen Seufzer hin. »Eigentlich hätte ich dir das erst nach deiner Schicht geben dürfen. Aber dein Gejammer hält ja keiner aus.«

Ich starrte auf den cremefarbenen Umschlag mit meinem Namen drauf. »Was … Was ist das?«

»Ein Elefant«, antwortete Gerrit und rollte mit den Augen. »Wonach sieht es denn für dich aus?« Als ich nicht sofort antwortete, wedelte er wild mit dem Papier vor meiner Nase herum. »Nimmst du ihn endlich?«

Zögerlich nahm ich ihm den Umschlag ab und drehte ihn vorsichtig von links nach rechts. Die Lasche auf der Rückseite war fein säuberlich mit einem Siegel verschlossen. Ich fuhr vorsichtig mit einem Finger das eingeprägte Emblem eines Schlüssels nach, ehe ich Gerrit verwirrt ansah. »Von wem hast du das?«

»Keine Fragen.« Er hob ermahnend den Finger. »Dies ist die einzige Regel, die ich für dich habe. Egal, was in diesem Brief steht und was noch auf dich wartet, du darfst keine Fragen stellen. Das ist die Bedingung.«

Mein Unterkiefer klappte nach unten, während mein Gehirn auf Hochtouren arbeitete. Von wem konnte dieser Brief bloß sein? Und was wollte diese Person von mir? Wieso durfte ich keine

Fragen stellen? Wurde ich gerade gekidnappt? Den letzten Gedanken verwarf ich sofort wieder. So schlimm würde es schon nicht werden.

Gerade als ich meine Überlegungen laut aussprechen wollte, kam mir Gerrit zuvor. »Keine Fragen. Denk nicht mal daran.«

»Aber ...«

»Sóley, nein. Lass dich einfach darauf ein. Seit Wochen liegst du mir in den Ohren, dass es mit Henry nicht weitergeht. Vielleicht tut dir gerade so ein Abenteuer gut. Sieh es als Chance und jetzt los, die Tische putzen sich nicht von alleine.«

Noch bevor Gerrit mehr sagen konnte, verschwand ich im Lagerraum. Ich konnte einfach nicht weiterarbeiten, ehe ich nicht wusste, was in dem Brief stand. Hastig zog ich mir eine Kiste mit leeren Colaflaschen heran und ließ mich darauf nieder. Vorsichtig brach ich das Siegel auf und zog eine kleine Karte heraus. Mit verschnörkelter Schrift stand da:

Meine schöne Sóley,

jedes Mal, wenn ich dich sehe, geht für mich die Sonne auf. Du bist zu meinem Lieblingsmoment an jedem einzelnen Tag geworden. Ich habe mir lange eingeredet, dass du zu gut für mich bist und ich nicht einmal den Hauch einer Chance habe, dich näher kennenzulernen. Aber die Zeit vergeht und meine Gefühle für dich sind in keiner Sekunde weniger geworden. Deshalb möchte ich dich zu einem Date einladen. Da du für mich eine sehr besondere Frau bist, habe ich mir auch eine besondere Überraschung für dich ausgedacht. Wenn du dich entscheidest mitzuspielen, dann gehst du um 17.00 Uhr zu Claudette in den Friseursalon. Sie wird sich gut um dich kümmern.

Lass dich verwöhnen.
Ich freue mich auf dich!

Rasch drehte ich die Karte auf die andere Seite, aber da stand nichts mehr. Es war nirgends ein Name oder auch nur Initialen zu finden. Etwas ratlos ließ ich den Brief sinken. Was sollte ich nur damit anfangen? War das etwa ein Scherz? Und wieso sollte ich vor meinem Date noch zum Friseur? So scheiße sahen meine Haare nun wirklich nicht aus.

»Sóley, kannst du bitte mal kommen?« Die Stimme von Gerrit hatte bereits diesen etwas hysterischen Ton angenommen und ich wusste genau, dass ich keine Sekunde länger herumtrödeln durfte.

Ohne auch nur zu wissen, was ich den ganzen Nachmittag eigentlich getan hatte, hing ich meine Schürze um 16.45 Uhr an die Garderobe und verabschiedete mich von Gerrit. Ich hielt mich an die Regeln und stellte keine weiteren Fragen. Ich wusste auch so ganz genau, dass er mir nichts verraten hätte. Entweder ich würde mich auf diese Sache einlassen und nach den Spielregeln dieses Unbekannten spielen oder ich müsste die Karte in den Müll werfen und so tun, als wäre nichts passiert.

Nachdem ich meine Meinung diesbezüglich alle fünf Minuten geändert hatte, beschloss ich, mich auf dieses außergewöhnliche Date einzulassen. Denn wenn auch nur der Hauch einer Chance bestand, dass hinter allem Henry steckte, musste ich es einfach darauf ankommen lassen.

Um Punkt 17.00 Uhr erreichte ich den Salon von Claudette. Diese erwartete mich bereits mit einem breiten Grinsen.

»Wie schön, dich zu sehen, Sóley. Ich freue mich wahnsinnig, dass du hier bist.«

Ich lächelte ihr etwas verkrampft zu und setzte mich schnell in den schwarzen Ledersessel, auf welchen sie einladend deutete.

»Du weißt ja, dass ich dir nichts verraten darf, oder?« Unsere Blicke trafen sich im Spiegel und ich nickte langsam.

»Gut, dann vertraust du mir deine Haare und das Make-up an?«

»Ich denke schon.«

»Perfekt. Ich werde dich nicht enttäuschen.«

Claudette wirkte mindestens genau so aufgeregt, wie ich mich fühlte, und so hörte ich ihr geduldig zu, wie es mit den Kindern lief und dass ihr Ehemann sie regelmäßig auf die Palme brachte.

Nach einer knappen Stunde blickte mich ein wunderschön geschminktes Gesicht im Spiegel an. Es wurde von braunen

Locken umrahmt, während der Rest der Haarpracht zu einem seitlichen Zopf geflochten war. Ich traute meinen Augen nicht.

»Das sieht wunderschön aus, Claudette«, stammelte ich, während ich mich ungläubig musterte.

»Nicht wahr?« Sie strahlte übers ganze Gesicht. »Und jetzt, los, los, du musst zu deinem nächsten Termin.« Sie lief eilig zur Kasse und holte einen weiteren Umschlag hervor.

»Hier, damit sollte alles gesagt sein. Ich wünsche dir einen tollen Abend.« Sachte, aber bestimmt, schob sie mich aus ihrem Salon.

»Und was ist mit deiner Bezahlung?«

»Alles erledigt. Dies gilt übrigens auch für deine nächste Station.« Claudette winkte fröhlich, ehe die Tür hinter ihr ins Schloss fiel.

Wie in Trance brach ich auch dieses Siegel auf und zog eine weitere Karte hervor. Darauf stand nur:

Tristan, 18.00 Uhr, Boutique »De Ville«

Ich blickte zögerlich die Straße hoch zu einem der beleuchteten Schaufenster. Ich kannte Tristan nur flüchtig, denn in seinem Geschäft war so ziemlich alles außerhalb meiner Preisklasse. Er verkaufte Smokings und Abendkleider und vielleicht wäre ich sogar bei ihm das erste Mal im Laden gelandet, hätte mich Henry zum Winterball eingeladen. Aber wir wissen alle, wie dieses Märchen geendet hatte. Nach einem tiefen Atemzug überquerte ich die Straße und hörte gleich darauf das Bimmeln des antiken Glöckchens, als ich das Geschäft betrat. Ein älterer Herr mit vollem, grauem Haar trat aus einem der hinteren Räume hervor und strahlte mich an.

»Du musst Sóley sein. Herzlich willkommen.« Er kam mit ausgestreckter Hand auf mich zu und schmunzelte gut gelaunt.

»Genau, die bin ich«, brachte ich hervor und blickte mich ehrfürchtig um. Schwarze Smokings und lange Ballkleider, soweit das Auge reichte.

»Ich freue mich, dich kennenzulernen. Mein Name ist Tristan. Du weißt, wieso du hier bist?«

»So in etwa.« Wieso hatte heute eigentlich jeder das Gefühl, ich würde über alles bestens Bescheid wissen? Fragen durfte ich ja sowieso nicht.

»Das freut mich. Ich habe dir in der dritten Garderobe eine Auswahl an Abendkleidern herausgesucht. Bei der Größe musste ich schätzen, aber ich denke, sie sollten ganz gut passen. Wenn du Hilfe brauchst, bin ich jederzeit hier.«

Er ließ mir etwas Platz und ich schlüpfte durch den Vorhang in die Umkleidekabine. Auf mich warteten drei wunderschöne Kleider. Ich begutachtete alle eingängig, bevor ich eines ums andere anprobierte. Sie passten alle tatsächlich wie angegossen, doch das letzte hatte es mir angetan. Es war ein bodenlanges, petrolfarbenes Chiffonkleid mit Herzausschnitt und Off-Shoulder-Ärmeln. Ich trat damit vor den Vorhang und Tristan lächelte zufrieden.

»Es passt wie angegossen. Du siehst wie eine Prinzessin aus.« Er sah mich für einen Augenblick versonnen an. Dann kramte er schnell einen Schuhkarton aus dem Regal hinter ihm hervor. »Hiermit machst du den Look perfekt.«

Ich spähte gespannt in den Karton und entdeckte silberfarbene Riemchenstilettos. Ich schluckte leer und warf einen unsicheren Blick aus dem Schaufenster. Es schneite zwar nicht mehr, aber die Straßen waren immer noch schneebedeckt.

Als hätte Tristan meine Gedanken gelesen, sagte er schnell: »Mach dir wegen des Wetters keine Sorgen. Du wirst nicht weit mit diesen Schuhen laufen müssen.«

»Na, ich hoffe, du hast recht«, platzte es aus mir heraus und ich schob ein entschuldigendes Lächeln nach.

»Keine Sorge. Dein Taxi wird jeden Augenblick hier sein. Zieh dir schon mal deinen Mantel über. Deine alten Kleider kannst du in der Umkleide lassen und morgen alles abholen.«

Da ich beschlossen hatte, mich über nichts mehr zu wundern, nickte ich nur und holte meine Tasche und den warmen Mantel. Tristan überreichte mir einen weiteren Umschlag. Ich brach schnell das Siegel mit dem Schlüssel-Emblem darauf auf und zog eine weitere Karte heraus. Darauf stand nur ein einziges Wort:
Fred

Waren ihm die Worte ausgegangen oder wieso wurden seine Mitteilungen immer kürzer? Doch bevor ich länger grübeln konnte, deutete Tristan auf die Straße vor seinem Laden. Im selben Augenblick hielt eine Kutsche direkt vor dem Schaufenster und ich konnte mir sofort einen Reim auf den Namen auf der Karte machen. Fred war ein Gutsbesitzer aus Cochran, welcher an die fünfzig Pferde besaß. Er war einer der berühmtesten Palomino-Züchter in ganz Alberta. Ein erleichterter Seufzer entfuhr mir, ehe ich mich bei Tristan bedankte und den Laden verließ. Fred wartete bereits neben der Kutsche und begrüßte mich mit einem Nicken.

»Ma'am.«

Dankend nahm ich seine Hand, um nicht im rutschigen Schnee mit meinem brandneuen Kleid hinzufallen, und kletterte die drei Tritte hinauf.

Schnell wickelte ich mich in die bereitgelegte Wolldecke und legte eines der Felle über meine zitternden Beine. Ob ich wegen der Kälte oder der Aufregung nicht ruhig sitzen konnte, wusste ich selbst nicht so genau, aber das Kribbeln in meinem Bauch konnte ich definitiv nicht mehr ignorieren. Denn nun würde die Stunde der Wahrheit schlagen. In hoffentlich wenigen Minuten würde ich meinen heimlichen Verehrer treffen. Ich überkreuzte meine Finger und schickte ein Stoßgebet gen Himmel, es möge doch bitte Henry sein. Die Kutsche setzte sich mit einem Ruck in Bewegung und kalter Fahrtwind blies mir ins Gesicht. Ich konnte nur hoffen, dass es an meinem Zielort warm war. Denn lange würde ich es in diesem Kleid draußen nicht aushalten.

Die verschneite Landschaft zog an mir vorbei und ich atmete tief ein. Schon bald hatten wir die Lichter der Stadt hinter uns gelassen und nur noch der Mond am Himmel leuchtete uns den Weg. Ein paar Kilometer weiter hielt Fred vor einer unscheinbaren Scheune. Ein Blitz der Enttäuschung durchfuhr mich. Hier wohnte nicht Henry. Um genau zu sein, war hier keine Farm weit und breit. Für einen Augenblick wollte ich dem Drang, sofort wegzulaufen, nachgeben. Doch wäre dies fair gewesen gegenüber meinem heimlichen Verehrer, nachdem er sich so viel Mühe gegeben hatte?

Fred durchbrach mein Gedankenchaos, indem er sich einmal laut räusperte und mir erneut seine Hand reichte. Ich kletterte aus der Kutsche, bemühte mich um ein Lächeln und trat ein paar Schritte in Richtung Scheune. Hier sah alles mehr oder weniger verlassen aus und für den Bruchteil einer Sekunde keimte die Idee mit dem Kidnapping wieder auf. Zweifelnd blickte ich mich nach Fred um, doch dieser nickte mir nur zum Abschied zu, ehe sich seine Pferde wieder in Bewegung setzten.

Er schien auch kein Mann großer Worte zu sein. Ich schloss kurz die Augen, um danach bestimmten Schrittes zum Tor zu laufen und die schwere Holztür aufzustoßen. Der Anblick, der mich drinnen erwartete, war alles andere als verlassen. Leise Musik drang an meine Ohren und die ganze Scheune glich einem Lichtermeer. Überall hingen weiße Lampions, Kerzen brannten in hohen Gefäßen und weiße Rosen standen in unterschiedlich großen Sträußen überall in Kristallvasen. Und mittendrin entdeckte ich ihn. In einem schwarzen Anzug, zurückgegelten Haaren und diesem unwiderstehlich schüchternen Lächeln. Ich traute meinen Augen nicht.

»Du siehst bezaubernd aus. Ich freu mich, dass du gekommen bist«, durchbrach Henry die Stille. »Ich war mir nicht ganz sicher.« Verlegen fuhr er sich mit der Hand über den Nacken.

»Ich … ähm … ich …« Mein Kopf schien plötzlich komplett leer. Ich hätte mir so etwas nicht einmal in den kühnsten Träumen vorgestellt. Es war einfach perfekt.

»Es tut mir leid, dass ich nicht den Mut gefunden habe, dich auf den Winterball einzuladen«, fuhr er fort und kam noch einen Schritt auf mich zu. »Ich habe mein Herz so lange vor einer möglichen Liebe verschlossen, doch dann kamst du und hast alles verändert. Als hättest du einen Schlüssel dazu, welcher schon lange verloren geglaubt war. Auch wenn ich es dir nie richtig zeigen konnte, ist alles wahr, was in dem ersten Brief steht. Du machst mein Leben heller. Schöner. Besonderer. Und als Zeichen meiner Zuneigung möchte ich dir dies hier schenken.« Er griff in die Innentasche seines Jacketts und zog eine längliche Schatulle hervor. Er öffnete sie behutsam und zum Vorschein kam ein filigranes Silberarmband mit einem einzigen Anhänger. Einem Schlüssel. »Der Schlüssel zu meinem Herzen«, erklärte er und überreichte mir die Schmuckschatulle.

Ohne weiter darüber nachzudenken, fiel ich ihm um den Hals. Mein sehnlichster Wunsch ging in Erfüllung und das Warten hatte sich tatsächlich gelohnt. Nun hatte ich endlich mein ganz persönliches Märchen.

20. Auf der Schwelle – Eine Geschichte aus dem GLYN-Universum

von Catrina Seiler

»Denkst du nicht, es ist an der Zeit, nach vorn zu schauen?«

Thomas Cole seufzte. Verzagt wich er dem bittenden Blick seines besten Freundes Will aus. Längst hatte er damit gerechnet, dass das Gespräch auf die Ruhe in seinem Haus zu sprechen kam, und er sah hinaus in die Dunkelheit. Allein die frühe Nacht und das Frostwetter erinnerten noch an den Winter. In den vergangenen Tagen hatte der stete Regen das letzte Weiß von den Gipfeln gewaschen und die Pegel der umliegenden Flüsse waren gestiegen. Von Will wusste er von den schwierigen Straßenverhältnissen im Holme Valley in diesen ersten Februartagen.

»Emily würde dir gern ihre Freundin Marjorie vorstellen, wenn du wieder in London bist«, sprach Will weiter. Mit dem Kastorhut klopfte er gegen sein Knie.

»Es schmerzt noch zu sehr.«

»Es ist über drei Jahre her. Willst du Mary ein weiteres Weihnachten voller Kümmernis erleben lassen?«

»Mary ist eine Cole.«

»Das Kind braucht eine Mutter«, sagte Will und sah – mit einem Gesichtsausdruck, wie ihn sonst nur Männer gestandenen Alters bei leidgeplagten Ermahnungen an ihre flatterhaften Söhne zeigten – über Thomas' Schulter. Der Kastorhut schlug erneut gegen den steifen Hosenstoff. »Und du, mein Lieber, du brauchst eine Frau. Gibt es keine Damen, die Interesse an einem vermögenden Händler wie dir haben?«

Gewiss, es gab eine Reihe von Damen, die in seiner Nähe erröteten und hinter vorgehaltener Hand ihre Gedanken ihren Freundinnen zuflüsterten, doch sie alle teilten das gleiche Problem – sie waren nicht Elizabeth. Mit ihr hatte er den Schwur, ewig einander und sich bis über den Tod hinaus zu lieben, gelobt. Daran wollte er festhalten, selbst wenn die Nächte noch so einsam waren.

»Lass dies meine Sorge sein.«

»Ich muss langsam aufbrechen«, erklärte Will.

Ihre Blicke trafen sich. Thomas nickte knapp und wollte den Abschiedsgruß erwidern.

Will jedoch ergriff seinen Unterarm und drückte ihn. »Auf Wiedersehen, mein Freund.«

In der Stille zwischen ihnen hörte Thomas das Murmeln in der Dunkelheit. Es wuchs sich zu dem Klang tosender und brechender Wellen aus und ein Flattern – eine verwirrende Kombination aus Verbundenheit und Furcht – breitete sich in ihm aus, während der Schlüssel an seiner Brust aufglühte.

Unvermittelt zog Thomas seinen Freund zu sich und trotz seiner Überraschung legte er den Arm auf Wills Rücken. Das Rauschen verklang, das Brennen auf seiner Haut wich einem angenehmen Kribbeln. »Mein Freund, reise mit Bedacht.«

Er spürte Wills Verwunderung, wie er zuvor das Murmeln des bösen Geistes gehört hatte.

Wills Griff lockerte sich. Er glitt aus Thomas' Umarmung. Seine Stirn war tief gefurcht, doch sie kannten einander gut genug, um es darauf beruhen zu lassen.

»Melde dich, wenn du etwas brauchst.« Will zögerte, als ob weitere Worte darauf hofften, ausgesprochen zu werden, doch schließlich landete der Kastorhut schwungvoll auf den lichter werdenden Haaren. »Die kleine Mary und du sind uns immer willkommen.«

»Natürlich.«

Will presste die Lippen zusammen, ehe er sich abwandte und zu dem wartenden Einspänner ging. Thomas sah dem Brougham nach, bis er die Kutsche nicht mehr in der Dunkelheit ausmachen konnte und schloss die Tür.

In der Stille des Hauses senkte er ermattet die Schultern. Die Besuche seines Freundes waren selten geworden, seit Will seines Vaters Buchhandlungen übernommen hatte. An diesem Abend hatten sie viel über das Geschäftsleben geredet. Ob Thomas nicht nach London zurückkehren wolle – was hielt ihn noch in Holm-firth? Wolle er nicht sein Geschäft ausbauen?

Doch Thomas hatte abgewunken. Seine Familie war vor über zwanzig Jahren aus London fortgezogen, um den stetigen Anfein-dungen der Nachbarn zu entgehen. Wer die Dienste der Coles benötigte, wusste, wo er sie fand.

Seine Freundschaft zu Will hatte angehalten. Genau wie er hatte auch Thomas die Aufgaben seines Vaters und dessen Verantwor-tung übernommen. Eine Tätigkeit, die den Coles seit Jahrzehnten ein Auskommen sicherte. Sein Blick glitt zu dem Zeremonien-dolch, den sein Vater einst von einem Geschäftspartner geschenkt bekommen hatte.

»Mister Cole.«

Er zuckte zusammen, als er Ellas Stimme vernahm. Leises Klap-pern folgte ihrem Gruß und sie kam die Treppe hinunter. »Mary schläft.«

Nach Elizabeths Tod war ihm nur Mary geblieben. Er tat alles für sein Mädchen und wollte, dass sie bestens versorgt wurde und die Bildung erhielt, die ihre Zukunft sichern würde. Die Suche nach einer Gouvernante hatte lang gedauert. Keine der Frauen hatte es geschafft, zu dem ernst und still gewordenen Kind vorzu-dringen. *Doch Ella …*

Er hatte Ella Fairborn das erste Mal in seinem Gemischtwaren-laden getroffen; sie war eine Fremde in Holmfirth. Am nächsten Tag war sie erneut in seinen Laden gekommen. Dann … wieder und wieder. Schuhwachs, ein Büchlein, Tinte. Sie blieb stets zurückhaltend, wie es sich für eine junge Frau gebührte, doch ihre Gespräche wurden länger und ihre Blicke vertrauter. Sie interes-sierte sich. An manchem stillen Nachmittag ertappte er sich sogar bei der Hoffnung auf ihren Besuch, hatte er doch das Gefühl, in ihren Augen von der Farbe eines Gletscherherzens etwas zu se-hen, das er verloren glaubte.

»Mister Cole?«

Er blinzelte und sein Blick wurde von dem Dolch fortgerissen. Im Dezember hatte die Bartley-Witwe nach ihm und seinem Stoffmusterbuch verlangt. Er musste Mary mitnehmen. An diesem düsteren Nachmittag traf er Ella im Haus der alten Dame und es grenzte an ein Wunder: Sie entlockte Mary ein Lächeln, und er wusste, dass er gefunden hatte, was er für Mary suchte.

Die Witwe Bartley starb, bevor die ausgesuchten Stoffe kamen, und nun arbeitete Ella für ihn.

Zunächst hatte er sie für neugierig gehalten, doch Ella war wissensdurstig. Egal, wie langweilig das Thema schien, sie sog jedes Wort auf. Daher wunderten ihn die Fragen nicht. Er hatte ihr nicht alles erzählt. Sie war eine Fremde in *ihrem* Leben. Er kannte die Regeln. Selbst wenn er es wollte – er durfte es nicht und sie durfte nie erfahren, zu welcher Magie er fähig war.

Den Dolch hielt sie für ein Präsent aus Afrika und das war gut so. Doch als würde Ella seine Gedanken erahnen und *Es* längst kennen, folgte ihm ihre Aufmerksamkeit zu seinem größten Geheimnis, das am anderen Ende der schmalen Eingangshalle im Dunkeln lauerte. Natürlich hatte sie gefragt, was es mit diesem Schrank auf sich habe – Erinnerungen, hatte er gesagt. Wie der Dolch …

»Ist alles in Ordnung?«

Wie ferngesteuert fasste Thomas sich an den Hals. Seine Finger verkrallten sich in dem Hemdenstoff, unter ihm spürte er die kalten Glieder der Kette. Der Schlüssel bohrte sich regelrecht in seine Haut, ehe er es vernahm: das leise Flüstern des beseelten Holzes in der Eingangshalle. Wie so oft sah er leblose Körper auf rostrot verfärbten Tischen, blutbespritzte Federn und schwarz verklebtes Haar. Eine blutige Säge. Über allem funkelte silberner Staub.

Nein!

Er riss seine Hand von der Macht, die seinen Vater das Leben gekostet hatte, fort. »Nein, es ist …«, er atmete tief ein und suchte ihren Blick, »alles in Ordnung.«

Ella trat auf ihn zu. »Ihr Kragen«, sagte sie. Geschickt rückte sie den steifen Stoff zurecht, ihre kühlen Finger streiften prickelnd über seine Haut, während er es kaum wagte, sich zu bewegen.

Ihr lieblicher Duft – eine zarte Mischung aus Lavendel und Rosmarin – umspielte seine Nase und er fragte sich, wie es wäre, ihre

Taille zu berühren, seine Arme um sie zu legen und ihre Lippen zu kosten.

Ella hielt inne. Ihre Hand ruhte noch an seinem Kragen, mit einem Mal schien sie zu begreifen, was sie eben getan hat.

Erschrocken blickte sie auf, doch löste sich nicht von ihm, und mit jedem Moment, der verging, tauchte er tiefer in den See aus blauer Endlosigkeit ein. *Wunderschön.*

»Es tut mi– «

Wie in einem Traum berührte er sacht ihre Lippen mit seinen. Sie schmeckten honigsüß. Um so vieles verlockender, als er es sich vorgestellt hatte, und der stille Tadel an sich selbst verlosch in seinem wachsenden Verlangen. Sie zögerte. Zärtlich legte er seine Hand an ihre Hüfte. Dann gab sie seinen Forderungen nach. Erst sacht, wie eine der fallenden Schneeflocken, die Ella an langen grauen Nachmittagen mit Mary am Fenster im Salon beobachtet hatte, tanzten ihre Lippen über seine, und er kostete ihre Vollkommenheit und Hingabe, ehe sie sich beide im Kuss verloren.

In der Nacht schreckte er auf. Ein Donnern jagte durch das Haus und ein Geräusch wie von fließendem Wasser folgte. Es kroch an den Wänden und an der Decke entlang. Schon bald erfüllte das Murmeln das gesamte Schlafzimmer und er richtete sich auf. Gedankenverloren fasste er sich an den Nacken. Schon wieder Regen?

Er blickte zur Seite und für einen Moment setzte sein Herz aus, ehe er sich erinnerte. An ihre Berührungen. An den Geschmack ihrer Lippen. An ihre Küsse. An ihre nackte Haut an seiner, erst so erschreckend kühl, doch dann im Lauf der Nacht …

Er schauerte.

Was habe ich getan?

Zögerlich strich er über ihr seidiges Haar. Am Anfang waren sie beide zurückhaltend gewesen. Sie scheute sicherlich zurück, war sie doch seine Angestellte und nur ein Mädchen, aber so sehr es sie hinderte, so gleichsam war es ein vertrautes, wenn auch böses Spiel. Und er?

Wie hatte er nur so nachlässig sein können? In dieser Nacht hatte er alles verraten, das er als ehrenhaft erachtete. Er hatte sein Versprechen an Elizabeth gebrochen.

Wieder donnerte es.

Neben ihm richtete Ella sich auf und rieb sich die Augen. »Was ist los?«

Thomas schlug die Decke zurück und schwang die Beine über die Bettkante. Er langte nach dem achtlos weggeworfenen Hemd und schlüpfte hinein, ohne die Schlafzimmertür aus dem Blick zu lassen. In seinem Kopf hörte er das Wispern und das Bett knarrte, als er sich erhob.

»Es klingt wie …«

Er hob die Hand. Das Murmeln begleitete ihn zur Tür, während sein Herz mit jedem Schritt schneller schlug. Seine Fähigkeiten waren anders als die seines Vaters und seines Großvaters, die vor ihm den Schlüssel gehütet hatten. Vor allem aber brachten sie ein Problem mit sich, bei dem ihm kaum jemand helfen konnte; nur Elizabeths beruhigendes Streicheln hatte die Stimmen der Vielen aus seinen Gedanken vertrieben. Aber das hier?

Nein, dieser Ruf war anders. Irgendetwas stimmte nicht. Unbewusst fasste er an seine Brust. Der Schlüssel glomm unter seinen Fingern auf und er glaubte, neben dem Murmeln deutlich seinen Herzschlag zu hören. *Liegt es an ihr?*

Sie trat zu ihm. In ihren Augen lagen Argwohn und Furcht. Thomas senkte die Hand.

»Wasser«, flüsterte Ella.

Das Wort hallte an den Wänden seiner Gedankenkathedrale wider. Er erinnerte sich an Wills Begrüßungsworte bei seinem Besuch: *Bei euch gibt es wohl keinen Schnee, nur Regen?* Das verlorene Hufeisen. Die überschwemmten Straßen.

Plötzlich wusste er, was geschehen war.

»Wir müssen fliehen!«

»Fliehen?«

»Der Damm – Bilberry … Er ist gebrochen! Das Wasser kommt ins Tal!«

Ellas Augen weiteten sich vor Schreck. »Aber der Damm – es sind nur wenige Meilen. Das schaffen wir – «

Er riss die Kette von seinem Hals, schnellte vor und packte ihre Hand. Grob drückte er ihr den Schlüssel in die Handfläche und sekundenlang sah er sie an, ohne sie loszulassen. Es spielte keine Rolle, ob er ihr sein Geheimnis offenbaren musste oder nicht – es ging um Leben und Tod und nur Magie konnte sie retten.

»Thomas«, flüsterte sie.

Er riss sich von dem Gletscherherz in ihren Augen los. »Der Schrank im Flur«, sagte er. Abrupt löste er seinen Griff. »Öffne ihn, doch gehe nicht ohne mich hinein.«

»Wieso sollte ich in einen Schrank stei– «

»Vertrau mir! Ich hole Mary.«

»Aber das Wasser?«

Ohne sich weiter mit ihrer Verwirrung abzugeben, eilte er zu Marys Zimmer, riss die Tür auf und hastete zu ihrem Bett.

Seine Tochter schlief. Das spärliche Mondlicht, das durch die dichte Wolkendecke drang, zauberte verwirrende Schatten auf ihr friedliches Gesicht.

»Mary!«

»Da– «

Thomas schlug die Decke zurück, packte seine Tochter und hob sie an seine Schulter.

»Daddy, was ist?«, fragte sie verschlafen.

»Wir müssen fort.«

»Wohin?«

Als er begriffen hatte, was passiert war, gab es nur eine Möglichkeit, der Flut zu entfliehen. *Wider besseren Wissens*, sagte er sich und verdrängte die lockende Stimme, die er so oft gehört hatte, aus seinen Gedanken. Er hatte Elizabeth versprochen, es nie so weit kommen zu lassen. Aber nun –

»Wohin gehen wir?«, quengelte Mary.

Er schob seine Zweifel beiseite. Wie sollten sie sonst dem Tod entkommen?

»Ich wi– « Mary zappelte.

Er fasste sie fester und nahm den letzten Tritt. Ella wartete im Flur. Knöcheltief stand sie im Wasser des Bilberry-Reservoirs. Der Schrank in ihrem Rücken – geschlossen.

Thomas verlangsamte seinen Schritt.

Ella betrachtete den goldenen Schlüssel in ihrer Hand.

»Ella, wieso hast du die Tür nicht geöffnet?«, fragte er. Stand sie unter Schock?

Sie sah auf. »Kann ich das denn?«

Ein trauriger Ausdruck lag auf ihrem wunderschönen Gesicht und als würde dieser Schmerz nicht genügen, meldete *Es* sich zu Wort. Dieses sonst so leise und lockende Flüstern trug Ärger über Thomas' Unachtsamkeit mit sich.

»Daddy?«

Vorsichtig ließ er Mary zu Boden sinken. »Bleib bei mir«, flüsterte er, drückte sie hinter sich und verlor dabei Ella nicht aus den Augen. »Was soll das, Ella?«

»Es ist vorbei.«

»Was?« Die Gedankenkathedrale bröckelte, während er nach einer Antwort suchte.

Sie drehte die Hand, das Gold blitzte flüchtig. Unter dem Ärmel ihres Nachthemds tauchte ein Band auf. Schlicht. Gewebt. Seine Augen weiteten sich vor Schreck, als er sich der eingewobenen Magie bewusst wurde. Um sein Herz schienen sich tausend wütende Hände zu legen. Atemlos sah er zu der Frau auf, der er vertraut hatte.

Das darf nicht sein, nein, nicht jetzt –
Wie habe ich das übersehen können?

Die Traurigkeit war aus Ellas Gesicht verschwunden, was Es erzürnte, und von seiner Seite vernahm Thomas nichts anderes als reinen Zorn.

»Daddy, wo kommt das Wasser her?«

Er spürte Mary an seinem Bein. Wie er blickte sie zu der Frau und in seiner Verzweiflung verwob er alles, was er wusste, sie je gesagt hatte, sie ihn je spüren gelassen hatte, zu einer Geschichte und etwas in ihm zerbrach. Wie hatte er nur so töricht sein können?

Wie wahr!

»Bist du eine – «

»Ich wurde geschickt, um euer schändliches Tun zu beenden«, erklärte sie und die Ruhe in ihrer Stimme wirkte wie tausend Nadelstiche in sein Herz.

Ella öffnete die Finger und die Magie trug den Schlüssel empor. Wie ein Kolibri vor der Blüte schwebte er zwischen ihnen in der Luft. Wie hatte er nur so blind sein können?

Es war alles gelogen.

Alles, was Ella getan hatte, sogar Ella selbst, war eine Lüge.

»Daddy? Es fliegt!« Mary machte einen Schritt vor und strahlte. »Wie der Schneemann – «

Nein!

Er wollte Ella packen, sie schütteln und sie anschreien, was sie sich gedacht hatte – sie war nicht wie er oder Mary.

Wieso hatte sie ihm das nicht gesagt?

Doch die Stimme in seinem Kopf wurde lauter; es wäre nur die halbe Wahrheit. In ihrer Gänze war sie um so vieles schrecklicher, als er es sich nach den Erzählungen seines Vaters je vorgestellt hatte.

All die Sanftmut, die er in den vergangenen Wochen geglaubt hatte in Ellas lieblichem Gesicht zu sehen, verschwand, und in ihren Augen lag tiefe Abscheu.

»Das Tairsing wird euch nicht länger dienen«, fuhr Ella fort und ihre Worte fachten *seine* Wut an. *Sein* Schrei jagte durch die Ruinen seiner Gedanken.

Der Schlüssel drehte sich in der Luft. Schimmernde Fäden von flüssigem Gold glitten zwischen ihnen zu Boden, tauchten in die steigende Flut ein und mit ihnen löste sich die Magie, die seine Familie seit Jahrzehnten bewahrt hatte, auf.

»Nein!« Er riss sich von Mary los und packte den Griff des Zeremoniendolchs. Die Klinge blitzte im Licht auf.

Er stob nach vorn und der Frau entgegen, von der er gehofft hatte, sie würde Marys und seinem Leben das zurückgeben, was ihnen das Schicksal genommen hatte, doch im nächsten Moment verfluchte er sich für seine Torheit.

»Daddy!«

Der Dolch glitt durch den Stoff und das Fleisch, als wären sie weiche Butter. Ein erstickter Laut drang über ihre Lippen und ermattet ließ Ella sich nach vorn sinken. Ihre Stimme war kaum mehr als ein Hauch, doch sie brannte in seinen Ohren wie Feuer, und das Metall knisterte. »Es tut mir leid.«

»Du – «

Magie.

Wie hatte er sich so irren können?

Eine Wandlerin.

Das magisch verformte Metall bohrte sich in seine Haut. Warm glitt sein Leben über die Klinge, während er ihren Duft einatmete, als könnten ihn Lavendel und Rosmarin noch retten.

Sie trat zurück. Der Stoff um die gewandelte Klinge verfärbte sich dunkel und Thomas torkelte nach hinten.

»Wie …« Er hob die zitternden Hände.

»Ein *afrikanischer* Zeremoniendolch.« Sie sprach seine eigenen Worte. »Ich habe ihn ohne Probleme erkannt, er zeugt von der Hoheit der Skaduwee. Ein weiteres Beispiel für eure Unverfrorenheit, euch an dem zu bereichern, das euch nicht gebührt.«

»Das ist nicht wahr«, flüsterte er und sein Blut tropfte auf den Griff, der aus seiner Brust ragte. Er wusste selbst nicht, was er meinte.

»Bist du nicht genauso?« Sie zögerte. »*Fear.*«

»Nein, ich habe nie …«

Seine Knie gaben nach. Dumpfer Schmerz jagte seine Arme hinauf und die Klinge bohrte sich tiefer in sein Fleisch. Wasser spritzte auf und bis zum Hals tauchte er in das kalte Nass ein. Er schmeckte Eisen.

»Du hast die gleiche Schuld wie dein Vater, wie dein Vatersvater und wie dessen Vatersvater auf dich geladen … Mit euch wird es nun enden.«

»Daddy!« Mary warf sich schluchzend über ihn.

»Mary – « Es kribbelte. Überall. Warm glitt das Blut über seine Lippen und er zwang sich, seinen Arm zur nackten Schulter seiner Tochter zu heben. Mary zitterte unter seiner Berührung. Das

Wasser riss an ihrem dünnen Nachthemd. *Sie erkältet sich bestimmt*, dachte er und schalt sich unmittelbar für diesen Gedanken. Drohte ihr nicht ein schlimmeres Schicksal?

Von Ella – oh, mit welch anderen Augen er ihren Namen nun sah! – durfte sie keine Gnade erwarten.

»Bring dich … in Si… Sicherheit«, brachte er mühevoll hervor.

»Daddy, ich lass dich nicht zurück!«

»Du musst.«

»Nein! Ich kann dich – « Sie atmete tief ein. »Ich schaff das, ich muss nur …«

Es hatte lang gedauert, ihre Befähigung zu erkennen. Mary war ungeübt. Von einem Flurende an das andere – das schaffte sie, aber weiter? In Sicherheit vor den Wassermassen? Gar sicher vor ihr?

»Verschwinde, zum West Nab.«

»Nein!«

Er keuchte. »Ella ist …«

Das Wasser flüsterte, als Ella herantrat und er wandte sich von dem verzweifelten Gesichtsausdruck seiner Tochter ab. Tränen glänzten in ihren Augen. Er hatte versagt: als Ehemann, als Beschützer des Familienerbes und vor allem als Vater.

»Was bin ich?«, fragte Ella.

Mary blickte zu ihr auf. »Eine Fee.«

»Du weißt, was das heißt, Hexerkind?«

»Ja.« Mary holte entschieden Luft und klang erstaunlich gefasst bei ihren nächsten Worten: »Ich werde sterben, genau wie …«, sie drehte sich zu ihm um und lächelte, »… mein Daddy.«

Wieder wisperte das Wasser und Ellas Schatten fiel auf sie. Die Schmerzen trübten seine Sicht, er konnte ihre Gesichtszüge nicht mehr ausmachen.

»Du bist ein erstaunlich kluges Menschenmädchen. Doch du hättest deinem Vater gehorchen sollen«, sagte Ella, bevor das Wasser ihn mit sich nahm und er in die Dunkelheit glitt.

21. Spuren im Schnee
von Rebekka Haindl

Donnerstag, 15. 12.

Ein weiteres nerviges Klingeln riss mich aus den Träumen. Mit einem frustrierten Brummen machte ich den fünften Wecker aus und schlug die warme Bettdecke zurück. Fröstelnd schwang ich beide Beine aus dem Bett und tapste zur Dusche.

Der heiße Strahl löste meine Verspannungen und belebte meine Sinne, und kurz darauf war ich mehr oder weniger bereit, in den Tag zu starten. Ich spähte in Richtung Uhr – war noch Zeit für eine Tasse Kaffee?

Beim Blick aus dem Fenster erübrigte sich diese Frage – über Nacht hatte es geschneit und die Landschaft, die gestern noch kahl und braun gewesen war, zeigte sich nun von einem eisigen weißen Puder bedeckt.

Seufzend zog ich mich warm an, stapfte zum Auto und machte mich an die mühselige Arbeit des Abfegens und Eiskratzens, bevor ich zur Arbeit starten konnte.

Der Vormittag verlief schleppend. Eine Kollegin hatte sich zu allem Überdruss dazu entschlossen, die Weihnachtsbeleuchtung herauszuholen und lautstark im Radio Weihnachtslieder aufzudrehen. Das trug dazu bei, dass ich immer missmutiger wurde. Bis Heiligabend waren es noch einige Tage hin – ich hatte gehofft, bis dahin mit solcherlei Beschallung verschont zu werden.

Geschenke hatte ich zum Glück schon letzte Woche online bestellt – die Pakete sollten demnächst eintrudeln. Zumindest etwas, worüber ich mir keine Gedanken machen musste. Mit der Familie war ich erst am 25. verabredet – Heiligabend wollte dieses Jahr jeder mit seinen Liebsten verbringen. In meinem Fall waren das meine Katzen Triss und Yen, für die ich ebenfalls etwas Nettes bestellt hatte. Als Gegenleistung erhoffte ich mir einen gemütlichen Abend mit den beiden auf dem Sofa, wo wir eine neue Serie beginnen wollten.

Als ich am späten Nachmittag aus dem Büro trat, war es bereits dunkel und nur das fahle Licht der Straßenlaternen beleuchtete den Weg über den Parkplatz. Der dichte Schneefall, der sich den ganzen Tag über hingezogen hatte, hatte endlich aufgehört, doch die Straße war nicht geräumt und so musste ich besonders vorsichtig heimfahren.

Als ich daheim zum Gartenzaun trat und die kniehohe Schneewehe musterte, die ich durchqueren durfte, fielen mir tiefe Fußspuren auf, die zur Haustür führten. Sie mussten dem Postler gehören – vermutlich hatte er die ersten Pakete abgestellt!

Die Stapfen kamen mir gerade recht – ich passte meine Schritte an und sank dadurch nicht ganz so tief ein. Auf der Veranda konnte ich leider kein Packerl finden, aber es war zu kalt und dunkel, um länger zu suchen. Daher sperrte ich rasch die Tür auf und trat ins Innere, wo ich vom fordernden Raunzen meiner beiden Monster begrüßt wurde.

Freitag, 16. 12.

Am nächsten Morgen verschlief ich, erledigte die Morgenroutine in Rekordzeit und rannte ungeschminkt aus dem Haus. Über Nacht hatte es erneut zu schneien begonnen. Trotz allem kam ich pünktlich im Büro an und nach zwei Tassen dampfenden Kräutertees beruhigte sich langsam mein Herzschlag.

Die Kollegin mit den Weihnachtssongs war zum Glück ab heute im Urlaub. Der Chef wollte trotzdem etwas Weihnachtsstimmung einbringen und schlug vor, am 23. eine kleine Feier zu veranstalten, zu der alle etwas mitbringen sollten. Ich beschloss, mein alljährliches Lebkuchentiramisu beizusteuern, das stets gut ankam.

Das hieß also – heute Nachmittag: auf ins Lebensmittelgeschäft. Dabei konnte ich gleich für die Kekse einkaufen, die ich am Wochenende backen wollte. Zwar hatte meine Großmutter kiloweise Weihnachtsgebäck fabriziert, doch ich wollte ihr zumindest ein wenig Konkurrenz bieten und eine Sorte beisteuern, die sie nicht beherrschte – Lebkuchen. Der Gedanke lockte mir das erste

Lächeln des Tages über die Lippen. Ich freute mich auf die Familienfeier bei den Großeltern am zweiten Weihnachtstag.

Der restliche Arbeitstag verging wie im Flug und so gelang es mir heute tatsächlich, alle Besorgungen zu erledigen. Als ich nach Hause kam, war ich völlig erschöpft, aber zufrieden. Erneut fand ich tiefe Fußstapfen im Schnee vor, die vom Gehsteig zur Veranda führten. Heute waren die Pakete endlich angekommen! Ich beschloss, das Verpacken in Geschenkpapier auf morgen zu verschieben, und ging zeitig ins Bett.

Das Wochenende war wie immer zu kurz, doch ich schaffte alles, was ich mir vorgenommen hatte. Am Sonntagabend war ich dadurch so ausgelaugt, dass ich mich nur mehr mit einer dampfenden Tasse Tee unter einer flauschigen Decke aufs Sofa kuschelte, wo mir Yen und Triss freudig Gesellschaft leisteten.

Ich war wohl auf dem Sofa eingenickt, denn ein leises Kratzen riss mich aus dem Schlaf. Es war stockdunkel – die Zeitschaltuhren der Nachbarn hatten deren üppige Weihnachtsbeleuchtung längst zum Erlöschen gebracht. Nur die Straßenlaternen warfen ihren schwachen Schein ins Innere des Wohnzimmers. Erneut kratzte und scharrte es und ich zuckte erschrocken zusammen, als sich ein leuchtendes Augenpaar direkt auf mich zubewegte. Begleitet von einem Maunzen sprang ein weicher Körper in meinen Schoß, der sich nach einigen zaghaften Bewegungen dort niederließ und leise zu schnurren begann. Geistesabwesend begann ich Triss zu kraulen, während ich in die Dunkelheit lauschte. Bis auf das stetige Brummen aus der Kehle der Kleinen konnte ich kein weiteres Geräusch wahrnehmen. Nach einer Weile beruhigte ich mich und gähnte lautstark, wodurch Triss erschrocken vom Sofa sprang. Ich trottete in mein Bett und fiel sofort in einen tiefen Schlaf.

Montag, 19. 12.

Ich erwachte völlig gerädert und fuhr wie in Trance zur Arbeit, wo mich ein anstrengender Tag erwartete. In der letzten Woche vor Weihnachten war alles hoch akut und musste vor den Feiertagen noch erledigt werden. Als ich das Büro verließ, hatte es zu allem Überfluss schon wieder heftig zu schneien begonnen, die Heimfahrt verlief mühselig und langsam. Als ich endlich daheim ankam, war ich erschöpft und grantig und ... Waren das erneut Fußstapfen? Ja, da führten eindeutig tiefe Fußspuren vom Gehsteig aus durch den Vorgarten zur Haustür. Der Schnee war bereits dabei, sie mit seinen eisigen Flocken zuzudecken. Also konnten sie noch nicht allzu alt sein. Verwundert spähte ich in Richtung Eingang, doch da war niemand. Hatte ich Besuch?

Ich folgte den Spuren und klopfte den weißen Puder von der Kleidung, bevor ich versuchte, die Tür zu öffnen. Sie war verschlossen – möglicherweise war meine Mutter auf einen Spontanbesuch vorbeigekommen und hatte den Ersatzschlüssel verwendet, den ich wie jede vorsichtige Person unter einem alten Blumentopf auf der Veranda versteckt hatte.

Ich sperrte auf und trat ein, in Erwartung des warmen Flurlichts, doch es war völlig dunkel. Verwundert vermisste ich die Begrüßung meiner beiden Monster, die mich längst auf ihre Fütterungszeit hinweisen sollten, aber nichts. Etwas beunruhigt trat ich zum Blumentopf und hob ihn hoch – erleichtert stellte ich fest, dass der kleine Messingschlüssel noch darin lag. Ich nahm ihn in die Hand – das Metall fühlte sich kalt an. Anscheinend war ich doch etwas paranoid gewesen. Wahrscheinlich war die Person in ihren eigenen Fußspuren wieder zurück gestapft. Ich schüttelte den Kopf angesichts meiner eigenen Einbildungskraft und ging in die Küche, wo Triss und Yen nach kurzem Locken mit dem Trockenfutter endlich angelaufen kamen und mir um die Beine strichen.

Dienstag, 20. 12.

Auch der nächste Arbeitstag war stressig, dafür verging er wie im Flug. Es war eine Menge zu tun und ich kam wieder spät aus dem Büro. Zuhause angekommen, warf ich fast unbewusst einen Blick auf den nahezu unberührten Schnee im Vorgarten – erneut konnte ich tiefe Fußstapfen entdecken, die zur Eingangstür führten! Beunruhigt ging ich in die Hocke und untersuchte die Abdrücke. Sie führten nur in eine Richtung – zum Haus. Es gab keinen Hinweis darauf, dass die Person denselben Weg zurückgenommen hatte. Sie musste also noch dort sein! Ich scannte alle Fenster, in keinem brannte Licht. Kein Hinweis auf einen ungebetenen Besucher. Ich überlegte, ob ich jemanden anrufen sollte – entschloss mich allerdings, der Paranoia nicht nachzugeben. Vermutlich gab es eine logische Erklärung für dieses Phänomen. Ich war keine geübte Spurenleserin und es hatte leicht zu schneien begonnen. Die Fährte, die vom Haus wegführte, konnte einfach verborgen sein.

Ich konnte dennoch nicht verhindern, dass meine Hände zitterten, als ich den Schlüssel ins Schloss steckte und ihn unwillkürlich leise drehte. Beim Klicken zuckte ich zusammen. So sanft ich konnte, öffnete ich die Tür und schlüpfte ins Haus. Es war stockdunkel und still – nur das Summen des Kühlschranks war zu vernehmen. Ich schlich mit dem Handy bewaffnet erst in die Küche, dann ins Wohnzimmer und durch die restlichen Räume. Erleichtert atmete ich auf. Niemand war hier, außer mir und die unbegründete Angst.

Ich schnalzte einige Male mit der Zunge – besorgt stellte ich fest, dass weder Yen noch Triss auf das Lockgeräusch reagierten. Nochmals startete ich eine Suchaktion durchs ganze Haus und entdeckte die beiden zusammengekauert im hintersten Winkel unterm Bett, wo sie mir mit großen, leuchtenden Augen entgegenstarrten. Es brauchte all meine Überzeugungskraft und einige Leckerlis, um sie hervorzulocken.

In dieser Nacht ließ ich die beiden Monster bei mir im Bett schlafen. Das machte ich normalerweise nicht, da sie mich als nachtaktive Wesen häufig wachhielten. Doch ich war unruhig und wollte nicht allein sein. Mitten in der Nacht wurde ich von einem schrecklichen Fauchen aus dem Schlaf gerissen – Yen stand auf der anderen Bettseite, das Fell gesträubt, den Schweif aufgestellt und aufgeplustert, und starrte aus dem Fenster, während sie ein wütendes Grollen von sich gab. Noch nie hatte ich sie so aufgebracht gesehen. Verängstigt suchte ich nach Triss, aber sie war weit und breit nicht zu entdecken.

Ich schlang mir die Decke um den Leib und hastete zum Fenster. Das Schlafzimmer befand sich im ersten Obergeschoss und nicht einmal ein Baum stand davor – was hatte Yen so aufgebracht? Ich musterte den Garten, der still und unberührt dalag. Die Hecken der Nachbarn warfen tiefschwarze Schatten in den eisigen Schnee, ihre kahlen Zweige bewegten sich wie monsterhafte Finger im Nachtwind.

Benommen schlich ich zurück zum Bett und strich Yen über den Rücken, die sich nur langsam beruhigte. Mein Puls raste, doch die Streicheleinheit half auch mir. Nach und nach übermannte mich erneut die Müdigkeit.

Mittwoch, 21. 12.

Ein weiterer Arbeitstag verging. Meinen Kollegen war die Weihnachtsstimmung bereits anzumerken – der Chef wünschte allen ein frohes Fest und erinnerte an die Feier, die wir am 23. abhalten würden.

Diesmal schaffte ich es pünktlich raus und unternahm einen Trip zum Bauhaus, wo ich eine kleine Topf-Tanne kaufte. Auf dem Weg zur Kassa kam ich an einem Outdoor-Licht mit Bewegungssensor vorbei, das mich innehalten ließ. Ich hatte mir schon lang eins zulegen wollen, denn der Weg vom Gehsteig zur Haustür war viel zu dunkel.

Als ich daheim ankam, untersuchte ich zuerst den Schnee im Vorgarten. Er war immer noch kniehoch, da ich mir nicht die Mühe gemacht hatte, ihn beiseitezuschaffen. Die schweren Fußstapfen waren deutlich zu erkennen – doch es war unmöglich zu eruieren, ob sie frisch waren.

Der Abend verlief ruhig und weil ich den Schlafmangel der vergangenen Nächte immer noch spürte, ging ich bald ins Bett.

Donnerstag, 22. 12.

Der vorletzte Arbeitstag verlief deutlich entspannter und langsam gelang es mir, mich wieder zu beruhigen. Fast vergaß ich die seltsamen Vorkommnisse der letzten Tage und ertappte mich, wie ich geistesabwesend in Weihnachtslieder einstimmte.

Als ich am frühen Abend pünktlich nach Hause kam, hatte ich alle Gedanken an die Fußstapfen abgeschüttelt – daher war ich umso schockierter, als ich sie erneut frisch wie eh und je im Neuschnee entdeckte. Ich wich einige Schritte zurück und sah mich in alle Richtungen um. Auf der Straße war außer mir niemand zu sehen. Mit rasendem Herzen näherte ich mich dem Haus und erschrak, als der Bewegungssensor das Licht anmachte. Weit und breit keine Menschenseele.

Vielleicht war es ein grausamer Streich! Doch zu welchem Zweck war mir unklar – auch, was die Pointe davon sein sollte. Es konnte sich um kein Nachbarskind handeln, dazu waren die Spuren zu groß. Wer sollte sich so etwas einfallen lassen?

Ich testete die Eingangstür – fest verschlossen. Ich atmete einige Male tief durch und bevor ich die Klinke hinunterdrückte, zog ich das Handy aus der Tasche und wählte den Notruf vor – damit ich ihn schnell absetzen konnte, falls nötig.

Wieder erwies sich meine Paranoia als unbegründet – bis auf Triss, Yen und mir war niemand da. Dennoch ließ mich das mulmige Gefühl nicht los und ich zuckte den gesamten Abend beim kleinsten Geräusch zusammen.

Freitag, 23. 12.

Endlich war der letzte Arbeitstag da – ich war schrecklich müde, weil ich die ganze Nacht kaum ein Auge zugetan hatte. Dementsprechend schlecht drauf war ich nicht in der Lage, mich auf die Weihnachtsstimmung der anderen bei unserer Feier einzulassen.

Trotz meiner miserablen Laune war ich unglücklich, als die Zeit zum Heimgehen gekommen war. Ich hatte Angst und wollte nicht allein sein! Ich überlegte, zu meinen Eltern zu fahren, entschied mich aber dagegen. Bisher hatte ich auch überlebt. Außerdem konnte ich die Katzen nicht allein zurücklassen.

Zuhause angekommen, kamen mir fast die Tränen, als ich wieder die schweren Fußspuren entdeckte. Ich wiederholte die Hausdurchsuchung von gestern – erneut ohne Ergebnis. Inzwischen wusste ich nicht mal mehr, ob mich das erleichtern oder noch mehr beunruhigen sollte.

Diese Nacht brachte ich ein Messer mit ins Bett. Ich fühlte mich einfach sicherer damit. Ich keilte es zwischen Nachttischkästchen und Bett ein und legte sicherheitshalber einen Zierpolster darüber. Dann testete ich einige Male, ob ich es schnell und problemlos ziehen konnte. Als ich zufrieden war, schloss ich die Augen – der Schlaf ließ lange auf sich warten.

<u>Samstag, 24. 12.</u>
Am Heiligabend erwachte ich erst am späten Vormittag. Ich fühlte mich, als hätte ich gar nicht geschlafen, stand aber trotzdem auf, da sich meine Gedanken sonst nur im Kreis drehen würden.

Ich verbrachte den Tag mit dem Schmücken des Baums und beobachtete Yen und Triss, wie sie die Plastikchristbaumkugeln durch die Gegend jagten.

Am Nachmittag bereitete ich mein Lieblingsessen zu, was ich mir vorm Fernseher schmecken ließ. Mit der Zeit brach die Dunkelheit über uns herein und ich stand auf, um das Licht anzumachen. Dabei kam mir ein Gedanke – zum ersten Mal seit Tagen war ich nachmittags daheim. Was, wenn der Besucher erneut vorbeikam? Mir wurde eisig kalt und ich begann zu zittern.

Ich ging zum Bücherregal, wo mein Laptop postiert war. Daneben lag eine kabellose Kamera, die ich in letzter Zeit für Meetings im Homeoffice verwendet hatte. Ich trug sie zum Fenster im Vorraum, das einen guten Blick in den Vorgarten bot, und spähte hinaus. Nichts zu sehen außer dem verschneiten Gelände.

Ich klemmte die Kamera so in einen Blumentopf, dass sie nach draußen gerichtet war. Dann ging ich zum Laptop und aktivierte das Video. Nun hatte ich ein Live-Überwachungsbild! Durch die Dämmerung war die Qualität schlecht, es reichte allerdings für etwas gefühlte Sicherheit. Dennoch lastete mir die Angst schwer in der Magengegend und ich beschloss, meine Großmutter anzurufen. Ich musste eine freundliche Stimme hören. Danach fühlte ich mich etwas besser. Ich kuschelte mich in die Decke und machte eine Serie an, die mich kurz darauf völlig in ihren Bann zog. Den Livestream von der Kamera ließ ich nur mehr nebenbei laufen.

Plötzlich ertönte ein leises Klicken und auf der Veranda ging das Licht an. Mit einem Mal war ich hellwach und mein Puls begann zu rasen.

Instinktiv wandte sich mein Blick dem Laptop zu, doch die Auflösung des Bildes war nicht hoch genug und das Schneegestöber tat sein Übriges, um die Aufnahme zu beeinträchtigen. Ich stürmte zur Eingangstür und riss sie auf. Ein eisiger Windhauch schlug mir entgegen, aber ich war zu aufgeregt, um zu frieren. Ich starrte in den Vorgarten, der vom Verandalicht hell erleuchtet war. Die verschneiten Büsche warfen tiefe Schatten in den Schnee, ansonsten war nichts zu sehen. Langsam ließ ich meinen Blick nach unten wandern und mein Herz setzte einen Schlag aus – Fußspuren endeten direkt vor meinem Türvorleger. Auf der Matte selbst lag frisch herabgerieselter Schnee.

Ich knallte die Tür zu und drehte den Schlüssel, bis er anstand. Dann ließ ich mich schaudernd am Rahmen zu Boden gleiten. Sollte ich die Polizei rufen? Nur aus welchem Anlass? Niemand war eingebrochen, es war nichts geschehen und die Gesetzeshüter hatten sicherlich an den Feiertagen mehr als genug zu tun.

Nach einer Weile ertönte ein neues Klicken – das Verandalicht ging aus und ließ mich im dunklen Flur zurück. Bebend erhob ich mich und wankte zurück zum Sofa, wo ich mich vorm Laptop hinkauerte und stundenlang auf das verrauschte Kamerabild starrte. Keine Bewegung war in den schemenhaften Klecksen zu erkennen. Irgendwann wankte ich völlig fertig ins Bett.

Die Nacht war unruhig. Ich konnte – nein, wollte nicht schlafen. Trotzdem döste ich immer wieder ein und musste schließlich doch weggedämmert sein, denn mitten in der Nacht riss mich etwas aus dem Schlaf. Mit pochendem Herzen und zittrigen Atemzügen fuhr ich hoch.

Ich wusste nicht, was mich in diesen Zustand versetzt hatte, denn es herrschte eine Totenstille. Dennoch tastete ich zitternd nach dem Messer und schloss die Finger um den Griff, bevor ich in meinen Morgenmantel schlüpfte und mich vorsichtig auf den Weg nach unten machte. Die ganze Zeit auf der Treppe lauschte ich und zuckte bei jedem Knarzen der Stufen zusammen. Unten konnte ich nichts hören als das stetige Brummen des Kühlschranks … Und ein Tröpfeln. Ich spitzte die Ohren und starrte in die Finsternis. Es war, als würde etwas langsam auftauen. War der Gefrierschrank noch offen?

Ich tapste vorsichtig den Flur entlang, verärgert, dass ich mein Handy nicht mitgenommen hatte, da trat ich in etwas unangenehm Feuchtes. Eisige Pfützen zogen sich von der Haustür in Richtung Küche. Ich folgte der Spur, um die Ecke, ich musste wissen, was es damit auf sich hatte, da entdeckte ich es. Der Kühlschrank stand leicht offen und warf einen schmalen Lichtstrahl in den Raum, der sich in einem Augenpaar reflektierte, wie in den Pupillen einer Katze – nur dass es zu hoch und zu groß für ein Tier war. Es starrte mich unverwandt an. Ein kehliges Keuchen drang aus seiner Kehle. Dann setzte es sich in Bewegung.

22. Eine Alphütte voller Liebe

von Alexandra Leo

Ich hätte nicht mitfahren sollen. Wieso hatte ich nicht einfach *Nein* gesagt? Skifahren gehörte so überhaupt nicht zu meinen Lieblingsbeschäftigungen. Ich hasste Schnee. Aber nun war ich hier. In einer Alphütte. Mit meinen Freunden. Vier Paare und ich. Ich, der ewige Single.

»Faye? Kannst du mir bitte helfen?«

Ich drehte mich zu meiner besten Freundin Lisa um. In der einen Hand hielt sie eine Tasche, mit der anderen versuchte sie gerade ihren riesigen Koffer über die Schwelle zu hieven. Ich seufzte leise, ging zu ihr und hob den Koffer hoch.

»Danke«, sagte sie und lächelte.

»Immer gern.«

»Kommt alle rauf«, brüllte Tiara vom oberen Stock hinunter. »Die Aussicht ist der Wahnsinn!«

Ich ließ meinen Koffer stehen und ging die Treppe hoch. Jeder Schritt auf den Holzstufen knarrte.

Wenn hier ein Feuer ausbricht, sehen wir sehr alt aus, schoss es mir durch den Kopf, während ich die mit Holz verkleideten Wände des Flurs betrachtete.

Als ich das Zimmer betrat, in dem Tiara vor einem Kingsize-Bett stand, blieb mir für einen Moment die Luft weg. Vor Schreck. Mein Blick wanderte vom Bett zum Fenster. Die rot-weiß karierten Vorhänge passten hervorragend zu der Bettwäsche, hatte sie doch exakt dasselbe Muster. Auf dem Boden vor dem Bett lag ein Lammfell. Das Schlimmste aber waren die Hirschgeweihe an den Wänden. Beim Anblick der Schädel wurde mir übel. Ich riss meinen Blick los und beobachtete Tiara und Victoria, die schlotternd auf dem Balkon standen. Der Ausblick war ein Traum. Majestätisch thronten die Berge in greifbarer Nähe. Beinahe glaubte ich, das Ächzen der Bäume zu hören, die unter der Last der zentimeterdicken Schneeschicht ihre Äste gen Boden reckten.

Da ich keine Lust hatte, mich ohne Jacke zu meinen Freundinnen zu gesellen, drehte ich mich um und verließ das Zimmer. Wieder stand ich im Flur, der mir noch erdrückender als kurz zuvor vorkam. Auch die nächsten beiden Zimmer nahm ich in Augenschein. Meine Freunde hatten bereits mit dem Auspacken begonnen. Die Tür zum letzten Zimmer ganz am Ende des Flurs stand einen Spaltbreit offen und ich streckte den Kopf hinein, zog ihn aber sofort wieder zurück. Der Anblick von Judith und André, die knutschend auf dem Bett lagen, ließ mich einmal mehr überdeutlich spüren, dass sich mein Herz nach Liebe sehnte.

Mit hängenden Schultern schlenderte ich Richtung Treppe. Eine Tür blieb mir noch. Mit dem Gedanken, dass das nun mein Zimmer sein musste, da alle anderen bereits besetzt waren, stieß ich die Tür auf.

Das war wohl ein Witz, oder? Sollte ich in der Badewanne schlafen? Die war, zugegeben, recht groß, aber das konnte doch nicht wahr sein. Ich stand in einem Badezimmer. *Ein* Badezimmer für *neun* Personen? Noch ein Scherz.

Ich stürmte aus dem Raum und in das Zimmer, in dem Lisa gerade ihre Kleider im Schrank verstaute.

»Und wo soll ich schlafen?«, platzte es aus mir heraus.

Lisa lächelte, kam auf mich zu und schob mich aus dem Zimmer. »Komm. Ich zeige es dir.«

Ich folgte ihr die Treppe hinunter und dann scharf nach links. Sie stieß eine weitere Tür auf und ich blickte vorsichtig hinein. Erwartet hatte ich die Abstellkammer, aber in dem Raum befand sich tatsächlich ein Schlafzimmer mit zwei Einzelbetten, die aber ziemlich nah beieinander standen.

»Zufrieden?«, wollte Lisa wissen und grinste von einem Ohr zum anderen.

Ich nickte, grinste zurück und holte meinen Koffer.

Als ich eine Stunde später mein Zimmer verließ, waren Victoria und Judith schon fleißig dabei, das Essen vorzubereiten, während Victorias Freund Nico mit einem Schürhaken im knisternden Feuer des Kamins herumstocherte.

»Kann ich helfen?«, fragte ich die beiden.

»Ja. Könntest du bitte die Gläser verteilen?« Judith zeigte auf eben diese, die bereits auf der Ablage bereitstanden.

»Klar«, antwortete ich und schnappte mir zwei. Als ich zum dritten Mal zum Tisch ging, runzelte ich die Stirn. Still zählte ich die bereits auf dem Tisch liegenden Teller. »Ihr habt zu viel gedeckt«, bemerkte ich. »Wir sind neun. Es ist aber für zehn gedeckt.«

»Wir werden in Kürze auch zu zehnt sein«, erwiderte Victoria.

In meinem Kopf ratterte es. »Warum?«, spuckte ich den ersten Gedanken aus.

»Chris sollte bald hier sein.«

Eine wohlige Wärme breitete sich in meinem Bauch aus, während eine kalte Gänsehaut über meinen Rücken rieselte. *Chris!* Aber der war doch seit fast einem Jahr in San Diego.

»Das muss ein Irrtum sein. Lisa hätte mir bestimmt erzählt, dass ihr Bruder herkommt, wenn es so wäre.«

Fast gleichzeitig drehten Victoria und Judith die Köpfe zu mir. Ihr verräterisches Grinsen bescherte mir die nächste Gänsehaut.

»Vielleicht hat sie vergessen, es zu erwähnen«, hörte ich Nico hinter mir sagen und drehte mich zu ihm um. *Verdammt!* Auch sein Grinsen reichte von einem Ohr zum anderen.

»Lisa!«, schrie ich und polterte die Treppe hoch.

»Im Badezimmer«, flötete sie und sah überrascht auf, als ich schnaubend den Raum betrat.

»Warum hast du mir nicht gesagt, dass dein Bruder kommt?«

»Du wärst nicht mitgekommen, wenn du es gewusst hättest«, erklärte sie und lächelte.

Aufseufzend setzte ich mich auf den Badewannenrand. Damit hatte sie den Nagel auf den Kopf getroffen. Es war ja kein Geheimnis, dass Chris mein Herz schon seit gefühlt immer auf Hochtouren brachte, wenn ich nur an ihn dachte. Tausend Gedanken rasten wie Formel-1-Autos in meinem Kopf herum. Bis sie eine Vollbremsung hinlegten. »Moment mal.« Ich sprang auf. »Wo schläft Chris eigentlich? Es hat genau noch ein Bett übrig und das steht in *meinem* Zimmer.«

»Bingo«, sagte Lisa, grinste wie ein Honigkuchenpferd und ließ mich einfach stehen.

Ich bekam Schnappatmung. Als ich mein Gesicht im Spiegel betrachtete, hielt ich die Luft ganz an. Knallrot wie eine Tomate. Langsam stieß ich die Luft aus den Lungen.

»Ihr seid so doof!«, schrie ich, knallte die Tür zu, schloss ab und ließ mich auf den Boden gleiten. Die nächsten zwei Tage würde ich einfach hier im Badezimmer bleiben. Immerhin gab es unten noch ein weiteres, wie ich inzwischen herausgefunden hatte, wenn auch kleiner, aber das war nicht mein Problem. Das hatten sie davon, mich so zu verarschen!

Irgendwann stieg mir der Duft des im Ofen schmorenden Rinderbratens in die Nase. Wie auf Kommando knurrte mein Magen und ich verließ die Nasszelle. Leise seufzend stieg ich im Zeitlupentempo die Stufen hinab. Unten angekommen, blickte ich mich vorsichtig um.

»Er ist noch nicht da, wird aber in spätestens zehn Minuten hier sein.«

Sah man mir so deutlich an, dass ich es kaum mehr erwarten konnte, ihn zu sehen? Ich zeigte Lisa ein schiefes Lächeln, drehte mich um und trottete in die Küche.

Tiaras Freund Jan öffnete gerade die Weinflasche und streckte sie mir hin. »Kannst du sie bitte auf den Tisch stellen? Danke.«

Ich nickte und schlurfte zum Tisch. In diesem Moment flog die Tür auf. Der Windstoß wirbelte nicht nur meine Haare durcheinander. Ein paar Schneeflocken stoben ins Innere, als flohen sie vor der draußen herrschenden Kälte.

»Hi zusammen«, hörte ich Chris' Stimme, die ich seit zehn Monaten, fünfzehn Tagen und ein paar Stunden nicht mehr gehört hatte, die mir aber immer noch so vertraut war, als hätte er mir erst gestern ein *»Tschüss, Fee. Halt die Ohren steif«* nachgerufen.

Meine Freunde stürmten zur Tür, um ihn zu begrüßen. Nur ich blieb wie angewurzelt stehen. Mein Herz stolperte mir fast davon.

Klopfte wild gegen meinen Brustkorb, als wollte es zu ihm. Immer wieder schnappte ich nach Luft, da ich offenbar verlernt hatte, wie das mit dem Atmen ging.

Irritiert von den Gefühlen, die wie ein Tornado durch meinen Körper tobten, taumelte ich rückwärts, bis ich mit dem Hintern am Tisch anstieß. Die Gläser klirrten leise.

Ich konnte meinen Blick nicht von ihm abwenden. Er hatte sich kaum verändert. Seine dunkelblonden Locken hingen ihm immer noch wirr in die strahlend blauen Augen, welche den ganzen Raum erhellten. Oder bildete ich mir das nur ein? Sein Grinsen ließ mich schmelzen wie die Sonne den Schnee.

Das Piepsen der Küchenuhr riss mich aus meinen Gedanken. Tiara eilte an mir vorbei in die Küche. Ich blickte ihr nach. Als ich mich von ihr abwandte, zuckte ich zusammen. Chris stand dicht vor mir.

»Hey, Fee. Wie geht's?«

»Gut«, presste ich hervor und durchforstete mein Hirn nach weiteren Wörtern, aber die hatten sich alle versteckt.

Er lächelte sein Wahnsinns-Lächeln und meine Knie wurden zu Wackelpudding.

Beim Essen saß ich leider nicht in Chris' Nähe, was mich nicht davon abhielt, ihn die ganze Zeit anzustarren. Auch noch, als unsere Teller längst leer waren.

»Faye?«, flüsterte mir Victoria zu.

»Hm?«, murmelte ich.

»Dein Pulli. Soße«, nuschelte sie.

Stirnrunzelnd schaute ich sie an. Meine Augen folgten ihrem Blick. *Oh Gott? Wie peinlich!* Ich schnappte mir die Serviette, machte damit das Missgeschick aber nur noch schlimmer.

»Ich zieh mich schnell um«, teilte ich Victoria mit und rauschte davon.

Als ich mir den sauberen Pulli über den Kopf zog, klopfte es.

»Ja?«, fragte ich vorsichtig.

Lisas Kopf tauchte auf. »Darf ich reinkommen?«

»Klar.«

Sie trat ein und schloss die Tür. »Ich wollte mich entschuldigen. Dass ich dir nicht gesagt habe, dass Chris früher als geplant nach Hause kommt. Aber wie gesagt, hättest du es gewusst, wärst du nicht mitgekommen.«

Geräuschvoll stieß ich die Luft aus der Nase aus. Mein Ärger war längst verflogen. »Ist schon okay«, sagte ich.

»Freunde?«, fragte sie vorsichtig.

Ein klein wenig ließ ich sie zappeln, dann nickte ich und lächelte.

Sie fiel mir um den Hals. »Es wird wirklich Zeit, dass du ihm endlich deine Gefühle gestehst.«

»Ach, Lisa. Das kann ich nicht. Ich weiß, dass er mich nicht mag.«

»Wie kommst du denn auf so einen Mist?«

»Ständig zieht er mich auf, macht Witze auf meine Kosten, hat mich nie gefragt, ob wir mal etwas zusammen unternehmen. Und das eine Mal, als ich meinen ganzen Mut zusammengenommen und ihn um ein Date gebeten habe, hat er mir eine Abfuhr erteilt. Und kurz danach verschwand er nach San Diego. Das tat verdammt weh! Aber da wurde mir klar, dass ich halt einfach nicht sein Typ bin.«

Ungläubig starrte mich Lisa an. Dann brach sie in schallendes Gelächter aus. So sehr, dass ihr die Tränen kamen.

»Hör auf damit! Das ist nicht lustig!«

»Doch. Irgendwie schon«, presste sie hervor.

»Lisa«, polterte ich und verschränkte schmollend die Arme vor der Brust.

Lisa wischte sich die Tränen weg, nahm meine Hand, zog mich zum Bett und gemeinsam setzten wir uns hin.

»Genauso entstehen Missverständnisse. Wenn man nicht miteinander redet. Das, was Chris getan hat, nennt man necken. Wenn man jemanden ganz doll mag, dann benimmt man sich halt ziemlich idiotisch. Gefragt hat er dich nie, weil er, genau wie du, dachte, dass du ihn nicht magst. Deine Reaktionen auf seine Sprüche haben ihm ein falsches Signal gesandt. Und die Abfuhr hat er dir erteilt, weil er genau an dem Abend arbeiten musste. Nur leider hatte er nicht den Mut, dich zu fragen, ob du an einem anderen

Abend Zeit hättest. Und das mit San Diego … Das war ihm nicht leicht gefallen, aber er wusste, wenn er das Auslandsjahr nicht machte, würde er es bereuen.«

Nun war ich diejenige, die ziemlich ungläubig aus der Wäsche guckte.

»Du meinst …«, stammelte ich.

»Ja. Chris mag dich. Sehr sogar.«

»Er hat eine komische Art, mir das zu zeigen.«

»Nun, ich würde sagen, ihr habt heute, morgen und übermorgen genügend Zeit, euch zu zeigen, was ihr wirklich fühlt.«

Ich schnitt eine Grimasse und streckte ihr die Zunge raus. Dann wurde mir siedend heiß.

»Aber … Er kann unmöglich hier im Zimmer übernachten. Wie stellst du dir das vor?«

»Also, meine Fantasie wüsste da was.«

Ihr Grinsen war von der besonders breiten Sorte. Mehr oder weniger sanft boxte ich ihr in den Oberarm. »Doofe Nuss«, brabbelte ich, worauf Lisa mich in den Arm nahm und fest drückte.

»Ich möchte nur, dass du endlich glücklich wirst, Faye. Du hast es verdient. Und mein Bruder auch.«

Ihre Wange bekam einen Schmatzer von mir, dann gesellten wir uns wieder zu den anderen.

»Wer kommt noch mit ins Dorf?«, hörte ich Lisa fragen, während das Wasser im Kocher immer lauter blubberte. Ich drehte mich zu ihr um. Sie hatte bereits ihren Mantel an. Auch ihr Freund Max sowie Victoria und Nico waren startklar.

»Wir gehen ins Zimmer. Sind müde«, ließ uns Judith wissen. Das verräterische Funkeln in Andrés und ihren Augen verriet mir das Gegenteil.

»Vielleicht morgen. Heute will ich einfach nur noch fernsehen«, meinte Tiara. »Und kuscheln«, ergänzte sie und lächelte ihren Freund Jan an, der zurückgrinste.

»Okay. Faye und Chris? Was ist mit euch?«

Chris schüttelte den Kopf. »Zum Tanzen bin ich viel zu müde. Morgen bin ich dabei.«

»Ich möchte lieber lesen«, meldete ich mich zu Wort und bekam von Lisa ein wohlwissendes Lächeln. Ich würde sogar die ganze Hütte putzen, um in Chris' Nähe zu sein.

Mit der dampfenden Teetasse in der Hand ging ich in mein Zimmer, ließ jedoch die Tür offen. Schließlich war das nicht nur mein Zimmer. Es dauerte nicht lange, bis Chris in der Tür stand. Da er nichts sagte, blickte ich über den Buchrand zu ihm.

»Es ist schön, dich wiederzusehen. Du hast dich gar nicht verändert.«

Ich legte das Buch auf meinen Schoss. »Ist das gut oder schlecht?«

Er lachte, kam auf mich zu und setzte sich an den Rand. Mein Herz schlug augenblicklich doppelt so schnell wie noch kurz zuvor. »Gut. Ich … also … ich musste viel an dich denken.«

Für einen Moment hielt ich den Atem an. Lautlos stieß ich ihn aus und lächelte. »Ich auch an dich.«

Sein linker Mundwinkel zog sich nach oben. »Dennoch überlasse ich dir heute das Schlafzimmer und werde in der Bibliothek nächtigen. Ist wahrscheinlich … besser.«

Besser? Echt? Meine Gedanken schlugen Purzelbäume. Hatte sich Lisa getäuscht? Mochte er mich doch nicht so sehr, wie sie dachte? »Okay«, presste ich hervor, etwas anderes fiel mir nicht ein.

Chris schnappte sich die Decke und das Kopfkissen und verschwand aus dem Zimmer. Wie in Trance stand ich auf, stieß die Tür zu und drehte den goldenen Schlüssel um.

War es das? Aber er hatte doch gesagt, dass er viel an mich denken musste. War das nur so dahingesagt?

Ich grübelte noch eine Weile weiter. Dann schloss ich auf und stürmte aus dem Zimmer. Ich musste endlich wissen, ob er Gefühle für mich hatte.

Chris lag auf dem Sofa und starrte an die Decke. Als ich neben der Couch auftauchte, blickte er mich überrascht an.

»Wir müssen reden«, presste ich hervor.

»Okay«, murmelte er und setzte sich auf.

Ich nahm neben ihm Platz. »Da gibt es etwas, dass ich dir sagen muss.«

»Ich muss dir auch etwas sagen«, erwiderte er wie aus der Pistole geschossen.

»Möchtest du zuerst?«

Er schüttelte den Kopf.

»Ich habe dir das nie gesagt, aber ich mag dich wirklich sehr. Mehr als das. Als du in San Diego warst … Das war echt schwierig für mich. Es verging kein Tag, an dem ich nicht an dich gedacht habe. Ich …«

Weiter kam ich nicht, denn sein Finger lag plötzlich auf meinen Lippen. Ein Kribbeln strömte durch meinen Körper.

»Wir waren wohl beide zu schüchtern, um uns unsere Gefühle zu gestehen. Ich bin schon so lange in dich verliebt, meine Fee. Ab jetzt sprechen wir immer offen und ehrlich miteinander. Einverstanden?«

Ich nickte eifrig und lächelte. »Einverstanden.«

Sanft fuhr er mit seinen Fingern über meine Wange. »Das Sofa ist echt unbequem.«

Ich lachte. »Zufällig ist in meinem Zimmer noch ein Bett frei. Wenn du möchtest, kannst du dort schlafen.«

Er erwiderte mein Grinsen. »Perfekt.«

Seine Finger wanderten zu meinem Hals. Auch meine wollten ihn endlich berühren. Dann verschmolzen unsere Lippen und die Zeit blieb stehen.

23. Kreuzungsdämonin

von Sara G. Haus

»Basierend auf den Daten der letzten Jahre, erwarten wir für die kalten Monate einen erneuten Anstieg an Herzlosen von 28 Prozent.« Die Datenanalystin zeigte mit ihrem Laserpointer auf einen schraffierten Bereich ihrer Präsentation, der ihre Prognose unterstreichen sollte. Immer wieder huschte ihr Blick nervös in meine Richtung und ich lächelte ihr wohlwollend zu.

Sie fuhr fort und ich beobachtete die Reaktionen der anderen Anwesenden. Dieses Meeting fand nicht für mich statt. Die Kleine wertete nur aus, was ihr zur Verfügung stand. Als größte Arbeitgeberin für Herzlose stand ich unter ständiger Kontrolle diverser Regierungseinrichtungen. Dieses Meeting war für ihre Gutachter, die alle mit ernster Miene meiner Datenanalystin folgten.

Endlich bedanke sie sich für unsere Aufmerksamkeit und ich erhob mich. Alle Köpfe drehten sich zu mir. »Frau Katalina steht Ihnen jetzt noch für Fragen zur Verfügung. Ich muss mich leider um andere Angelegenheiten kümmern.« Ich nickte Nicole, meiner rechten Hand, zu, als Zeichen mich zu begleiten. Gemeinsam verließen wir den Konferenzsaal.

»Bist du dir sicher, dass du Kat mit den Haien allein lassen kannst?«, fragte Nicole als sie im Flur zu mir aufschloss.

Ich nickte. »Sie kann nichts Falsches sagen, weil sie nichts Falsches weiß.«

Nicole rückte ihre Brille zurecht und wir schwiegen, bis wir mein Büro erreichten. Auf meinem Schreibtisch warteten mehrere Stapel Akten auf mich.

»Wie viele haben wir diese Woche verloren?«, fragte ich und öffnete den obersten Ordner. Ein junger Mann mit blauem Hemd und dunklen Haaren lächelte mir entgegen.

»Acht.«

Ich seufzte. Acht Psychologen von dreizehn, die für mich arbeiteten, hatten sich entschieden, ihr Herz abzugeben. Natürlich ist jedes abgegebene Herz ein Gewinn für mich, doch durch den Sieben-Stufen-Plan der Regierung war ich dazu verpflichtet, ein großes Team aus Psychologen und Ärzten anzustellen. Ihre Verluste bescherten mir nur unangenehme Arbeit.

»Manchmal vermisse ich die alten Zeiten.« Nicole sah mich keck über ihre Brille hinweg an. Mit einem aufreizenden Hüftschwung näherte sie sich meinem Schreibtisch. Ihr Stiftrock saß genau das richtige Maß zu eng, um mich den Verstand zu kosten.

Ich schloss den Ordner und lehnte mich an die Wand hinter mir. »Möchtest du den nächsten Kreuzungsdeal übernehmen?«

Nicole schüttelte den Kopf. Sie kam zu mir und stellte sich ganz nah vor mich, sodass unsere Brüste sich fast berührten. »Aber ich werde hier auf dich warten«, hauchte sie mir gegen die Lippen. Dann schob sie ihre Brille zurecht, brachte wieder Abstand zwischen uns und verwandelte sich zurück in eine knallharte Geschäftsfrau, der ein Büro-Techtelmechtel nicht einfallen würde.

»Woher – «, setzte ich an, doch sie unterbrach mich.

»Lilly, ich kann es in deinen Augen sehen: der glitzernde Hunger einer Kreuzungsdämonin.« Nicole räusperte sich und zeigte auf die Akten. »Das ist meine Vorauswahl. Teil mir bis Ende der Woche mit, wen ich zum Einstellungsgespräch einladen soll.« Sie machte auf dem Absatz kehrt und ließ mich allein zurück.

Frustriert ließ ich mich auf meinen Ledersessel fallen. Kreuzungsdämonin. Ich hasste es, wenn sie mich so nannte. Ich war ein Schutzengel, der verzweifelten Seelen einen Ausweg bot. Mit einer geschickten Bewegung zog ich meine Kette aus der Bluse. An ihrem Ende hing ein langer goldener Schlüssel. Er war schwerer, als er aussah, schmiegte sich trotzdem angenehm an meine Finger. Dank ihm konnte ich Menschen von der Last ihrer Herzen befreien. Dieser Schlüssel gehörte zu meinem Familienerbe, wobei ich nicht herausfinden konnte, wie lange wir ihn schon besaßen. Ich war die erste Frau seit zwei Generationen, die ihn wieder benutzte.

Unsere Gesellschaft war lange über götterbasierte Religionen hinaus – wir beteten den technischen Fortschritt an und Patente waren unsere Evangelien. Jetzt saß ich hier, in einem von zehn Gebäudekomplexen weltweit und hielt als einzige das Patent auf die nicht-invasive Herzentnahme. Herzlose waren vollständig lebensfähig, sie hatten nur keine Gefühle mehr und Menschen waren bereit, eine Menge Geld zu zahlen, um diesen Zustand zu erreichen.

Die Regierungen dieser Welt sahen zu Beginn darin eine Bedrohung, denn ich nahm ihnen die nach Reichtum strebenden Arbeitskräfte. Zum Glück hatte Nicole die Idee mit den Fabriken für Herzlose. Ohne Gefühle stellte stumpfe Arbeit kein Problem dar, die Arbeitsbedingungen konnten angepasst werden und es gab keine Gewerkschaften, mit denen man darüber diskutieren musste. Was als unkomplizierter Straßendeal anfing, war jetzt eine hoch-bürokratische Prozedur mit mehreren psychologischen Gutachten.

Seufzend ließ ich den Schlüssel zurück ins Dekolleté fallen und widmete mich den Stapel Bewerbungen.

Meine Smart-Watch erinnerte mich an die fortgeschrittene Stunde. Nur vier aus Nicoles Vorauswahl eigneten sich in meinen Augen für den Job. Ich legte die entsprechenden Bewerbungsmappen auf den Beistelltisch, um Nicole zu symbolisieren, dass sie an ihnen weiterarbeiten durfte. Dann schnappte ich mir Mantel und Schal von der Garderobe und verließ den Gebäudekomplex.

Draußen begrüßten mich leichte Schneeflocken. Zu wenige, um die Stadt in ein Winterwunderland zu verwandeln, aber genug, um meine Stimmung zu heben. Im Westpark erwartete mich bereits der Kunde. Sie entsprachen meistens dem gleichen Profil: alt genug, um es zu etwas gebracht zu haben, aber noch so jung, um zu denken, dass ihr Herzschmerz das Schlimmste sei, was ihnen passieren könne, und dumm genug sich mit dem Schwarzhandel einzulassen.

Den Schwarzmarkt kann man nicht ausschalten. Bereits kurz nach meinem Patent gab es Tausende Kopien meines Schlüssels. Das wusste ich, weil ich sie selbst hergestellt hatte. Man kann den Schwarzhandel nicht verhindern, aber kontrollieren. Jetzt hatte ich dutzende Minions, die nachts Herzen stahlen und meine Offshore-Konten fütterten und sich selbst bereicherten. Neben der nicht-invasiven Entnahme, ermöglichte der Schlüssel auch die Transplantation ohne Abstoßungserscheinungen, das fremde Herz zerfiel lediglich nach gewisser Zeit zu Staub. Frische Gefühle einer fremden Person, für viele war das die beste Droge der Welt und der Schwarzmarkt bot solchen Vorlieben den Nährboden. Als besorgte Mitbürgerin nahm ich all die verlorenen, unfreiwilligen Herzlosen in meinen Fabriken auf und unterstützte die Regierung bei der Ermittlung gegen die Täter.

Der Mann scharrte nervös mit den Füßen, während ich auf ihn zuging. Niemals traute sich einer zu fragen, doch ich sah die Frage deutlich in ihren Augen.

»Es ist schmerzlos«, begrüßte ich ihn.

»Danke, dass Sie sich mit mir treffen«, stotterte er.

Ich lächelte ihn an und zog einen Stapel Papiere aus meiner Handtasche. »Ich helfe gern. Bitte unterschreiben Sie das.«

Er tauschte die Unterlagen gegen einen Umschlag mit Bargeld. Ich warf nur einen schnellen Blick auf meine Bezahlung. Dieser Mann war ein offenes Buch für mich und meine Firma, er konnte mich nicht übers Ohr hauen.

Ohne die Papiere zu kontrollieren – ein Haufen gefälschter Gutachten – setzte er seine Unterschrift unter jedes einzelne. Es war lächerlich einfach. Wir könnten gemütlich in meinem Büro sitzen, anstatt hier in der Kälte zu stehen, doch diese Kunden wollten das nicht.

»Bereit?«, fragte ich, als ich die unterschriebenen Unterlagen entgegennahm.

Er nickte mit zusammengekniffenen Lippen. Ich zog meinen Schlüssel hervor und steckte ihn durch seinen Mantel in die Brust. Kein Wiederstand hinderte mich daran. Mit einer kleinen Rechtsdrehung wurde alles, was meinen Blick auf sein Herz hinderte, durchscheinend. Ohne Handschuhe griff ich nach seinem schlagenden Herz. Sobald ich es in meiner Hand spürte, sah ich dem Mann in die Augen. Er blickte stur über mich hinweg, trotzdem zuckten seine Pupillen unruhig hin und her. Unter seinen Wangen trat die Muskulatur hervor, weil er die Kiefer fest aufeinandergepresst hatte. Ohne den Blick von ihm zu lösen, zog ich sein Herz heraus. Mit jedem Zentimeter entspannten sich seine Kiefer und beruhigten sich seine Pupillen mehr. Seine Schultern sanken herab und fügten sich in eine insgesamt entspanntere Körperhaltung.

Ich lächelte. Anstelle eines blutverschmierten Organs hielt ich ein rotschimmerndes Glas-Herz in den Händen, aus dessen Inneren ein leises Pochen erklang. Ich wickelte es in ein Tuch und verstaute es in meiner Tasche.

»Sie können Ihr Herz jederzeit zurückfordern«, klärte ich ihn auf. »Wollen Sie noch Ihr Exemplar?« Ich deutete auf meinen Schlüssel, bevor ich ihn unter meiner Kleidung verstaute.

»Der Zustand ist angenehmer als erwartet. Haben Sie noch einen schönen Abend«, sprach er ton- und mimiklos.

»Vielen Dank. Sie sind in jeder meiner Arbeitsstellen willkommen, sobald Sie sich dafür bereit fühlen.« Sobald ich geendet hatte, drehte sich der neue Herzlose zum Gehen. Die wenigsten forderten einen Schlüssel zum Herzensklau, nachdem sie selbst herzlos geworden waren, obwohl das für die meisten der Anreiz war, den illegalen Weg zu wählen. Wenn ich selbst eine Kreuzungsdämonin war, erschuf ich etwas Schlimmeres. Denn ich nahm nur Herzen, die mir angeboten wurden, Herzensdiebe stahlen Herzen, um ihr eigenes Leben zu bereichern.

24. Ein Neuanfang im Winterchaos
von Janine Niggemeier

Ich war sowas von spät dran, hatte die Zeit vergessen und hing meinem eng getakteten Vorhaben schon kilometerweit hinterher.

»Sue, du hast versprochen, pünktlich loszufahren!«

Ich hatte mein Smartphone zwischen Schulter und Kinn geklemmt und versuchte mich erneut im Multitasking. Doch meine Mum bei Laune zu halten und gleichzeitig an alles Notwendige zu denken, war eine schier unmögliche Aufgabe.

»Mum, ich bin fast fertig und dein Drängeln macht es auch nicht besser.« Eine kurze, unbedachte Lüge, um sie kurz zu besänftigen. Denn es war ihr Geburtstagsgeschenk oder besser: sollte es sein. Wir hatten alle zusammengelegt, um ein paar Tage mit der Familie in den Bergen zu verbringen. Nicht meine erste Wahl, aber hier ging es auch nicht um meinen, sondern ihren Wunsch. Ich hatte es nicht übers Herz gebracht, sie zu enttäuschen. Es war ihr wichtig, also sollte es mir ebenfalls etwas bedeuten. Nur leider war da nichts.

Die Tatsache, dass wir in einem verschneiten Winterort gefangen sein würden, schob ich bestimmt in die hinterste Ecke meines Kopfes.

Verschneit! Winterort! Ich!

Das war schlimmer als in einem Gruselfilm.

Wenn es nicht sogar mein ganz persönlicher Albtraum werden würde. Schon der Gedanke war so befremdlich, dass ich meinen Koffer am liebsten in die Ecke gepfeffert und mich mit einem großen Satz auf die Couch geworfen hätte.

Ich hasste den Winter mehr als jede andere Jahreszeit.

Jede einzelne Flocke, die Kälte, einfach alles! Und *alles* war noch die reinste Untertreibung.

Geräuschvoll ließ ich die Luft aus meinen Lungen entweichen. Irgendwie war es heute deutlich schwieriger als sonst, fokussiert bei der Sache zu bleiben.

Meine Mum reagierte sofort. »Süße, ich freue mich so sehr. Bitte sei pünktlich. Weißt du, wann ich zuletzt ein paar Tage mit euch allen hatte?«

Wie konnte ich das vergessen?

Eine unsichtbare Barriere schob sich vor alles andere. In mir war kein Drang, mich dagegen zu wehren. Ich zwang mich förmlich, meine Stimme lieblich klingen zu lassen und mich endlich wieder auf mein Gepäck zu konzentrieren. »Mach dir keine Gedanken. Wir beenden unser Telefonat und in einer guten Stunde sitze ich im Schnellzug nach Breckenridge. Ich hab dich lieb.«

Wieder war es ein Versuch, sie zu besänftigen. Und erneut folgte ein geräuschvolles Ausatmen.

Zusammenreißen, vielleicht wird es ja schön.

Ich klammerte mich an den Gedanken, hielt ihn krampfhaft fest und ignorierte die innere Stimme, die in meinem Kopf immer dominanter die Oberhand an sich reißen wollte.

»Okay, dann pass auf dich auf.« Ein Kussgeräusch, das ich schnell erwiderte, und sie hatte aufgelegt. Ich hatte keine Zeit zu verschnaufen und doch hätte ich mir eine kurze Pause so gern gegönnt.

Aufgrund der schlechten Wetterverhältnisse hatte mein Zug Verspätung.

Mein Rücken schmerzte seit einer guten Stunde und mein Nacken fühlte sich jetzt schon steif an. Ich hatte meinen Trolley zwischen die Beine gestellt, was zusätzlich nichts zur Bequemlichkeit beitrug. Noch sechs Haltestellen. Sechs einfache Stopps, in denen sich Fahrgäste mit ihren Familien und Freunden an den jeweiligen Bahnhöfen in die Arme fielen.

Ich schob mir eine lange, gewellte Strähne hinters Ohr, die sich aus meinem lockeren Dutt gelöst hatte. Heute hatte ich mich für ein bequemes Outfit entschieden und lediglich eine zerrissene Jeans und weiten Hoodie übergestreift.

Für einen kurzen optischen Check wollte ich dennoch meinen kleinen Spiegel aus der Handtasche fischen, als der Zug ruckartig zum Stehen kam und mein gesamtes Hab und Gut im Durchgang verstreute. *So ein Mist!*

Schlagartig waren alle Reisenden verstummt. Fast so, als hätte man einen Film auf Pause gedrückt. Das Rauschen der Sprechanlage erklang, gefolgt von einer monotonen Stimme, die uns mitteilte, dass die Fahrt hier wetterbedingt enden müsse. Aufbruchsstimmung, verärgerte Fahrgäste und ich auf allen vieren auf der Suche nach meinem Eigentum. Eine peinliche und schier unlösbare Aufgabe, die dennoch meine volle Aufmerksamkeit hatte, bis mich ein Räuspern aus den Gedanken riss.

»Hey, kann ich dir helfen?«

Mein Blick glitt über eine dunkelblaue Jeans, ein hellblaues Hemd in das Gesicht eines jungen Mannes, der mich belustigt anstarrte. *Na, prima!*

Meine Stretchübungen schienen ihn bestens zu unterhalten.

»Danke, aber ich komme allein klar.« Meine Worte waren kühl, ohne einen Hauch Dankbarkeit. Es war mir egal, was er dachte und auch, dass sich der Schönling mit der rechten Hand die Haare nach hinten schob und einen besseren Blick auf seine klaren blauen Augen freigab, interessierte mich überhaupt nicht. Wieso sollte es auch? Abgesehen von meiner ungünstigen Haltung strotzte ich nur so vor Stolz.

»Das sieht für mich nicht so aus.«

War das jetzt sein Ernst?

Ich kam mehr als nur prima klar. Oder wirkte ich auf ihn in irgendeiner Weise hilfsbedürftig? »Also …« Ich hatte keinen Nerv auf Smalltalk und meine Stimme klang weiterhin bissig. »Ich bin vor deinem Erscheinen bestens klargekommen und komme es auch jetzt. Also zum letzten Mal, danke, ich brauche keine Hilfe.«

Anstatt mir zu antworten, strahlte er mich breit an. Seine geraden weißen Zähne waren viel zu perfekt und ich hasste sein Grinsen. Ich holte tief Luft, aber er kam mir zuvor. »Kein Thema, ich wollte nur meine Hilfe anbieten.« Dann kehrte er mir den Rücken zu und verschwand ohne einen weiteren Blick. Wie konnte er es wagen ...

Zwanzig Minuten später und nach dem traurigen Verlust meines Lieblingslippenstiftes stand ich am Bahnsteig. Außer mir war mittlerweile kaum eine Menschenseele unterwegs. Ich zog den Reißverschluss meiner Jacke bis zum Anschlag hoch und verfluchte mich innerlich, meinen Schal so tief in meinem Trolley versteckt zu haben. Das zeigte mir mal wieder, wie wenig ich mit der Jahreszeit umgehen konnte. Die ersten dicken Schneeflocken fielen auf mein Gesicht, meine Wimpern und meinen Mantel. Verzweifelt suchte ich die Anzeigetafeln ab, doch jede schien mir die gleiche negative Botschaft überbringen zu wollen.

Dieser Zug entfällt!

Wo auch immer ich hier war, ich brauchte dringend einen Plan B.

Ich verließ den Bahnsteig und schirmte mit der Hand weitere Flocken ab, bevor sich mein Mascara in lange Rinnsale verwandeln würde. Doch auch vor dem Hauptgebäude war tote Hose angesagt. Selbst den Taxistand konnte ich von hier nicht ausmachen, was sowieso zwecklos erschien, da noch nicht mal irgendein Auto zu sehen war. Kein Wunder bei diesem Wetter. Alles war weiß!

Die Straßen waren unter einer gleichmäßigen Schneedecke begraben und selbst die Schilder waren nicht mehr zu deuten. Eine Horrorlandschaft! Verzweifelt ließ ich meine Gedanken schweifen, doch die Lösung kam mir nicht in den Sinn. Ich wollte gerade meinen ersten Fußabdruck in der unberührten Schneedecke hinterlassen und mich ohne Orientierung von meinem Bauchgefühl in eine Richtung treiben lassen, als ich eine Hand an meiner Schulter spürte. Ruckartig drehte ich mich um.

Die strahlenden blauen Augen von vorhin trafen mich unvorbereitet und funkelten mich belustigt an.

»Jetzt brauchst du wohl doch Hilfe!« Sein Blick streifte mein Gesicht und wartete vergeblich auf eine Reaktion, die ich ihm nicht geben würde. Denn wenn ich eines gut konnte, dann meine Gefühle zu verbergen. Mein Pokerface war eine regungslose Maske.

»Mein Auto steht etwas abseits. Also falls die Prinzessin mich für würdig erachtet, könnte ich dich mitnehmen.«

Ich wusste ja nicht mal, wohin ich sollte. Noch dazu ging er mir jetzt schon gehörig auf die Nerven. Aber, ich konnte es drehen und wenden, wie ich wollte, es gab keinen anderen Weg. Unweigerlich mahlten meine Zähne. Meine Reaktion auf Stresssituationen, die keine offensichtliche Lösung bereithielten. Wenn meine Mutter jetzt hier wäre, würde sie mich alleine für den Gedanken, mich zu einem fremden Mann ins Auto zu setzen, umbringen. Oder wäre sie froh, dass ich Hilfe annehmen würde? Ach, verflixt, der Tag war noch schlimmer geworden, als ich es mir ausgemalt hatte. Ich hätte auf meine innere Stimme hören und übers Wochenende meine Sofalandschaft nur für lebensnotwendige Dinge verlassen sollen.

Seine feinen Sensoren schienen meine gedankliche Abwesenheit zu bemerken.

»Du wärst hier bestimmt nicht ausgestiegen, wenn ich dich richtig deuten kann. Lass mich raten … Aspen?«

Ich schüttelte leicht den Kopf. Er hatte mich in kürzester Zeit auf mein Äußeres reduziert und in einen Nobelskiort gesteckt. Na danke!

»Nicht ganz! Ich bin auf eine Familienfeier eingeladen und wollte nach Breckenbridge.«

»Hm?« Er kratzte sich am Kinn und blinzelte die Flocken, die an seinen Wimpern klebten, beiseite. »Hast du zufällig einen Plan, wo du diese Nacht unterkommst?« Als meine Antwort ausblieb, nickte er stumm. »Okay, ich könnte dich mitnehmen. Meine Eltern haben eine kleine Ferienpension. Nichts Besonderes, aber bis die Bahn ihren Verkehr wieder aufnimmt die einzig mögliche Alternative, die mir einfällt. Also wenn du magst, bist du herzlich eingeladen.« Wie selbstverständlich nahm er meinen Koffer und warf mir einen kurzen Blick zu.

Ich nickte erneut stumm.

Gibt es einen anderen Ausweg?

Ich musste wohl oder übel hier übernachten und trottete widerwillig ein paar Schritte in seine Richtung, bevor ich den Halt verlor und seine Hände mich an der Taille stützten. Wieder seine blauen Augen, die mich jetzt skeptisch betrachteten und mich in den Wahnsinn trieben. Dabei mochte ich diese Farbe noch nicht mal. Sie wirkte für mich immer kühl, unnahbar und kombiniert mit den schlechten Erinnerungen an meinen Ex, lösten sie normalerweise eher toxische Gefühle in mir aus.

»Deine Schuhe haben kein Profil – wie wolltest du damit einen Urlaub überstehen?«

Ich stieß ihn von mir. Drückte ihn mit beiden Händen weg. Doch er ließ sich nicht davon stören. »Gästezimmer oder Krankenhaus?«

Hä? Ich verstand nicht, was er von mir wollte.

»Möchtest du mit mir kommen oder dir deine hübschen Beine brechen und die nächsten Tage im Krankenhaus verbringen?«

Schön, dass ich heute noch zusätzlich mit einer langen Leitung bestraft wurde. Wenn ich jetzt ehrlich war, wollte ich beides nicht. Aber das hätte meine einzige Chance wohl endgültig in die Flucht getrieben. Er hielt mir seinen Arm hin und widerwillig hakte ich mich bei ihm ein. Noch nie hatte meine innere Abwehr so laut geschrien. Doch ich fügte mich. Wider meine Natur, wider dem Drang, etwas zu sagen. Ließ mich darauf ein, weil ich keine andere Wahl hatte.

Die Fahrt war schier endlos und der Ausblick blieb in alle Richtungen weiß. Wir schwiegen, was ich nicht weiter schlimm empfand, denn ich hatte ihm nichts zu sagen. Also fuhren wir, bis er an einem kleinen Haus hielt, aus dessen Schornstein Wölkchen in die Luft stiegen.

Ich folgte ihm stumm und ließ mir mein Zimmer zeigen. »Ich gebe dir Bescheid, wenn es Essen gibt. Okay?« Sein Okay klang schon um einiges freundlicher, als jedes Wort zuvor und ich bestätigte, schloss die Tür hinter mir und ließ mich aufs Bett fallen. Mein Handy zeigte bereits mehrere Nachrichten meiner Mum und eigentlich sagten alle dasselbe.

Wo steckst du?

Du hast es versprochen und ich dachte wirklich, du hältst dich dieses Mal an dein Wort!

Wie sollte es auch anders sein? Ohne zu antworten, pfefferte ich mein Smartphone zurück in meine Handtasche, zog mir einen bequemen Wollpullover über und ging hinunter.

Es war ruhig. Sehr ruhig für eine Ferienwohnung! Lediglich das Knistern des Kaminfeuers war zu vernehmen.

»Kaffee oder Tee?« Seine Stimme war ruhig, rau und bescherte mir umgehend eine Gänsehaut.

»Ein Tee wäre unglaublich nett.« Auch meine Stimme hatte jetzt etwas Vorsichtiges angenommen und während ich mir in der Nähe des Kamins einen Platz aussuchte, hüllte mich die Stille ein.

Ja, nach dem überraschenden Tod meines Vaters vor zwei Jahren hatte ich mich geändert. Meine Prioritäten verschoben und meinem Leben eine neue Perspektive gegeben. Das war es, was ich für mich gebraucht hatte. Doch meine Familie verstand meinen Weg nicht, was dazu geführt hatte, dass ich mich distanzierte.

Dies wäre mein erster Versuch, wieder an einem Familienfest teilzunehmen.

Ein zum Scheitern verurteilter Versuch!

Mit zwei Tassen und einem breiten Lächeln nahm er neben mir Platz. »Ich bin übrigens Daniel.« Er streckte mir seine Hand entgegen und da ich nicht unhöflich wirken wollte, nahm ich sie an. So warm, vorsichtig und doch fest. Dazu noch seine Augen, die triumphierend blitzten. Ich konzentrierte mich schnell auf mein Getränk, nippte daran und nuschelte im Anschluss meinen Namen. »Sue, also mein Name ist Sue. Du weißt ... also ... ach vergiss es einfach.«

Kurze Stille und immer noch grinste er. Dieser Typ reizte mich auf eine Art wie nie jemand zuvor.

»Hat deine Familie noch keine Vermisstenanzeige aufgegeben oder sind sie vielleicht froh, dass sie noch ein wenig verschnaufen können, bis du kommst und ihnen die Tage mit deiner schlechten Laune vermiest?«

Hatte ich etwas nicht mitbekommen? Wieso hatte sich die Art und Weise zwischen uns gerade schlagartig geändert? Ich straffte meine Schultern, machte mich größer und war bereit auf einen Schlagabtausch. Doch meine Gefühle verselbstständigten sich. Ohne Vorwarnung drängten sich Tränen in den Vordergrund. Ein Schluchzen, mein Schluchzen, kam irgendwo aus meinem Inneren. Es war alles seine Schuld! Hätte er mich nicht so herausgefordert, wäre das hier so gelaufen, wie ich es wollte. Und nicht anders!

Er stellte seine Tasse ab, nahm meine entgegen und legte seine Hand auf meine Schultern. »Es tut mir leid. Manchmal fehlt es mir an Feingefühl. Ich wollt dich auf gar keinen …«

»Du hast ja recht!« Die Tränen liefen meine Wangen hinab. Ich gab Geräusche von mir, von denen ich nicht mal wusste, dass ich solche von mir geben konnte. Dieser Tag war scheiße! War er der Schlüssel, den ich brauchte, um das Unausweichliche zu sehen? Sollte es so kommen, um meine Einstellungen zu überdenken? Mit einem Mal war ich erschöpft vom Weinen, der Erkenntnis oder gar der Gesamtsituation.

Seine Hand auf mir löste eine Sehnsucht nach Wärme aus. Unaufhaltsam. Überwältigend. Ich legte meinen Kopf gegen seine Brust. Wartete auf den Moment, von ihm geschoben zu werden. Doch nichts dergleichen geschah. Seine Arme umfingen mich, schenkten mir mehr von dem, was ich jetzt brauchte, und die Zeit stand scheinbar still.

Es dauerte, bis die Tränen verstummten und ich mich löste. Ich sah ihm in die Augen, versuchte seine Gedanken zu lesen, Abweisung zu erhalten oder gar verurteilt zu werden. Aber nichts von all dem passierte wirklich. Sein Blick begegnete mir mit einer Freundlichkeit, die jetzt den Knoten löste und ich begann, zu erzählen. Von meinem Vater, dessen Auto von einer zugeschneiten Straße abgekommen war, von meiner Art, damit umzugehen – einfach alles sprudelte aus mir heraus.

Ja, er war ein Fremder, aber genau das machte es so einfach. Er war offen und bereit, mich anzuhören.

Als ich fertig war, schloss er mich erneut in seine Arme. »Ich habe dich völlig falsch eingeschätzt. Es tut mir leid und ich danke dir für dein Vertrauen.« Er zog mich mit sich auf die Couch und lenkte das Thema in eine unbefangene Richtung. Bis wir einschliefen. Ich wollte ihm noch sagen, dass ich genau so war. Doch es war in dem Moment nicht wichtig.

Ich fiel in einen unruhigen Schlaf und als ich am nächsten Morgen erwachte, lag Daniel noch neben mir und sein Arm unter meinem Kopf. Auch sonst schien es, als hätte er sich die gesamte Nacht keinen Zentimeter bewegt. Er war bei mir geblieben. Ein kleiner Funken Glück durchzuckte mein Herz und fühlte sich unbeschreiblich an.

Die Züge fielen auch heute wegen des Wetters aus und ich war gezwungen, weiter in der Pension zu bleiben. Das Gefühl, angenommen zu werden, war wider Erwarten nicht verpufft und wurde von Daniel weiter gestärkt. Seine kleinen Berührungen, die liebevollen Worte und jede noch so kleine Geste ließen mein Herz auftauen. Es öffnete sich, ohne dass ich etwas dafür tun musste, ohne die Lösung, den Schlüssel, den ich so oft herbeigesehnt hatte. Es war leichtsinnig gewesen, mit ihm zu gehen und doch schien es jetzt wie ein Wink des Schicksals, der mich befreite.

Jetzt war ich auch bereit, mit meiner Mum zu telefonieren. »Hey, ich bin's Sue.« Überflüssig, aber mir fehlten die richtigen Worte.

»Mein Schatz …«

Ich unterbrach meine Mutter, denn würde ich meine Gefühle erneut verbergen, konnte ich nicht dafür garantieren, dass sie jemals wieder über meine Lippen kämen. Ich sprach alles aus. Meine Angst, nicht verstanden zu werden, meine Trauer, die ich verheimlichen wollte, der Zug, der nicht weiterfahren konnte und Daniel, der mir geholfen hatte.

Sie ließ mich reden, unterbrach mich nicht, und als meine Worte stoppten, ließ die kurze Stille mein Herz wie verrückt gegen meine Rippen schlagen. Gefühle, die ich viel zu lange nicht mehr gefühlt hatte. Die in einer verschlossenen Truhe neben meinem Herzen weggesperrt waren. Mit einem Mal fühlte ich mich freier.

Daniel war irgendwann still und heimlich im Gästezimmer aufgetaucht. Er stellte meinen Tee auf den kleinen Tisch und nachdem ich ihm zunickte, setzte er sich wie selbstverständlich hinter mich. Seine Arme zogen mich in eine vorsichtige Umarmung. Seine Wärme durchströmte meinen Körper, wurde von mir hungrig aufgesaugt und meine Gedanken fingen wie unter Strom an zu arbeiten. Vielleicht war es Schicksal. Der Winter hatte mir vor Jahren meinen Lebensmittelpunkt genommen und versuchte nun, meinem Leben wieder einen Sinn zu geben.

Vielleicht war es ein Zeichen? Und ganz vielleicht würde ich meinen Mut zusammennehmen und Daniel um ein Date bitten. Immerhin war er mein Held und ich würde nichts lieber tun, als ihn besser kennenzulernen.

Die Mitwirkenden

Christian Anton

Christian Anton, Jahrgang 1994, lebt in NRW. Im Alter von 19 Jahren beginnt er mit dem Verfassen von Poetry Slam Texten und schreibt später für ein Musikmagazin. Durch sein Studium der Geschichte und Sozialwissenschaften haben viele seiner aktuellen Kurzgeschichten einen starken historischen oder politischen Hintergrund.

Werke:
- 09/22 – Die Klosterbibliothek (Teil der vorliegenden Spenden-Anthologie)

Schreibgruppen:
- Der Club der Selfpublisher

Amila Audry

Amila Audry lebt mit ihrer Familie in einem Fünfzig-Seelen-Dorf in Hessen. In ihrer Freizeit schreibt sie fantastische Geschichten für Jugendliche.
Mit »Mahsuri – Die Gabe der Ilmu« verwirklicht sie sich ihren Traum vom eigenen Buch und startet den Auftakt einer spannenden Fantasy-Dilogie.

Werke:
- 08/21 – Krauscheltiere (im Schreib Was Magazin, Sonderausgabe »Erlebnissommer«)
- 11/21 – Mahsuri – Die Gabe der Ilmu
- 03/22 – Mahsuri – Die Prophezeiung der Ilmu
- 03/22 – Allein (in Anthologie Lyrik des Jahres 2021)
- 09/22 – Urks Geheimnis (Teil der vorliegenden Spenden-Anthologie)

Schreibgruppen:
- Der Club der Selfpublisher
- Literaturnetzwerk

Kontakt:
- Instagram: @amila_audry
- Website: www.amilaaudry.de
- Lovelybooks: Amila_Audry

Tino Breitenbach

Tino Breitenbach, Jahrgang 1977, lebt mit seiner Familie im niedersächsischen Osterndorf. Seit seiner Jugendzeit spielt er in verschiedenen Musikbandformationen und ist dort als Komponist und Texter vertreten. Breitenbach fängt 2011 mit dem Schreiben von Büchern an und veröffentlicht diese unter einem Pseudonym. Neue Werke publiziert er nun unter seinem Klarnamen. Tino Breitenbach schreibt im Genre »Mystische Horrorthriller«.

Werke:
- 12/19 – OWEN
- 09/22 – Eine Adventsgeschichte (Teil der vorliegenden Spenden-Anthologie)
- 11/22 – 16:42 – Klauen der Dunkelheit
- Diverse Kurzgeschichten auf seiner Website

Schreibgruppen:
- Der Club der Selfpublisher

Kontakt:
- Instagram: @tino_breitenbach_autor
- Website: www.tinobreitenbach.de
- Facebook: @tinobreitenbachautor

Cécile Bruné

Die 1973 geborene Autorin schreibt unter dem Pseudonym Cécile Bruné. Sie wohnt mit ihrer Familie im Ruhrgebiet. Ihre Deutsch- und Geschichtslehrerin weckt ihr Interesse für Bücher, das Schreiben und historische Ereignisse.

Sie beginnt 2018 im privaten Bereich historische Kurzgeschichten zu schreiben. Daraus entsteht die Idee für ihren ersten Roman, an dem Bruné seit Anfang 2021 arbeitet und recherchiert. Diesen plant sie in mehreren Bänden zu veröffentlichen. Der erste Band wird voraussichtlich im Laufe des Jahres 2023 erscheinen.

Cécile Bruné schreibt im Genre »historischer Abenteuerroman«.

Werke:
- 09/22 – Liebe zu einer Zofe (Teil der vorliegenden Spenden-Anthologie)

Schreibgruppen:
- Der Club der Selfpublisher
- Literaturnetzwerk
- Schreibbuddys

Kontakt:
- Instagram: @cecile_brune_autorin
- Facebook: Cécile Bruné

Jonathan Engert

Jonathan Engert schreibt Fantasy-Geschichten, seit er 14 Jahre alt ist.

Geboren 1991 in Ravensburg und lebt in Biberach an der Riß.

1998 die Diagnose Asperger-Syndrom erhalten. Lesen und Schreiben war ein großes Defizit, dass ab der Jugendzeit unerwartet zu einer Leidenschaft wurde. Mit der Zeit verbesserte sich die verbale und schriftliche Sprache enorm.

Werke:
- 05/15 – Das goldene Zauberschwert und die geheimnisvolle Insel.
- 05/17 – Das goldene Zauberschwert und der Beginn der Dunkelheit.
- 01/18 – Das goldene Zauberschwert und das magische Amulett.
- 05/17 – Ich liebe Reize, wie sie Stoff für meine Geschichten sind (Teil der Anthologie: Ein Pinguin unter Störchen: Leben mit Autismus)
- 09/22 – Der weihnachtliche Erstkontakt (Teil der vorliegenden Spenden-Anthologie)

Schreibgruppen:
- Der Club der Selfpublisher

Kontakt:
- Instagram: @jonathanengert
- Website: www.jonathanengert.de

Antje Grube

Antje Grube, geboren 1976 im Havelland, lebt mit Katze und Schaukelstuhl – wie sich das für eine Autorin geziemt – in einem kleinen Ort südlich von Berlin. Bereits 1999 beginnt sie mit der Arbeit an einem Fantasyroman. Bis zu seiner Fertigstellung gehen letztendlich 22 Jahre ins Land. Zwischenzeitlich veröffentlicht sie 2019 ihre ersten beiden Bücher im Selfpublishing, macht sich 2021 als Lektorin, Korrektorin und Buchsetzerin selbstständig und widmet seither ihr Leben voll und ganz der schreibenden Zunft.

Eigene Werke:
- 05/19 – Wer jammert, bleibt draußen – Die letzten Monate mit meiner Mama
- 11/19 – Was liest eigentlich Gott?

Mitautorin:
- 12/20 – Außergewöhnliche Stories mutiger Frauen
- 02/21 – fertig. Das Leben ist tödlich – darüber reden nicht
- 10/21 – 100 Days of Emotions
- 11/21 – Grenzgeniale Frauen: DAS Mutmacherbuch
- 04/22 – Das Los des Lassens
- 05/22 – Bücherliebe und Autor*innenglück: Wie du ein Buch schreibst, veröffentlichst und erfolgreich vermarktest
- 09/22 – Das Glück von der Straße (Teil der vorliegenden Spenden-Anthologie)

Schreibgruppen:
- Der Club der Selfpublisher

Kontakt:
- Instagram: @antjegrube_autorin / @buchsatz.layout
- Website: www.antjegrube.com

Rebekka Haindl

Rebekka Haindl lebt mit ihrem Mann und den drei Katzen in Niederösterreich. Nach einem Bachelor of Science und mehreren Jahren in der Medizinbranche hat sie die Entscheidung getroffen, sich endlich ihren Lebenstraum zu erfüllen und sich als Lektorin selbstständig zu machen. Inzwischen hat sie viele Schreiberlinge auf dem Weg zu ihrem Buch begleitet. Rebekkas Schreibdebut war in Form von Fanfictions, zurzeit arbeitet sie an einem Fantasyroman. Um sich stilistisch weiterzuentwickeln, nimmt sie gern an Schreibchallenges teil und schreibt Kurzgeschichten.

Werke:
- 09/22 – Spuren im Schnee (Teil der vorliegenden Spenden-Anthologie)

Schreibgruppen:
- Der Club der Selfpublisher
- #nanowrimo-Schreibgruppe

Kontakt:
- Instagram: @woertereule_lektorat
- Website: www.wörtereule.at
- Facebook: Wörtereule Lektorat & Korrektorat

Sara G. Haus

Sara ist Tagträumerin aus Leidenschaft. Das konnte auch ein naturwissenschaftliches Studium an der Technischen Universität München nicht ändern. Neben ihrer Promotion schaufelt sie sich regelmäßig Zeit frei, um sich ihren phantastischen Ideen zu widmen. Mit ihrem Debütroman »Splitter & Glas« startete sie ihre Autorinnenreise.

Werke:
- 11/21 – Rostchaos (Kurzgeschichte, Anthologie Dunkle Nächte, Stade Zeit, Hrsg: Lucia Herbst, Matthias Sebastian Biel)
- 09/22 – Splitter & Glas – Herzstein Erbe Buch 1
- 03/22 – Der Halb-Club (Kurzgeschichte, Zeitschrift *Der Schreiberling*)
- 09/22 – Kreuzungsdämonin (Teil der vorliegenden Spenden-Anthologie)

Schreibgruppen:
- Der Club der Selfpublisher
- Die Münchner Schreiberlinge e.V.

Kontakt:
- Instagram: @sara_fantasyautorin
- Website: www.haus-fantasy.com
- Facebook: @hausfantasy

Lucia Herbst

Lucia Herbst, Jahrgang 1982, schreibt Urban Fantasy.

Im Jahr 2020, als die Welt stillstand, schloss sie sich den Münchner Schreiberlingen an und verfasste ihre erste Kurzgeschichte. Im Rahmen des NaNoWriMo 2020 begann sie die Arbeit an ihrem Debütroman »Verdammt lebendig – Medusa«, der Ende 2022 bei Piper digital erscheinen wird. Derzeit arbeitet sie am zweiten Band der Götterfantasyreihe.

2021 gab sie zusammen mit den Münchner Schreiberlingen die Spendenanthologie »Dunkle Nächte, stade Zeit« heraus.

In ihrem anderen Leben ist sie Gutachterin und lebt mit Mann, Sohn und Kater über den Dächern von München. Das Schreiben gelingt ihr am besten, wenn es regnet, das Kind schläft und der Kater satt ist.

Werke:
- 01/21 – »Wiedersehen« (Teil der Spenden-Anthologie: »Wanderpfade der Liebe«)
- 11/21 – Mitherausgeberin der Spenden-Anthologie: »Dunkle Nächte, stade Zeit«; Autorin der Geschichte »Der Weihnachtskonvent«
- 09/22 – »Hotel Winter(alb)traum« (Teil der vorliegenden Spenden-Anthologie)
- 10/22 – »Verdammt lebendig – Medusa« (Urban Fantasy Roman, erscheint am 27.10.2022 bei Piper digital)

Schreibgruppen:
- Der Club der Selfpublisher
- Münchner Schreiberlinge e.V.

Kontakt:
- Instagram: @herbstlicht_schreibt

Cindy Jegge

Cindy Jegge, Jahrgang 1986, lebt mit ihrer Familie in der Nordwestschweiz. Sie schreibt Liebesgeschichten in den Subgenres New Adult und Contemporary Romance mit viel Herz und dem Flair exotischer Schauplätze. Im März 2021 erschien ihr Debütroman »Till the end – Solange dein Herz schlägt« im Selfpublishing. Die Fortsetzung ist für Mitte 2022 geplant. Außerdem wurde im Oktober 2020 ihre Kurzgeschichte »Der hellste Stern am Firmament« in der Anthologie des 6. Bubenreuther Literaturwettbewerbs veröffentlicht. Im August 2021 hat sie gemeinsam mit einer Autorenkollegin den Club der Selfpublisher gegründet.

Werke:
- 10/20 – Der hellste Stern am Firmament (Teil der Anthologie des 6. Bubenreuther Literaturpreises)
- 03/21 – Till the end – Solange dein Herz schlägt
- 10/21 – Wenn heute mein letzter Tag wäre (Teil der Anthologie des 7. Bubenreuther Literaturpreises)
- 11/21 – Die Wunder von Kenth
- 12/21 – Australia (Teil der Spenden-Anthologie »100 Bilder 200 Geschichten«)
- 09/22 – Ein Wintermärchen für Sóley (Teil der vorliegenden Spenden-Anthologie)
- 10/22 – Till we meet again – Bis du mich liebst
- Diverse Kurzgeschichten

Schreibgruppen:
- Der Club der Selfpublisher
- Projekt.Gambio

Kontakt:
- Instagram: @cindy_schreibt
- Website: www.cindy-jegge.ch

Alexandra Leo

Alexandra Leo wurde 1977 als Kind eines Italieners und einer Österreicherin in der Schweiz geboren. Schon als Kind besaß sie eine blühende Fantasie, wusste nur leider nie, was sie damit anfangen sollte, bis sie 2018 ihre Leidenschaft für das Schreiben entdeckte. Seither kann sie nicht mehr aufhören, die Geschichten in ihrem Kopf zu Papier zu bringen. Das reale Leben schenkt ihr die nötige Inspiration und so schafft es Alexandra mit ihrer fröhlichen Art, selbst einem Drama etwas Humor einzuhauchen. WENN DER TRAUM DAS LEBEN KÜSST ist ihr Debütroman und viele Bücher werden folgen, denn neben ihrem Alltag als arbeitende Mutter-Hausfrau braucht sie das Schreiben so dringend wie die Luft zum Atmen.

Werke:
- 11/21 – Der Lebkuchenprinz – Kurzgeschichte in der Spendenanthologie »Glitzer ohne Grenzen«
- 11/21 – Keksmonster – Kurzgeschichte in der Spenden-Anthologie »100 Bilder 200 Geschichten – Alles eine Frage der Perspektive«
- 02/22 – Wenn der Traum das Leben küsst, Liebesdrama
- 09/22 – Eine Alphütte voller Liebe (Teil der vorliegenden Spenden-Anthologie)

Schreibgruppen:
- Der Club der Selfpublisher

Kontakt:
- Instagram: @leobooklove
- Website: www.leobooklove.jimdosite.com
- Facebook: @Leobooklove

Mathilda Louise

Mathilda Louise lebt in NRW und schreibt seit ihrer Kindheit leidenschaftlich gerne. Diverse Romanprojekte und Kurzgeschichten sind bisher unveröffentlicht. Früher widmete sie sich dem Verfassen von FanFictions zu verschiedenen Werken. Momentan widmet sie sich vorrangig Fantasyprojekten.

Werke:
- 09/22 – Ein Dorf aus der Vergangenheit (Teil der vorliegenden Spenden-Anthologie)

Schreibgruppen:
- Der Club der Selfpublisher
- Projekt.Gambio

Kontakt:
- Instagram: @mathilda__louise

Sarah Malhus

Sarah Malhus, Jahrgang 1989, schreibt schon seit ihrem 12. Lebensjahr.

Tagsüber in einem Brotjob tätig, verbringt sie ihre Freizeit am liebsten mit Literatur, sei es produzierend oder konsumierend. Genreübergreifend schreibt sie alles, was ihr die Plotbunnys bringen – von Kurzgeschichte bis Roman – doch in der Fantasy fühlt sie sich zuhause. Sie ist zudem als Herausgeberin tätig.

Die Autorin wohnt mit ihrem Lebensgefährten und zwei Kaninchen nördlich vor Münchens Stadttoren.

Werke:

- 03/20 – »Der Spiegelmörder« (Teil der Spenden-Anthologie: »München Legenden« der Münchner Schreiberlinge)
- 10/20 – »Zahltag« (Teil der Spenden-Anthologie: »Kürbisgemetzel« der Münchner Schreiberlinge, auch Mit-Herausgeberin)
- 12/20 – Leitfaden »Der Selfpublishing-Fahrplan für Anthologien« der Münchner Schreiberlinge (Mit-Herausgeberin)
- 01/21 – Gedicht »Herz« (Teil der Spenden-Anthologie: »Wanderpfade der Liebe« der Münchner Schreiberlinge)
- 02/21 – »Die Entdeckung der Rima Hadley« (Teil der Anthologie: »Das Dampfbein schwingen« des Verlags ohneohren)
- 10/21 – Kurzgeschichte »What the Hel?«
- 11/21 – »Auszeit unter wid(d)rigen Bedingungen« und Gedicht »Jagd« (Teil der Spenden-Anthologie: »Dunkle Nächte, stade Zeit« der Münchner Schreiberlinge)
- 03/22 – »Die OMAN-Gesellschaft« (Teil der Spenden-Anthologie: »Hic sunt Dracones – Phantastische Reiseberichte« der Münchner Schreiberlinge, auch Mit-Herausgeberin)
- 06/22 – »Die Ampel« (Teil der Spenden-Anthologie: »Again and Again«)
- 09/22 – »Von Truhen und Schlüsseln« (Teil der vorliegenden Spenden-Anthologie)

Schreibgruppen:
- Der Club der Selfpublisher
- Münchner Schreiberlinge e.V. (auch Vorstand)

Kontakt:
- Instagram/Twitter/Facebook: @schreibmaid
- Webseite: www.sarahmalhus.de

Izzy Maxen

Izzy Maxen lebt mit ihrer Familie in Süd-Hessen. Seit 2017 veröffentlicht sie Liebesgeschichten und romantische Fantasy-Romane im Selfpublishing. Izzy liest unglaublich gerne und viel – vor allem Fantasy & Romance. Ihre Freizeit verbringt sie am liebsten mit ihrer Familie und ihren Freunden. Sie liebt es zu reisen, neue Städte und Menschen kennenzulernen und ist großer Fan echter Rockmusik.

Werke:
- 06/17 – Maskenball. Der Aufstand der Weißen Hand
- 12/17 – Zimtsternzauber
- 12/18 – Mistelzweigmagie
- 12/20 – Lebkuchenliebe
- 11/21 – Bewitched. (K)ein Märchen
- 12/21 – 24 Geschichten im Advent – Hrsg. (Spenden-Anthologie)
- 02/22 – Purified. (K)ein Märchen
- 06/22 – Spiegelwelt-Trilogie (Impress/Carlsen)
- 09/22 – Ankommen (Teil der vorliegenden Spenden-Anthologie)

Schreibgruppen:
- Der Club der Selfpublisher

Kontakt:
- Instagram: @izzy.maxen
- Website: www.izzymaxen.de
- Facebook: @izzymaxen

Anne Naumann

Anne Naumann, geboren 1990, lebt mit ihrem Mann und ihrem Kater im schönen Harz. Bereits als Grundschülerin schrieb sie die ersten eigenen Geschichten, was sie später dazu motivierte Germanistik auf Lehramt zu studieren. Die Liebe zu Sprache und Literatur begleitete sie nicht nur beruflich. In ihrer Freizeit liest und schreibt sie Romance, New Adult und Fantasy. Mit ihrem Debütroman »Der Klang von Winter« von 2021 startete sie ihre Rockstarromance-Reihe, in der es nicht nur um Liebe geht, sondern auch Freundschaft, Musik und Träume eine wichtige Rolle spielen.

Werke:
- 05/21 – Der Klang von Winter, Alaina & Dean
- 05/22 – Der Klang von Sommerregen, Alaina & Dean
- 09/22 – In einer Rauhnacht (Teil der vorliegenden Spenden-Anthologie)
- 11/22 – Der Klang von Dir und Mir, Toby & Paige
- Frühjahr/23 – Der Klang von Uns, Elliot & Milley

Schreibgruppen:
- Der Club der Selfpublisher

Kontakt:
- Instagram: @anni.schreibt
- Website: www.annischreibt.com
- Facebook: @A.Naumann

Janine Niggemeier

Janine Niggemeier arbeitet als freie Autorin und nutzt die kinderfreien Vormittage mit einer großen Tasse Kaffee, um in Ruhe an ihren Schreibprojekten zu arbeiten. Mit »Endlich New York! Gefühlswirrwarr mit Doppelknoten«, ihrem Debütroman, hat sie sich ihren Traum vom eigenen Buch erfüllt. Mittlerweile hat sie zwei weitere Romane im Genre »Romance« veröffentlicht und schreibt bereits an weiteren Projekten. Sie liebt das Schreiben genauso wie das Lesen und nutzt jede kleine Auszeit, um dieser Leidenschaft nachzugehen. Sie lebt mit ihrem Mann, ihren zwei Kindern und drei Katern in einer kleinen Stadt in Rheinland-Pfalz.

Werke:
- 03/20 – Endlich New York! Gefühlswirrwarr mit Doppelknoten
- 03/21 – Endlich New York! Liebesglück mit Turbulenzen
- 02/22 – Because you touch my heart. Ontario Love
- 09/22 – Ein Neuanfang im Winterchaos (Teil der vorliegenden Spenden-Anthologie)

Schreibgruppe:
- Der Club der Selfpublisher

Kontakt:
- Instagram: @janine.niggemeier
- Website: www.janineniggemeier.webador.de

Projekt: »Gambio – Der perfekte Tausch«

Sechs Autor:innen aus dem Projekt »Gambio – Der perfekte Tausch« von Sina Land haben sich für diese Kurzgeschichte aus dem Genre Entwicklungsroman zusammengetan. Jeder von uns schreibt sowohl eigene Bücher als auch an mindestens einem zusätzlichen für diese Buchreihe. Anfang dieses Jahres erschien das erste Buch, inzwischen sind fünf weitere erhältlich. Die nächsten Jahre wird sich diese Reihe erweitern. Genres sind dabei komplett unterschiedlich. Vom Kinderbuch bis zum Thriller wird alles dabei sein. Das Thema des perfekten Tausches verbindet dabei alle Geschichten.

Werke:
- 01/22 – Brautkleid oder Zuckerwatte von Sina Land
- 03/22 – Kater Levi – Der perfekte Tausch von Ingo M. Ebert
- 06/22 – Tylda – Die kleine Wasserhexe von Rickner Fock
- 09/22 – Stadt, Land, Glück von Sina Land und Gerd Schäfer
- 09/22 – Erbstreit zum Glück (Teil der vorliegenden Spenden-Anthologie)
- 11/22 – Frust oder Feuerwerk von Sina Land

Die beteiligten Autoren:
- Jenny Barbara Altmann – Instagram: @jenny.barbara.altmann
- Mia Lena Bestil – Instagram: @mia.lena.b_autorin
- Ingo Ebert – Instagram: @daswahreleben.blog
- Sina Land – Instagram: @land.sina
- Yana Svelush – Instagram: @yana.svelush
- Anja Ziegler – Instagram: @oscanja

- Das gemeinsame Projekt betreibt den Instagram-Account: @projekt.gambio

Renee Rott

Renee von »Dream Design – Cover and Art« gestaltet seit 2018 hauptberuflich Buchcover, Werbemitteldesigns und vieles mehr. Er arbeitet hauptsächlich mit Autor:innen und Verlagen zusammen und bietet, neben dem Coverdesign, auch Beratungen, einen einfachen Buchsatz, Logodesign und Buchschmuck an. Sein Ziel ist es, Autor:innen professionell und dabei kostengünstig zu unterstützen, damit sich auch Selfpublisher:innen und Neuautor:innen ein schönes Äußeres (und Inneres) für ihr Buchbaby leisten können.

Kontakt:
- Instagram: @cover.and.art
- Website: www.cover-and-art.de
- Facebook: @traumdesigns

Jenny Schnickers

Jenny Schnickers ist 1986 am Niederrhein geboren, aufgewachsen und bis heute mit ihrer Familie dort verwurzelt. Seit frühester Kindheit zog die Magie der Buchstaben, des Lesens und Schreibens sie in ihren Bann. Ihre Leidenschaft gilt der Phantastik, mit all ihren Wundern, sowie Kinderbüchern.

Die Autorin konnte bereits ihr erstes Bilderbuch erfolgreich an einen Verlag vermitteln und freut sich, 2024 dieses der Lesewelt vorstellen zu dürfen.

Derzeit arbeitet sie an ihrem Debüt, natürlich einem Fantasyroman.

Werke:
- 09/22 – #Hexenweihnacht – Die Wahrheit (Teil der vorliegenden Spenden-Anthologie)

Schreibgruppen:
- Der Club der Selfpublisher

Kontakt:
- Instagram: @jennyschnickers_autorin_oderso
- Facebook: @jennyschnickers_autorin_oderso

Jes Schön

Jes Schön, Jahrgang 1980, lebt mit ihrem Mann und den beiden Töchtern in Mittelhessen. 2014 fängt die passionierte Leserin in ihrer Elternzeit mit dem Schreiben an. Bis zur Veröffentlichung ihres Debütsromans »Fallen« 2021 vergehen noch sieben Jahre, aber bereits 2022 legt sie mit der Romanreihe »Lass es zu!« nach. Schön schreibt im Genre »Romance«, ihre Romane enthalten zudem Elemente von Entwicklungsromanen.

Werke:
- 05/21 – Fallen
- 02/22 – Lass es zu! Das Ende
- 05/22 – Lass es zu! Der Anfang
- 06/22 – Valentinstag (Teil der Spenden-Anthologie »Again and Again«)
- 08/22 – Lass es zu! Die Gegenwart
- 09/22 – Der neue Kollege (Teil der vorliegenden Spenden-Anthologie) und Herausgeberin
- 11/22 – Lass es zu! Die Vergangenheit
- Diverse Kurzgeschichten

Schreibgruppen:
- Der Club der Selfpublisher
- Literaturnetzwerk
- Projekt.Gambio

Kontakt:
- Instagram: @jesschoen_autor
- Website: www.jes-schoen.de
- Facebook: @JesSchoenAutorin

Nadine Schwartz

Nadine Schwartz ist das Pseudonym einer 1977 geborenen Autorin, die es sich vor mehr als zwanzig Jahren in der brandenburgischen Pampa heimisch gemacht hat.

Wenn sie sich nicht um ihren Vollzeitjob, ihre Tochter oder den Haushalt kümmern muss, ärgert sie gerne ihren Mann, lässt den Kater apportieren oder den Hund Mäuse fangen, bevor sie Zeit findet, sich dem Schreiben zu widmen.

Werke:
- 10/21 – Küss mich, Schwester!
- 09/22 – Küss mich, mein Engel!
- 09/22 – Die Ersatzfamilie (Teil der vorliegenden Spenden-Anthologie)

Schreibgruppen:
- Der Club der Selfpublisher
- Literaturnetzwerk
- Fantasy-Schreiberlinge

Kontakt:
- Instagram: @nadine.schwartz.autorin
- Webseite: www.nadine-schwartz.de
- Facebook: @nadine.schwartz.autorin

Catrina Seiler

Catrina Seiler wurde irgendwann in den 1980ern geboren und fing schon früh an, Geschichten zu schreiben. Ihre schöpferische Reise führte sie in verschiedene, meist fantastische, Welten, die sie immer wieder besucht, wenn ihr der trockene Brotjob im Büro und die Pflege ihrer zickigen Zimmerpflanze genug Zeit lassen.

Ihr Romandebüt, ein humorvoller Unterhaltungsroman über ein Alpaka in der Dusche, erschien 2021 bei Piper Digital. Ab 2022 sind die Veröffentlichungen verschiedener Romanprojekte im Genre Urban-Fantasy aus dem GLYN-Universum im Selfpublishing geplant. Das Erste ist bereits abgeschlossen und befindet sich in der finalen Überarbeitung.

Werke:
- 04/21 – Von Masken & Dates – Alles eine Frage der Verhandlung (Teil der Anthologie: »Gefühle auf Abstand«, Piper Digital)
- 05/21 – Alpaka 66 (Piper Digital)
- 09/22 – Auf der Schwelle – Eine Geschichte aus dem GLYN-Universum (Teil der vorliegenden Spenden-Anthologie)
- 10/22 – GLYN: Silberstaub und Feuerklinge (SP)

Schreibgruppen:
- Der Club der Selfpublisher

Kontakt:
- Instagram: @catrina.seiler
- Website: www.catrina-seiler.de
- Facebook: @Catrina.Seiler.Autorin

Corinna Stremme

Corinna Stremme ist sogenannte Hybrid-Autorin (Selfpublisherin und mit zwei Verlagen unterwegs) und leidenschaftliche Leserin. Zum Geschichtenerfinden kam sie, weil Schreiben für sie Lustgewinn und Ventil ist. Ihre ersten Texte waren Gedichte, dann ging es über Kurzgeschichten und Fachbücher zu Kindergeschichten, die erst nur für ihre eigenen Kinder gedacht waren. Eins ihrer Kinder hat einen Pflegegrad. Im Laufe der Zeit wuchs die Idee in ihr, eine Brücke für Kinder zu schaffen, die noch häufig ausgegrenzt werden. Sie steht mit ihrem Verlag, der Ideen-Stifterei, mit ihren Texten für Diversität und Inklusion, für eine Gesellschaft, die achtsam mit sich und Kindern umgeht und hofft, dass Kinder mit und ohne Beeinträchtigungen, in einer Welt leben und lesen, die vorurteilsfrei die Lebensrealität abbildet.

Sie lebt mit ihren drei Kindern, ihrem Mann, Hund und Katz in Uelzen und wann immer möglich auf Gran Canaria.

Werke:
- 07/16 – Unterrichtsbesuche unter Kollegen. Hospitationen gemeinsam durchführen, AOL Verlag
- 09/18 – Keep cool! Hilfen bei ADHS: Elternratgeber für Schule und Zuhause, Ernst Reinhardt Verlag
- 03/20 – Töffel ist toll, wie sie ist, Ideen-Stifterei
- 02/22 – Töffel und Bruno trauern auf ihre Art, Ideen-Stifterei
- 09/22 – Der goldene Schlüssel (Teil der vorliegenden Spenden-Anthologie)
- Diverse noch unveröffentlichte Kindergeschichten, Gedichte und Kurzgeschichten

Schreibgruppen:
- Der Club der Self-Publisher
- Mitglied im Selfpublisher-Verband e.V.

Kontakt:
- Instagram: @ideenstifterei
- Website: www.ideen-stifterei.de
- Facebook: @Ideen-Stifterei

Fenja van York

Die unter dem Pseudonym Fenja van York schreibende Autorin wurde 1985 geboren und liebt die Welt der Bücher.

Bereits als Jugendliche hat sie Geschichten und Gedichte geschrieben, doch kaum etwas davon aufgehoben.

Mit ihrem Debütroman »Flockenzauber und Herzgestöber« erfüllte sie sich endlich einen Traum und mittlerweile gehört das Schreiben zu ihrem Alltag, in dem sie auch einem Hauptjob nachgeht.

Werke:
- 11/20 – Flockenzauber und Herzgestöber«
- 12/21 – HerzGeflüster: Das Gefühl von Liebe
- 12/21 – Liebe zum Dessert – Kurzgeschichte in der Spenden Anthologie »Glitzer ohne Grenzen«
- 09/22 – Liebe 2.0 (Teil der vorliegenden Spenden-Anthologie)

Schreibgruppen:
- Der Club der Selfpublisher

Kontakt:
- Instagram: @fenja.van.york_wirter
- Facebook: Fenja van York

Sonja Wahl

Sonja Wahl, Jahrgang 1962, in Geislingen/Steige geboren, lebt auf der Schwäbischen Alb. Ihre Leidenschaft galt schon immer dem Schreiben. Erfahrung konnte sie in frühen Jahren bei einem regionalen Verlag als freie Mitarbeiterin sammeln. Als Mutter von erwachsenen Kindern kann sie sich heute mit voller Hingabe dem Schreiben in ihrer Freizeit widmen. Am liebsten schreibt sie unterhaltsame Kurzgeschichten, die das tägliche Leben lustig, spannend und mit einem Blick für die kleinen Dinge des Alltags erzählen. Derzeit arbeitet sie zusammen mit zwei Schreibkolleginnen an der Veröffentlichung eines Kurzgeschichten-Bandes. Eine lustige Dreiecksgeschichte, in der eine Katze eine Rolle spielt, ist im Entstehen.

Werke:
- 04/22 – Text in: »Gut und kurz: So will ich schreiben« von Eleonore Wittke
- 09/22 – Pollux und die Weihnachtskekse (Teil der vorliegenden Spenden-Anthologie)

Schreibgruppen:
- Der Club der Selfpublisher
- Reutlinger Literaturgruppe »Schreiben im Cafe«
- Mitglied »Kreatives Schreiben« bei Autorin Anja Kislich

Kontakt:
- Instagram: @wahl1766
- Facebook: @Son ja

Danksagung

Viel Schweiß, Geduld, Kreativität und Beharrlichkeit haben es wahr gemacht – *Der Club der Selfpublisher* hat seine erste Anthologie veröffentlicht und es gibt so viele Menschen, denen wir dafür danken.

Der erste Dank geht an Cindy Jegge und Janine Niggemeier, die den Club gegründet und für unsere bunt gemischte Truppe auf Discord und Instagram gesorgt haben. Zusammen mit Jes Schön, Nadine Schwartz und Tino Breitenbach haben sie das Projekt Adventskalender-Anthologie in die Hand genommen. Durch ihre professionelle Organisation wurde dieses Buch erst möglich.

Genauso großen Anteil haben auch die vierundzwanzig Autorinnen und Autoren, die so vielfältige Geschichten geschrieben haben und unsere drei Lektorinnen, die alle Texte unter die Lupe nahmen, um das Beste aus ihnen herauszuholen. Danke also an Isabell Mager, Rebekka Haindl und insbesondere Antje Grube, die sich zusätzlich um den professionellen Buchsatz gekümmert hat.

Das wunderschöne Cover stammt von Renee Rott von *Dream Design – Cover and Art*, auch dafür bedanken wir uns herzlich.

Ein weiterer Dank geht an Sandra von *@kreativlust.ich* (Instagram) für die Kapitelzierden.

Der größte Dank gilt euch Leserinnen und Lesern. Ihr unterstützt mit dem Kauf unserer Anthologie nicht nur vierundzwanzig Autoren und Autorinnen, indem ihr diese Geschichten lest. Vor allem helft ihr dem *Deutscher Kinderhospizverein e. V.* in Olpe. Die Einnahmen aus dieser Kurzgeschichtensammlung spenden wir zu einhundert Prozent an diesen Verein.

Wir freuen uns, dass ihr unser Herzensanliegen unterstützt und wir zusammen etwas für kranke Kinder und ihre Eltern tun können.

In diesem Sinne wünschen wir euch eine besinnliche Adventszeit.

Euer Club der Selfpublisher